Marc Hudek

ICH SCHWÖRE!

Roman

„Denkst du an Engel, so bewegen sie ihre Flügel."

Israelisches Sprichwort

© 2017 Marc Hudek

Umschlaggestaltung: Hafid Schem
Verlag und Druck: tredition GmbH, Halenreihe 42, 22359 Hamburg

ISBN
Paperback: 978-3-7439-5317-8
Hardcover: 978-3-7439-5318-5
e-Book: 978-3-7439-5319-2

Marc Hudek ist ein Pseudonym.

1

Der erste Satz, den ich nach meinem Erwachen höre, ist wie ein Donnerschlag.

„Lenny Baumeister, kann es sein, dass du ALS hast?"

Ich blicke auf und sehe Lara vor mir, eine bekennende und freundliche Lesbe. Sie sitzt mit gespreizten Beinen direkt vor meinem Gesicht und stützt sich hinten mit den Händen auf dem Boden ab. Sie atmet völlig ruhig, was entweder bedeutet, dass sie sich schnell erholt hat oder dass ich schon Jahre hier liege und vor mich hin stöhne.

„Was?", keuche ich.

„ALS – Amyotrophe Lateralsklerose. Schleichende Lähmung der Muskeln. Hast du das vielleicht?"

„Nee, ich glaub nicht, weiß nicht, wieso?", stammle ich.

Ich denke an die armen Leichtathleten im Fernsehen, die drei Sekunden nach ihrem Rennen vor ein Mikrofon gezerrt werden und analysieren müssen, warum sie wieder versagt haben. Ein Zehntausend-Meter-Lauf ist immer Horror, auch ohne Gewichte, darum ist das Teilnehmerfeld bei uns auch jedes Mal sehr übersichtlich. Außer mir waren diesmal nur noch fünf andere Studenten dabei, und unsere Dozentin Antonia Spiridonis, außer Konkurrenz. Vielleicht wollte sie bewusst ein kleines Feld, denn sie hat den Lauf schon recht früh angekündigt und schien kein bisschen verwundert über die siebzehn Krankmeldungen, obwohl gestern noch alle Sportler topfit waren. Sie liebt das Laufen, und ich liebe es, ihr beim Laufen zuzusehen, weil ihre Haare so schön wehen und sie einen so eleganten Laufstil hat. Darum habe ich auch kurz überlegt, mich den siebzehn Todkranken anzuschließen und mir den Lauf von der Bank anzusehen, aber das war mir dann doch zu blöd.

Ich setze mich hin wie Lara, damit wir sozusagen auf Augenhöhe reden können, aber in dem Moment steht sie auf.

„Ich hab dich beobachtet, deine Beine, weißt du?"

Nee, denke ich, woher denn?

„Es hat so ausgesehen, als ob sie dir nicht mehr gehorcht haben. Sie sind weggebrochen, wie bei einer Marionette, wenn man die Fäden plötzlich loslässt. Kennst du die Augsburger Puppenkiste?"

Ich blicke sie völlig verständnislos an. „Was?"

Lara schüttelt den Kopf und fängt an, Dehnübungen zu machen. Sie biegt ein Bein nach hinten und zieht den Fuß zum Po.

„Ist ja auch egal, auf jeden Fall solltest du das mal checken lassen. Das sah nicht gut aus, finde ich."

Was auch kein Wunder ist, wenn ich den Lauf aus meiner Sicht betrachte. Die ersten fünftausend Meter blieb das Feld relativ dicht zusammen, Antonia vorne, ich zweiter, die anderen hinter mir. Aber dann wurden meine Beine plötzlich ungewöhnlich schwer, vielleicht zu wenig Franzbranntwein gestern Abend, und der Abstand zu Antonia wurde größer und größer. Die anderen überholten mich, einer nach dem anderen, ich hörte ihren hechelnden Atem, aber nur für kurze Zeit, dann hörte ich gar nichts mehr. Nach siebentausend Metern fingen meine Augen an zu flackern, die Beine spürte ich kaum noch, mein Herz pumpte wie die Schmalspurbahn am Brocken. Die Seitenstiche ignorierte ich, sie taten weh, aber ich wusste, dass es nicht schlimm war, ich habe die Schmerzen weggelaufen, wie man so schön sagt. Bei neuntausend Metern fing ich an zu taumeln, Antonia überrundete mich, warf mir einen besorgten Blick und ein „Halt durch, Lenny!" zu. Das gab mir die Kraft, den letzten Kilometer zu schaffen, schließlich will ich sie nicht enttäuschen. Niemals. Ich konnte sogar noch ein paar Meter zu den anderen aufschließen, aber Letzter wurde ich dennoch. Im Ziel bin ich zusammengebrochen und wollte nur noch sterben.

Ich starre Lara an und überlege, ebenfalls aufzustehen und mich zu dehnen, aber als ich ein Bein belaste, merke ich, dass es fast taub ist. Also bleibe ich sitzen und suche mir eine andere lässige Position. Dehnen geht ja auch im Sitzen, ist auch nicht so anstrengend. Außerdem könnte ich schwören, dass Lara sich in dem Moment davonmacht, in dem ich mich neben sie stelle.

„Eigentlich bin ich ganz gesund, sagt mein Arzt", erkläre ich ihr. „Mir fehlt ein bisschen Magnesium, aber dafür gibt's ja Tabletten."

Ich lächle sie an, weil ich es nett finde, dass sie sich Sorgen um mich macht, und weil sie eine hübsche Frau ist. Dass sie lesbisch ist, ist ja nicht ihre Schuld. Natürlich lächelt sie nicht zurück, das wäre in der Tat zu viel verlangt.

In der Umkleidekabine betaste ich meine Beine und finde auch, dass sie auf meinen Daumendruck nicht so ansprechen wie sonst. Wahrscheinlich ist die Lähmung doch schon weiter fortgeschritten, auch wenn ich bis vor einer halben Stunde von ihrer Existenz noch gar nichts wusste. Aber manchmal kommt so ein schlimmer Befund ja bei einer Zufallsuntersuchung raus, und ich sollte Lara wirklich dankbar sein, dass sie diese Krankheit endlich entdeckt hat. Und Lara ist nicht doof, ich weiß, dass sie dieses Sportstudium nur macht, weil sie auf einen Medizinstudienplatz wartet. So betrachtet ist sie also vom Fach.

Vermutlich zum letzten Mal gehe ich also ohne Krücken unter die Dusche. Zum Glück bin ich alleine, weil sich krankgemeldete Männer nicht duschen müssen und die beiden anderen Läufer noch ein bisschen Hochsprung trainieren. Hätte ich auch gerne gemacht, aber mit einer akuten Muskellähmung soll man nicht spaßen. Das heiße Wasser tut gut, ich lasse es extra lange auf die Oberschenkel prasseln, so dass sie nach ein paar Minuten feuerrot sind. So richtig toll ist das wahrscheinlich nicht für die Haut, aber ich muss jetzt klare Prioritäten setzen.

Irgendwie muss ich das Klopfen überhört haben, weil ich gerade intensiv damit beschäftigt war, meinen Hintern trocken zu rubbeln und darüber nachzudenken, welchen Spezialisten ich als Erstes aufsuchen werde. Jedenfalls drehe ich mich erst um, als ein Räuspern erklingt.

Der Super-Gau!

Antonia Spiridonis steht in der Tür und lächelt. Vor ihr steht eine Art Ampel: feuerroter Kopf, gelbes T-Shirt, grünes Handtuch, dass ich mir schnell noch um die Hüften geschmissen hab, eigentlich zu spät, falls ich verhindern wollte, dass sie einen

Blick auf mein Gemächt wirft. Aber ich glaube eigentlich nicht, dass selbiges sie auch nur die Bohne interessiert. Und insgeheim hätte ich das ja auch gar nicht schlimm gefunden, wenn ich ehrlich bin. Und wenn ich ganz superehrlich bin, würde ich mir das Handtuch jetzt am liebsten wieder von den Hüften reißen und auf sie losstürmen. Wie ein rassiger Lover. Aber ich bin nun mal Lenny und ganz und gar nicht rassig. Also stehe ich da wie eine Ampel und glotze sie an.

„Ich hab geklopft", sagt Antonia, „aber du hast wohl nichts gehört. Ist es okay, wenn ich hier bin?"

„K … Kl … Klar", stottere ich. Ich habe das Gefühl, dass mein Kopf jeden Moment explodiert. „Wa … Warum nicht?"

Sie setzt sich auf die Bank vor den Spinden und zeigt auf meine Beine. „Sind deine Beine in Ordnung?"

„Ich glaub schon. Ein bisschen müde vielleicht vom Lauf." *Stärke zeigen, Lenny, sei ein richtiger Kerl.* „Aber das geht gleich schon wieder. Kein Grund zur Sorge."

Sie nickt. „Lara hat mir erzählt, dass deine Beine zeitweise wie gelähmt gewirkt haben."

„Na ja, zehntausend Meter ist ja auch nicht gerade um die Ecke. Sie waren zum Schluss ein bisschen schwer, geb ich zu. Aber gelähmt?"

Sie nickt wieder und setzt sich direkt neben mich. „Darf ich mal sehen?"

Jetzt ist es so weit, mein Kopf platzt. Weil ich nicht weiß, wo ich hingucken soll, starre ich eine alte Unterhose an, die mir gegenüber an einem Haken hängt und vermutlich von Kurt vergessen wurde, weil der immer seine Unterhosen vergisst.

„Wie? Sehen? Die sehen ganz normal aus." Ich weiß gar nicht, warum ich versuche, der kommenden Situation aus dem Weg zu gehen, schließlich geht die doch von ihr aus und nicht von mir. Tief in meinem Innern weiß ich natürlich, dass sie nur mal kurz in meine Oberschenkel drückt, eine gewisse Ahnung vom Aufbau des menschlichen Körpers muss sie ja haben als Sportdozentin. Aber noch ganz weit tiefer wünsche ich mir, dass sie gleich ihre griechische Raubkatze loslässt. Und ich weiß, dass ich tot bin, noch bevor ihre Krallen mich auch nur berührt haben werden. So viel zu Lenny, dem richtigen Kerl.

Sie schiebt jetzt mein Handtuch ein paar Zentimeter hoch und presst ihren Daumen gezielt in ein paar Muskeln meines Oberschenkels. An ein paar Stellen tut es tatsächlich ziemlich weh, dann zucke ich zusammen, mache aber keinen Mucks, und an manchen Stellen merke ich tatsächlich nichts. Wenn ich wüsste, ob jeder Druck exakt gewählt war oder ob sie einfach so aufs Blaue an mir herumgequetscht hat, wäre ich jetzt schlauer, wie lange ich noch zu leben habe. Aber ich weiß es nicht, und es ist mir im Moment auch scheißegal, ich merke nämlich, wie Bewegung in meinen Unterleib kommt. Gott, nur dass nicht, denke ich, und kräusele das Handtuch auf meinem Schoß so, dass Antonia nichts mitbekommt. Hoffe ich zumindest. Zum Glück hat sie im nächsten Moment genug gepiekt und setzt sich wieder auf ihren alten Platz.

Jetzt schaut sie auf meinen Schoß, denke ich, aber sie kramt nur in ihrer kleinen Sporttasche. Sie fischt eine Visitenkarte heraus und legt sie neben sich auf die Bank.

„Ich glaube nicht, dass du irgendwas hast. Aber wenn das mit den schweren Beinen nicht aufhört oder wenn du sichergehen willst, lass dich bei dem hier checken." Sie zeigt auf die Karte und zwinkert mir zu. „Er ist mein Mann und ein großartiger Arzt." Sie lächelt mir noch einmal zu und verschwindet.

Ich sitze gefühlte dreißig Minuten wie eine Statue vor meinem Spind und starre auf Kurts dreckige Unterhose. Ich soll mich ausgerechnet von Antonias Mann untersuchen lassen? Nie und nimmer! Schließlich ist er ja mein Rivale im Kampf um die Gunst einer griechischen Göttin. In meiner Fantasie immerhin. Aber vielleicht würde sich ja herausstellen, dass Herr Spiridonis was mit seiner Sprechstundenhilfe hat. In Wirklichkeit.

Das wäre nicht das Schlechteste.

2

Ich bin erst mal nicht zum Arzt gegangen, weil meine Beine am anderen Morgen schon wieder ganz okay waren. Auch wenn sie nicht so okay sind, dass ich schon wieder Sport machen könnte. Ich habe mich daher einfach krank gemeldet, aber weil die anderen siebzehn Kranken heute mit Sicherheit wieder gesund sind, ist das ganz in Ordnung, finde ich.

Um elf Uhr sitzt Jenny immer noch am Küchentisch. Jenny ist meine kleine Schwester, siebzehn Jahre alt, und versucht gerade, zum zweiten Mal ihren Schulabschluss zu machen. Sie heißt eigentlich Jennifer, aber wer sie so nennt, kriegt zur Strafe gleich ihre falschen Fingernägel zu spüren. Ich glaube nicht, dass Jenny den Abschluss packen wird, weil, wie soll ich sagen, einige Dinge einfach zu hoch für sie sind. Wenn man ihr die Frage stellen würde, welche drei Gegenstände sie auf eine einsame Insel mitnehmen würde, dann würde sie mit Sicherheit antworten: einen Koffer mit meinen ganzen Klamotten einschließlich Smartphone selbstverständlich, einen Koffer voll mit Geld und natürlich Likke. Die ist ihre beste Freundin und so prollig und bescheuert, dass ich manchmal glaube, wegen ihr lässt mein Bruder Mirko bei seinen dubiosen Geschäften die Hände von Frauen. Ich müsste ihr also dankbar sein, aber das ist echt schwer bei der Erscheinung.

Tja, Mirko. Mirko ist achtundzwanzig und hartzt, und weil ihm das nie reicht, pumpt er meine Mutter an und macht noch andere Jobs. Genau weiß ich nicht, was er macht, vielleicht verkauft er geklaute Autos, obwohl er gar keinen Führerschein hat und die Wagen nicht fahren dürfte, in denen er durch die Gegend fährt. Aber das ist ihm auch egal. Er sagt, dann können die Bullen ihm den auch nicht wegnehmen. Zwei- bis dreimal im Jahr sitzt er für ein paar Tage im Knast, weil er doch erwischt wurde und keine Kohle hat, eine Geldstrafe zu bezahlen. Wenn er danach wieder nach Hause kommt, ist er eigentlich immer gut drauf, weil er endlich mal wieder gut gegessen und vor allem neue Typen kennengelernt hat, mit denen er irgendwas dealen kann: Autos, Hasch, Zigaretten, keine Ahnung. Mir auch egal, solange es keine Mädchen oder Frauen sind. Das kann ich nicht leiden. Wenn er das macht, kündige ich ihm die Bruderschaft und geh zu den Bullen. Er ist zwar mein Bruder, aber das würde ich trotzdem tun. Mirko weiß das, und bis jetzt hat er diese Grenze noch nicht überschritten.

Auf meinem Handy trudelt eine SMS von meinem Freund Faris ein: „Kommst du heute Heim? 19 Uhr." Wobei er mit Heim natürlich nicht nach Hause meint, sondern den Jugendtreff. „Logisch", schreibe ich zurück, „19 Uhr Heim, geht klar." Mit Logik hat das allerdings nicht viel zu tun, denn ich bin ziemlich selten dort. Wenn, dann ist das aber meistens sehr entspannt: Kickern, rumhängen, Darts spielen, und vor allem muss ich nicht reden, wenn ich nicht will. Oft will ich nicht, und Faris ist neben meinem anderen Freund Yussuf der Einzige, der das einfach so hinnimmt, ohne zu denken, dass ich ein Depri und Langweiler bin. Mirko denkt das, Jenny auch, bei Likke bin ich sicher, dass sie gar nicht so weit denken kann, geschweige denn, dass sie weiß, was Depri bedeutet. Oder depressiv.

Ich atme tief durch und versuche, eine tiefsinnige Unterhaltung mit meiner Schwester anzufangen. „Was machste denn heute so, Jenny?"

Sie blickt nicht mal auf, sondern tippt wie eine Wahnsinnige weiter Buchstaben in ihr Handy.

„Jenny? Hörst du mich?"

Erst da merke ich, dass sie Kopfhörer in den Ohren stecken hat. Okay, dann Plan B. Ich warte, bis sie zur Colaflasche greift und trinkt, und während sie gezwungenermaßen den Kopf hebt, fuchtele ich mit meinen Armen vor ihr herum, dass sie es einfach bemerken muss. Tatsächlich, es klappt.

„Was willste?", schreit sie und wackelt demonstrativ im Takt mit dem Kopf.

Ich forme die Lippen, weil ich keine Lust habe, zu brüllen. REDEN.

„Wieso?", schreit sie schon eine Spur leiser und wendet sich wieder der WhatsApp zu. „Is was?"

Noch einen Versuch, dann gebe ich auf.

„Musst du nicht zur Schule?", rufe ich laut und weiß sofort, dass dies die falscheste aller Fragen war. Genauso gut hätte ich sie fragen können, ob sie letzte Nacht jemanden abgeschleppt hat.

„Schnauze zusammen!", höre ich Mirkos brachiale Stimme aus dem Wohnzimmer. „Ich verstehe kein Wort hier."

Jennys Augen funkeln mich wütend an, sie reißt sich einen Stöpsel aus dem Ohr. „Kümmer dich um deinen Mist. Ich hab heute nur Nachmittagsunterricht wie jeden Mittwoch. Langsam müsstest du's doch geschnallt haben, kluger Bruder." Dann steckt sie den Knopf wieder ins Ohr und tut so, als ob ich nicht da wäre. Für Jenny bin ich eigentlich nie da, egal ob ich direkt neben ihr sitze und mit ihr sprechen will oder ein Freiwilliges Jahr in Äquatorialguinea leiste. Was ich bisher allerdings noch nicht einmal theoretisch gemacht habe.

So ist das mit meiner Schwester, aber süß ist sie trotzdem. Ich weiß, dass ich mich auf sie verlassen kann, wenn's drauf ankommt. Und dieser Zeitpunkt wird schon irgendwann kommen.

Der einzige Mensch, der in unserer Familie wirklich ackert, ist meine Mutter. Um neun Uhr geht sie jeden Tag aus dem Haus, sie ist Verkäuferin bei Karstadt, Damenwäsche, das heißt, sie muss von Berufs wegen anderen Frauen den ganzen Tag an die Wäsche gehen. Meine beiden Kumpels beneiden sie deswegen, auch wenn meine Mutter ihnen schon hundertmal erklärt hat, dass neunzig Prozent der Frauen ziemlich dick und hässlich sind und es ihr überhaupt keinen Spaß macht, ihnen neue Büstenhalter anzupassen. Schöne Frauen gehen woanders einkaufen, sagt sie, und lassen sich dabei auch nicht befummeln, höchstens von ihrer besten Freundin. Abgesehen davon ist meine Mutter ja auch nicht lesbisch.

Meine Mutter kommt abends gegen sechs nach Hause, ist jedes Mal völlig erledigt und muss ihre Füße mindestens eine Stunde hochlegen, sonst platzen ihre Venen, sagt sie. Das glaube ich ihr sogar. Ich finde es eine Unverschämtheit, dass die Verkäuferinnen sich beim Kassieren nicht hinsetzen können. Ich fände es angenehmer, mich von einer sitzenden, aber lächelnden Frau bedienen zu lassen als von einer stehenden, die so gequält guckt wie ich, wenn ich mit Bleigewichten fünftausend Meter gelaufen bin.

Und was mache ich abends? Richtige Freunde habe ich wie gesagt nur zwei, Yussuf und Faris, aber die kann ich auch nicht jeden Tag ertragen, denn sie sind schon sehr speziell. Außerdem lese ich noch viel und gern über Geschichte, das interessiert mich, aber ich habe keinen Menschen, mit dem ich darüber reden kann. Also sitze ich in meinem Zimmer und lese. Und zurzeit kippe ich mir nebenbei literweise Franzbranntwein über meine gebeutelten Oberschenkel. Im Bett träume ich dann noch zwei Minuten von Antonia Spiridonis, meistens passiv, manchmal aktiv. Aktiv dauert es länger. Vier oder fünf. Danach schlafe ich ein. Meistens.

Jeder verfluchte Tag verläuft mehr oder weniger gleich ab. Und jeden Abend sitze ich auf der Bettkante und denke darüber nach, ob ich etwas erlebt habe, was mir einen gewissen Anreiz für das Aufwachen am nächsten Morgen geben könnte. Ja, ich stelle mir wirklich die Frage, ob ich es eigentlich verdiene, am Morgen wieder die Augen aufzuschlagen, aber bislang habe ich nichts gefunden. Was mich auch nicht besonders überrascht. Es passiert ja nichts in meinem Leben, und wenn ich darauf warten sollte, dass Lenny Baumeister aus eigenem Antrieb etwas auf die Reihe bringt, dann könnte ich bis zur nächsten totalen Sonnenfinsternis warten. Keine Ahnung, wann die ist, ich will es auch gar nicht wissen.

So in etwa bin ich also.

3

Als ich Yussuf vor einigen Jahren zum ersten Mal gesehen habe, habe ich ihn für einen vergessenen Hippiebruder gehalten. Lange lockige Haare fast wie Jesus, Vollbartansatz, Pluderhosen und ständig einen Joint im Mund oder in der Tasche. Er ist extrem kurzsichtig und brauchte schon mit sechzehn auf beiden Augen acht Dioptrien, aber die schwarze Hornbrille machte aus ihm zusammen mit seinem bedeutsamen Schweigen und Kopfnicken den meistgefragten Jungen an unserer Schule, was ethisch-moralische, philosophische oder religiöse Fragen anging. Richtige Hilfestellung konnte er in den seltensten Fällen geben, es sei denn, jemand wollte wissen, ob es moralisch verwerflich sei, Leonie S. aus der Zwölf immer auf ihre dicken Brüste zu starren. Natürlich sei das unglaublich verwerflich, hatte Yussuf gesagt. Aber gegen gewisse weibliche Provokationen könne man nun mal nichts machen.

Die Jungs aus unserer Klasse, die mit beiden Beinen im Leben stehen und über solche Fragen nur den Kopf schütteln, kreierten daraufhin den Spruch: „Wegsehen ist auch keine Lösung", und lachten sich schlapp.

Ich habe mich schnell mit Yussuf angefreundet, weil ich in ihm so etwas wie einen Bruder im Geiste gesehen habe. Wie ich schien auch er nicht recht zu wissen, wozu er eigentlich auf diesem Planeten erschienen war, und allein schon die Tatsache, dass wir uns über diese bescheuerte Frage den Kopf zerbrachen, qualifizierte uns konkurrenzlos für den überschaubaren Kreis der Außenseiter in der Klasse, der aus genau zwei Schülern bestand. Selbst Faris ließ uns zu diesem Zeitpunkt noch links liegen, weil er einerseits auch zu der Gruppe gehörte, die ihre Augen nicht von Leonie S. wenden konnte, wenn sie aus der Raucherecke kam und über den Schulhof stolzierte, und andererseits, weil er damals noch das feste Ziel vor Augen hatte, in das Drogengeschäft eines seiner Onkel einzusteigen. In seinen Augen waren Yussuf und ich arme Würstchen, auch wenn unsere schulischen Leistungen um Klassen besser waren als seine.

Yussuf hat das Abitur geschafft, zwar nur knapp, aber immerhin, und danach ging das Drama los, was er jetzt tun sollte, ziellos, wie er war. Seine Eltern, ein stiller, überaus freundlicher und hilfsbereiter Busfahrer und eine gütige, nicht berufstätige Mutter, wären mit allem einverstanden gewesen bis auf das, was nach Yussufs Meinung das Einzige war, das ihn einigermaßen zufriedenstellen konnte. Sie mussten ordentlich schlucken, als er ihnen die Semesterbescheinigung für ein Philosophiestudium zeigte. Offenbar bezweifelten sie angesichts seiner Motivations- und Mutlosigkeit, dass er mehr als ein Semester durchhalten würde.

Um es kurz zu machen: Er hielt zwei Wochen durch. Danach waren alle Studenten totale Schwätzer, von deren Gerede er Kopfschmerzen bekam und solche Aggressionen, dass er es für unverantwortlich hielt, ihnen auch nur einen Tag länger zuzuhören, geschweige denn selber in die Tasten zu hämmern und ein Referat über Nietzsche und die Nihilisten zu verfassen. Heraklit hätte er noch übernommen, wenn auch unter Protest, aber der Grieche war schon vergeben an einen Studenten mit Namen Karl, den Yussuf daraufhin in die Hölle verfluchte. Es war das erste Mal, dass er einem Menschen den Tod wünschte.

Das hat ihn für einige Momente sehr erschreckt, aber je länger er darüber nachdachte, umso milder fiel seine Selbstkritik aus. Hat er mir jedenfalls so erzählt. Warum, so seine Argumentation, wird diesem Karl sein Wunsch erfüllt, und ihm, Yussuf, nicht? Nur weil er bei der Themenvergabe wegen Krankheit gefehlt hatte, konnte das doch nicht heißen, dass jetzt sein ganzes Studium verpatzt war? Denn mit einem scheiß Nihilisten würde er sich niemals herumschlagen, was letztendlich bedeutete, dass er den Schein nicht bekam und aus dem Kurs flog.

Seine Eltern haben ihn angefleht, etwas anderes zu studieren, zur Not auch Lehramt, zur größten Not auch Primarstufe, vermutlich weil sie ihm etwas Gutes tun und ihm den Umgang mit unschuldigen Kindern ermöglichen wollten. Ihretwegen könnte er auch Automechaniker, Banker oder Müllfahrer werden, aber er sollte, das war ihr sehnlichster Wunsch, sein Leben nicht zerstören, wo es doch erst am Anfang stand. Abitur in Deutschland, damit stand einem doch so vieles offen.

Ich war nicht dabei, als sie ihn angefleht und ihm lauter Weiterbildungsvorschläge gemacht haben, aber ich glaube Yussuf. Mich hat er nämlich auch gefragt, allerdings hat er wohl schon vorher gewusst, dass ich der Letzte bin, der ihm eine Antwort geben konnte, die ihn weiterbringt, aber vielleicht hat er ja gerade deshalb mich gefragt. Wenn ein Freund einen in seinen Gedanken bestärkt, und seien sie noch so negativ oder im Grunde genommen gar nicht vorhanden, dann ist es doch genau das, was man erwartet.

Yussuf hat mir also erzählt, dass er die nächsten Jahre als ehrenamtlicher Helfer im Jugendtreff Volkswelt e.V. arbeiten möchte. Dieser Verein wurde kurz nach dem Krieg gegründet, nach dem Zweiten Weltkrieg wohlgemerkt, und das Gebäude steht allen Jugendlichen des Viertels jeden Nachmittag zur Verfügung. Die Stadt gibt jährlich einen armseligen Betrag als Zuschuss, der kaum dafür ausreicht, die Toiletten einigermaßen sauber und in Schuss zu halten. Bei der letzten Wahl hatte der Verein das große Glück, dass ein linker Abgeordneter so unbedingt gewählt werden wollte, dass er vor der Abstimmung die gründliche Sanierung des Gebäudes und anschließend einen kleinen monatlichen Beitrag zu den laufenden Kosten versprochen hat. Der Mann wurde tatsächlich gewählt, und seit der Renovierung kann man es dort leidlich aushalten, vorausgesetzt, man erwartet kein kirchengeführtes Jugendheim mit Kaminzimmer und Bibliothek sowie einer laufenden Kundschaft, die Hallo und Danke sagt.

Yussuf verbringt dort eigentlich den ganzen Tag. Wenn ich ihn dort besuche, kickern wir, spielen Billard oder elektronisches Darts. Flippern würde ich auch mal gerne, aber die beiden Geräte sind entweder besetzt oder kaputt, meistens beides, was kein Widerspruch ist. Es gibt viele Jungs hier, die so zugedröhnt sind, dass sie gar nicht registrieren, ob die Kugel rollt oder nicht. Was ihnen im Prinzip auch völlig egal ist. Der Zweck ihres Aufenthaltes im Treff ist ja nicht, etwas Sinnvolles in ihrer Freizeit zu machen, denn dann wären sie ja nicht hier, sondern beim Sportverein oder bei den Pfadfindern, nein, der Sinn ist nur, das Abrutschen aus der selbst empfundenen Sinnlosigkeit ihres Daseins in ein absolutes und nicht kalkulierbares Nichts zu verhindern. Wobei wir wieder bei den Nihilisten wären.

Ganz hinten im Erdgeschoss gibt es ein kleines Zimmer, das mit Matratzen ausgelegt ist. Wahrscheinlich hatte sich vor Jahren ein fortschrittlicher Leiter gedacht, ein ordentliches Jugendheim braucht auch ein ordentliches Matratzenzimmer. Doch wohl aufgrund der unmittelbaren Nachbarschaft zu den weder schall- noch geruchsgedämmten Toiletten entwickelte sich der Raum nie zu einem Ort, an dem sich Jungen und Mädchen näherkommen können. Mittlerweile ist es längst ein ungeschriebenes Gesetz, dass dort nicht gefummelt wird, sondern gechillt und gelesen. Den Schlüssel kann man im Büro abholen, meistens hängt er da. Es sei denn, Yussuf hat ein neues Buch entdeckt.

Yussuf ist ein durch und durch ernster Mensch, der keinen Tropfen Alkohol trinkt und sich von jeder Art Feierlichkeit strikt fernhält. Ich habe ihn einmal gefragt, warum er eigentlich nie lacht, noch nicht einmal über Israel-Witze. Seine Antwort war, dass Lachen das Unnatürlichste am Menschen ist. In diesem Moment habe ich mich ziemlich erschreckt, denn für mich gibt es viele Dinge am Menschen, die ich für wesentlich unnatürlicher halte als Lachen. Zum Beispiel die Vorliebe für Volksmusik.

Aber in diesem Moment habe ich mich Yussuf auch sehr nahe gefühlt, weil ich jetzt wusste, dass es noch jemanden auf der Welt gibt, der Dinge ernsthaft in Frage stellt, über die andere Menschen sich nie den Kopf zerbrechen würden. Und das tat gut.

4

Am Abend mache ich mich auf in den Jugendtreff Volkswelt. Faris ist schon da, er hängt auf einem Hocker vor dem Flipperautomaten und raucht. Im Gesellschaftsraum, wie das Daddelzimmer offiziell heißt, ist das Rauchen erlaubt, weil sie so die Akzeptanz erhöhen wollen. Bei neunundneunzig Prozent Rauchern kein schlechter Ansatz, finde ich, außerdem sind die Fenster immer sperrangelweit offen, sogar im Winter, was die Akzeptanz dann wieder etwas herunterschraubt. Aber heute ist ein lauer Spätsommerabend, der Wind der letzten Tage hat sich ausgetobt, und dementsprechend hängt ein dicker Dunst von Tabakschwaden im Raum. Ich setzte mich neben Faris auf einen Hocker und klopfe ihm zur Begrüßung auf den Rücken. Das machen wir immer so, viele Worte waren noch nie meine Stärke.

Faris ist Libanese, und, obwohl in Deutschland geboren, schwadroniert er, seit ich ihn kenne, davon, eines Tages *wieder* in den Libanon zu gehen. Ich kenne ihn schon seit zehn Jahren, also länger als Yussuf, aber ich habe noch keine einzige Sekunde daran geglaubt, dass er tatsächlich irgendwann geht. Meines Wissens gibt es dort weder Fitness-Studios noch Kneipen, die rund um die Uhr Alkohol ausschenken. Also, was soll er da?

Seit ich an der Uni so viel Sport mache, schlafe ich manchmal dabei ein, wenn er mir abends die Vorzüge seines Heimatlandes näherbringen will. Allein der Begriff „Heimatland" ist für uns beide schon Sprengstoff. Wenn ich ihm, müde wie ich am Abend nun mal bin, freundlich und vorsichtig zu verstehen gebe, dass er den Libanon ja eigentlich auch nur von seinen Ferienaufenthalten kennt und er besser Deutsch als Arabisch spricht – eigentlich kann er kein einziges Wort Arabisch –, haut er sich mit seiner Faust auf die Stelle an seiner Brust, wo er sein Herz vermutet, und belehrt mich voller Empörung, dass es auf das Gefühl ankomme, man sei dort zu Hause, wo das Herz zu Hause sei, und das sei nun mal der Libanon. Und das ist dann jedes Mal der

Anfang eines langen Vortrags, den ich aber glücklicherweise nie lange ertragen muss, weil ich, wie gesagt, meistens nach ein paar Minuten wegdöse. Wenn Faris mich anschließend wieder aufweckt, schüttelt er immer verständnislos den Kopf über meine Ignoranz. Er ist mir nicht böse, aber toll findet er das nicht.

Faris hat ein Jahr vor dem Abitur die Schule geschmissen. Aus klugen Büchern und deutschen Filmkomödien kenne ich Sprüche wie „Keine Chance bei diesen Lehrern", „Wozu soll das alles gut sein?" und „Das, was ich will, kann mir keiner beibringen" und so weiter, aber das entspricht nicht der Wirklichkeit, so redet kein Hinschmeißer, der es wirklich ernst meint. Faris hat seinen Eltern nur einmal und klipp und klar gesagt, dass er ab sofort Geld verdienen muss, weil er es nicht mehr aushält, dass sein Vater für alle sorgen muss. Damit war die Diskussion erledigt. Wenn er mir die Wahrheit sagt, wovon ich nicht ausgehe, fährt er nun Taxi oder macht Kurierfahrten. Was er dabei transportiert, will ich lieber gar nicht wissen. Mit Sicherheit keine Schulbücher.

Faris hat mir auf jeden Fall eines voraus: Er sieht gut aus. Deutlich männlicher als ich, und dann auch noch dieser dunkle Teint, auf den wahrscheinlich die meisten weißen Frauen abfahren, weil er so exotisch wirkt. Schon mit zwölf Jahren musste er sich einmal in der Woche rasieren, hat er behauptet. Ich glaube ihm auch das nicht, aber damals habe ich nicht so drauf geachtet.

Jetzt trägt er meistens einen Zwölftagebart und kurz geschnittene Haare, aber einen richtigen Schnitt und nicht so eine proletenhafte Insel-Frisur. Weil er ein selbst ernannter Gentleman ist, hat er schon frühzeitig angekündigt, meine Schwester schweren Herzens und für immer in Ruhe zu lassen, obwohl er sie sehr sexy findet, aber er sagt, Fummeln mit der Schwester des besten Freundes geht gar nicht. Da könnte er ja gleich zu den Türken gehen, die hätten damit kein großes Problem, weil die zum Teil schon europäisiert seien.

Wenn er Jenny selbst gefragt hätte, hätte er sich allerdings den ganzen Sermon sparen können, denn sie steht nur auf hellhäutige

Engländer und Amerikaner, was ich genau so wenig verstehen kann wie eine sexuelle Vorliebe für orientalische Berufspatriarchen. Ich finde ja, Faris und Likke könnten es einmal miteinander probieren.

Faris wohnt mit seinen Eltern in einem Mietshaus, genauer gesagt, im höchsten Gebäude der Stadt. Geil, werden einige denken, super Ausblick, aber Faris wohnt im ersten Stock und nicht im zwanzigsten, und der geilste Ausblick, den er hat, ist der gewaltige Ausschnitt von Frau Blöme, die im Erdgeschoss wohnt und auf dem Balkon regelmäßig ihre armseligen Blumen gießt. Und Frau Blöme ist sechsundsiebzig Jahre alt.

Richtig fantastisch ist allerdings der Blick vom Dach. Natürlich ist es streng verboten, dort hinaufzuklettern, zumal es kein von der EU zugelassenes Geländer oben gibt, noch nicht mal ein selbst gebautes, aber im zwanzigstens Stock wohnt Faris' Onkel Reihan, und der sagt natürlich nichts. Vom Dach aus kann man bis zum Stadtrand gucken, wo der Wald anfängt und wo die Bundeswehr direkt daneben eine kleine Garnison unterhält.

Während ich doch einigermaßen an Jenny und Mirko hänge, trotz meiner Schwierigkeiten, ihr Denken und Handeln auch nur im Ansatz zu verstehen, macht es Faris gar nichts aus, dass er keine Geschwister hat. In mindestens sieben Stockwerken seines Hauses wohnen irgendwelche Verwandte von ihm, Onkel, Neffen, Cousinen, Omas und so weiter, so dass ihm nie ein Mangel an familiärer Aufmerksamkeit droht. In unserer abendländischen Kultur käme das als Heranwachsender schon einer mehrjährigen Haftstrafe nahe, aber bei unseren morgenländischen Mitbewohnern ist das, glaube ich, so normal wie die Tatsache, dass sie statt Kaffee Tee zum Frühstück trinken.

Im ersten Semester habe ich mal an einer Grundschule hospitiert, und um das Vertrauen der Schüler zu gewinnen, habe ich manchmal, statt das kleine Einmaleins zu pauken, die Kinder gefragt, was sie am Nachmittag so machen. Von den Deutschen gingen neunzig Prozent zum Sport, der Rest spielte allein zu Hause; von den Türken, Syrern, Libanesen und Afghanen spielten neunzig Prozent mit Cousins und Cousinen und zehn Prozent gingen zum Fußball, wobei diese zehn Prozent zu hundert Prozent männlich waren. Im zweiten Semester habe ich meine Fragestellung dahingehend modifiziert, dass ich von den Nichtdeutschen eigentlich nur noch wissen wollte, ob sie mit Cousins *oder* mit Cousinen spielten.

Was Faris den ganzen Tag macht, weiß ich nicht. Im Frühjahr und Sommer hat er hauptsächlich damit zu tun, seinen Heuschnupfen in den Griff zu kriegen, was nur mäßig klappt, weil sich offenbar einige Antihistaminika nicht mit anderen Drogen vertragen, die er ab und zu einwirft, und man muss ja Prioritäten setzen. Ansonsten geht er von Stockwerk zu Stockwerk und besorgt sich Aufträge für seine Ein-Mann-Spedition. Einmal sollte er zwei Regale und einen Stuhl von Onkel Reihan zu einer Cousine transportieren, die im vierzehnten Stock desselben Hauses wohnt, und weil Onkel Reihan auch selbstständig ist, haben Faris und er sich gegenseitig großzügig Lieferscheine ausgestellt. Faris ist dann mit dem Krempel einmal in die Stadt gefahren, hat irgendwo einen Döner gegessen und die Sachen dann ausgeliefert. So in der Art laufen seine Geschäfte, er macht keine großen Sprünge, offiziell wenigstens. Aber er macht auch keinen Hehl aus seiner Meinung, dass er etwas Besseres verdient hat, auch ohne Schulabschluss. „Meine Zeit wird noch kommen", sagt er immer. Und: „Ich schwöre!"

Den Spruch finde ich gut, er hat so etwas Entschlossenes. Vielleicht wäre das ja schon ein erster Schritt für mich, diesen Satz einmal am Tag aufzusagen.

Irgendwann werde auch ich ganz entschlossen sein.

Ich schwöre!

5

Ein paar Minuten sitzen wir schweigend nebeneinander und glotzen auf die silberne Kugel, die mit fürchterlich nervenden Klanginstallationen unterlegt über das Flipperfeld schießt und offensichtlich nicht weiß, wo sie eigentlich hingehört. Ehrlich gesagt weiß ich das auch nicht so genau, denn ich halte diese Geräuschkulisse nie lange aus und verschwinde meistens nach ein paar Augenblicken wieder nach draußen. Heute ist das nicht nötig, denn Faris hört plötzlich auf zu flippern und starrt seine bunt erleuchteten Erfolgszahlen an. Ich nehme an, dass sie nicht seinen Hoffnungen entsprechen, denn er verzieht genervt den Mund und klatscht mit der flachen Hand auf den Automaten.

„Scheiß Kiste."

Mir fällt als Antwort überhaupt nichts ein. (*„Stimmt." „Macht nix." „Ist doch egal." So was will doch keiner hören.*) Aber vielleicht muss ich auch gar nichts antworten, Faris hat ja schließlich nichts gefragt. Also nicke ich nur blöd und haue ihm noch einmal auf den Rücken. Das nimmt Faris leider als Aufforderung weiterzuspielen. Sofort erklingen wieder die nervtötend lieblichen Klanginstallationen.

„Ist Yussuf auch hier?", frage ich. Jede Fluchtmöglichkeit ist mir jetzt willkommen, das Gedudel macht mich wahnsinnig.

„Hinten", murmelt er, während er sich auf die Kugel konzentriert und ein paar Mal seitlich gegen den Automaten haut. „Im Matratzenzimmer."

„Schläft er?", frage ich, weil ich mir nicht vorstellen kann, dass er sich dort mit einer Frau vergnügt. Zu Yussuf passt weder das Wort Frau noch das Wort Vergnügen, und kombiniert schon mal gar nicht.

„Nein."

Faris haut wütend mit beiden Händen gleichzeitig auf den Automaten, der daraufhin seinen Geist aufgibt. Himmel, ist das schön! Faris steckt sich die nächste Zigarette an und wendet sich seiner Flasche Bier zu, die auf einem Wandregal steht. Er nimmt einen tiefen Schluck, rülpst und setzt sich wieder auf den Hocker.

„Da ist so'n Typ gekommen, der einen Literaturkreis oder so ähnlich machen will. Über Bücher reden, du weißt schon, Mann." Er grinst mich an. „Weißt du, wahrscheinlich ist der einfach nur 'ne schwule Sau und will's mit ein paar Typen treiben."

Ich bin ziemlich verwirrt. Ein Literaturkreis? Hier? Bei diesen ganzen *Gesellschaftsversagern*, wie wir in den besseren Kreisen und auf den Fluren der Behörden hinter vorgehaltener Hand heißen? Will da etwa jemand Typen wie Faris Goethe und Schiller näherbringen? Oder gar Franz Kafka? Genauso gut könnte man doch versuchen, einer Kuh die binomischen Formeln einzutrichtern.

Also nein. Was dann?

„Sind denn keine Mädchen dabei? Ich meine, wegen schwule Sau und so."

„Wollte er nicht haben."

„Wieso das denn nicht?" Meiner Ansicht sind Mädchen immer die besseren und vor allem interessierteren Literaturkritiker, jedenfalls war es in unserer Klasse so gewesen. Bei uns Jungs war keine Leuchte dabei. Den Vogel hat damals Nils Plattenberg, ein in allen Belangen durchschnittlicher Junge, abgeschossen, als er in der Abiturklausur über „Homo Faber" den Autor durchgängig Max Fritsch nannte, als wäre der mit dem Schauspieler und Schlagersänger Thomas Fritsch verwandt. Was unseren Lehrer zusammen mit dem Rest des Geschriebenen zu der nicht völlig irrigen Annahme führte, dass Nils das Stück nie gelesen hatte. Nils hatte es schließlich nur der Intervention unseres liberalen Schulleiters zu verdanken, dass er das Abitur trotz des einen Punktes in der Deutsch-Grundkurs-Klausur schaffte. Aber Germanistik hat er meines Wissens nicht studiert.

Faris trinkt den Rest des Bieres in einem Zug aus, rülpst wieder und starrt missmutig auf das Flippergerät.

„Weiß ich doch nicht, Mann. Ich sag doch, dass er schwul ist."

Ich muss gestehen, dass ich etwas neugierig geworden bin. Ich kenne bis heute keinen einzigen Schwulen auf der Welt persönlich, nur eine Lesbe, Lara, und bis auf die Tatsache, dass sie Frauen küsst statt Männer, ist sie eigentlich eine ganz normale Frau. Etwas arrogant und anmaßend vielleicht, aber vielleicht bin ich auch nur sauer auf sie, weil sie mir eröffnet hat, dass ich wegen ALS nicht mehr lange zu leben habe.

„Soll'n wir da mal gucken?", frage ich mutig.

Faris starrt mich an, als hätte ich ihm gerade vorgeschlagen, zu einem Konzert von Helene Fischer zu gehen.

„Bist du bescheuert, Mann? Die sind schwul! Und lesen Bücher. Was soll ich denn da?" Er ist ehrlich und inbrünstig entsetzt über meine Idee.

„Yussuf ist nicht schwul", entgegne ich. „Jedenfalls nicht, dass ich wüsste."

Faris schüttelt den Kopf, geht zur Theke und kommt mit zwei Flaschen Bier wieder. Wir stoßen an und lehnen uns nebeneinander an die Wand. Wie auf Kommando lassen wir uns auf den Boden gleiten und sitzen auf den kalten Fliesen.

„Yussuf ist nicht schwul", wiederhole ich. „Und er ist unser Freund. Also können wir doch mal gucken."

Faris rülpst, ohne getrunken zu haben. „Noch ist er nicht schwul. Aber glaub mir, Mann, in ihm steckt was von einem Schwulen. Er ist so ernst und guckt immer so komisch."

„Komisch?"

„Ja, komisch. Er hat die Augen von Jack Sparrow, wenn man es schafft, sich seine dicke Brille wegzudenken."

„Und Jack Sparrow guckt schwul?"

„Ja, irgendwie schon, finde ich. Außerdem baggert er doch nie Keira Knightley an, da ist doch was faul."

Ich bin unsicher, ob Faris mich gerade für voll nimmt oder ob er mich verarschen will. „Das ist doch ein Film, du Depp, das steht halt nicht im Drehbuch. Außerdem baggert er auch nie Orlando Bloom an."

„Klar, Mann, weil er weiß, dass der nur scharf auf die Frau ist." Dann gibt er mir einen Klaps auf die Schulter und lacht. „Aber Depp ist gut, ey. Tolles Wortspiel."

Er trinkt wieder und überlegt, was ich daran merke, dass er seinen Kopf schief hält und den Mund offen stehen lässt. Er sieht so ein bisschen debil und weniger männlich aus, aber wenn es wirklich darauf ankommt, ich meine, bei Frauen und so, dann macht sein Hirn eine wohlverdiente Pause und er ist wieder zweihundert Prozent Mann.

„Wir fragen ihn gleich einfach, was da war", schlägt er vor. „Stell dir mal vor, wir platzen da rein, wenn gerade alle mit diesem Büchertypen beschäftigt sind. Bah!" Er verzieht verächtlich den Mund. „Das brauch ich echt nicht, Mann."

Da muss ich ihm zustimmen. Ich kann mir zwar immer noch nicht vorstellen, dass an Faris' Hirngespinst von einer schwulen Orgie irgendetwas dran ist, aber falls doch, wäre es schon ziemlich peinlich. Nicht nur für Yussuf.

Wir trinken noch zwei Bier, reden und schweigen, dann hören wir aus Richtung Matratzenzimmer Stimmen. Fünf junge Männer kommen den schmalen und versifften Gang entlang geschlurft, darunter auch Yussuf. Die anderen vier kenne ich nur vom Sehen, sie hängen auch hier ab und haben vorrangig andere Sachen zu erledigen als sozialversicherungspflichtig zu arbeiten. Ihre Gesichter sind alle durchweg ernst, also gehe ich davon aus, dass sie nicht über eine Komödie diskutiert haben. Vielleicht „Krieg und Frieden", aber dann würde die Sitzung vermutlich etwas länger dauern. So bis Weihnachten.

Ich nicke Yussuf freundlich zu und winke ihm, dass er sich zu uns setzen soll, aber er schüttelt nur kurz und entschieden den Kopf und geht mit den anderen nach draußen vor die Tür. Ich stoße Faris an, als Zeichen, dass er mitkommen soll. Ich hätte auch nichts dagegen, wieder etwas frische Luft zu atmen. Faris seufzt, holt noch zwei Flaschen Bier an der Theke und folgt mir nach draußen.

Inzwischen ist es ungefähr neun, die Dämmerung kündigt sich an. Normalerweise ist das die Zeit, in der sich die Pärchen mit Hormonstau in die wenigen lauschigen Ecken auf dem Gelände verdrücken und rumknutschen, sozusagen in die Outdoor-Matratzenzimmer. Früher wurde hier auch fleißig gedealt, aber der neue Leiter hat die sogenannte Null-Toleranz-Grenze eingeführt, was streng genommen ja gar keine Grenze mehr ist, sondern ein totales Verbot. Sonst ist Achim Schneider ein ganz passabler Typ, aber bei diesem Thema müssen wohl persönliche Gründe eine Rolle spielen, schon allein wegen der Akzeptanz und so. Aber Achim lässt da nicht für fünf Cent mit sich reden. Onkel Reihan hat Haus- und Geländeverbot, seit er neulich eine Gratisrunde Hasch schmeißen wollte, um neue Kundschaft zu akquirieren.

Yussuf steht mit den anderen Männern der Literaturrunde an der Mauer, die das Gelände von der Straße trennt, und diskutiert und gestikuliert wild, ein Bild, das völlig neu für mich ist. Alle paar Sekunden nimmt er seine Brille ab, steckt einen Bügel in den Mund, kaut ein bisschen darauf herum und setzt sie wieder auf, auch das kenne ich nicht. Selbst Faris ist offenbar mächtig irritiert, denn er lässt wie sonst nur beim Nachdenken jetzt auch beim Trinken seinen Mund offen, wodurch er Bier auf Kinn und Brust sabbert.

„Guck mal", raunt er mir zu. „Hat Yussuf was genommen?"

„Yussuf nimmt nichts", entgegne ich. Aber komisch kommt mir das da auch vor.

Faris schüttelt den Kopf. „Yussuf ist nicht schwul, Yussuf hat nichts genommen – Mann, weiß ich auch alles, aber ey, guck ihn dir an, wie ist der denn drauf?"

Einen Moment spiele ich die These durch, dass Faris recht hat und Yussuf unter Drogen steht, meinetwegen ist er auch noch schwul geworden, ganz plötzlich eben, vielleicht weil der neue Literaturpapst der Volkswelt ein unwiderstehlich geiler Typ ist. Aber dann sehe ich ihn und weiß sofort, dass das Problem woanders liegen muss. Ganz woanders. Denn der bleichgesichtige Mann, der drei Meter vor Yussuf steht und sich mit wichtigem und arrogantem Blick die Diskussion zweier Buchfreunde anhört, erfüllt weder das Schönheitsideal einer heterosexuellen Frau noch das eines homosexuellen Mannes. Das mit der Frau weiß ich sicher.

Neben seiner kalkweißen Hautfarbe zeichnen ihn noch eine dicke Nase und abstehende Ohren aus. Er trägt außer einer Glatze einen dünnen schwarzen Vollbart ohne Schnäuzer, eher einen dichten Flaum als einen Bart, auf der linken Wange erkenne ich eine lange und fette Narbe, die von seinem Ohr bis fast zum Mund verläuft. Nein, denke ich, kein Model bei Mens's Health, auf keinen Fall.

Mittlerweile haben sich alle fünf wieder um ihn versammelt und hören ihm gebannt zu, wahrscheinlich fasst er „Krieg und Frieden" noch einmal in zwei, drei Sätzen zusammen. Dann gehen sie auseinander, der Mann verschwindet auf die Straße, Yussuf kommt endlich auf uns zu und drückt uns brüderlich.

„Was war das denn?", fragt Faris ohne Vorwarnung. „Euer neuer Messias?"

„Idiot", sagt Yussuf ganz ruhig. Er nimmt wieder seine Brille ab und kaut auf dem Bügel herum. „Das war Omar Al-Musa." Er singt fast den Namen und zieht ihn die Länge, Muuuusa, wahrscheinlich ist er tatsächlich high. Seine Augen blitzen verzückt und schimmern irgendwie seltsam, unpassend ... als wenn sie jeden Moment aus den Höhlen fallen würden.

„Und?", fragt Faris ungeduldig. „Was habt ihr gemacht?"

Wieder etwas, was merkwürdig ist: Yussuf stellt sich in unsere Mitte und legt seine Arme um unsere Schultern, was von weitem ein Bild für die Götter sein muss, weil Yussuf einen Kopf kleiner ist als ich und fast zwei Köpfe kleiner als Faris. Er schiebt uns mit leichtem Druck vorwärts, dahin, wo keine anderen Trefftypen rumhängen, und beginnt einen Vortrag, der in meinen Ohren ziemlich wirr klingt und auf Faris auch keinen großartig anderen Eindruck zu machen scheint.

Es gehe um die Gesellschaft als Ganzes, so lautet seine vielversprechende Einleitung. Wer denn die Gesellschaft, in der wir leben, eigentlich sei? Doch nur die Summe aller Individuen, die unter Zugrundelegung der kapitalistisch geprägten Globalisierung jetzt gezwungen sind, auf engstem Raum miteinander auszukommen und mit dem Problem konfrontiert seien, eine Vielzahl von teilweise sich widersprechenden Kulturen so miteinander zu verzahnen, dass die Räder sich weiterdrehen und nicht im Getriebe der Gegensätze und Unvereinbarkeiten stecken bleiben. „Das ist die große Herausforderung der Gegenwart." Nach diesem Schlusssatz sieht er uns an, als sollten wir uns hier und jetzt dieser Herausforderung stellen.

„Kann alles durchaus sein", sage ich völlig verwirrt. „Aber was hat denn das mit Literatur zu tun?"

Yussuf bleibt stehen. „Wieso Literatur?"

„Dann eben Kino", sagt Faris. „Ihr habt euch doch bestimmt „Fluch der Karibik" reingezogen, oder?"

Yussuf schüttelt den Kopf und schiebt uns weiter.

„Wir haben nur geredet. Glaubt ihr eigentlich, dass es jemanden gibt, der unsere Probleme wirklich lösen kann?"

Faris legt den Kopf wieder schief. „Vielleicht Putin", sagt er. „Weil es da bald keine verschiedenen Kulturen mehr gibt in Russland. Dann haben die auch keine Probleme mehr. Ja, Putin, das würde gehen. Hast du mal das Foto gesehen, wie der auf 'nem Pferd reitet mit nacktem Oberkörper? Oder Lachse angelt? Krass."

Das ist echt Faris. Markiert einer den starken Mann, ist er Feuer und Flamme, egal, ob die Leute dort sagen dürfen, was sie wollen, oder nicht. Wahrscheinlich hängt das damit zusammen, dass im Libanon seit gefühlten fünfzig Jahren keiner mehr weiß, wer eigentlich regiert, und sich ein Teil der Libanesen einen starken Mann wünscht, der sowohl die Israelis als auch die Hamas und die Hisbollah endlich zum Teufel schickt.

Jetzt stutzt Faris. „Oder meinst du, wer mir persönlich helfen kann?"

Yussuf lächelt gütig, auch eine Mimik, die ich noch nicht so kenne. Langsam kommt mir die ganze Sache doch mehr als seltsam vor. Als wäre ich im falschen Film.

„Ich meine beides, Faris. Das große Ganze und ganz besonders dich, weil du mein Freund bist. Alles soll doch besser werden, oder?"

„Wär nicht schlecht. Meinst du, dass ich dann einen Job kriege, oder was?" Faris grübelt noch ein paar Sekunden, dann befreit er sich aus Yussufs Halbumarmung und klatscht begeistert in die Hände.

„Ich weiß, dein Omar zieht ein dickes Ding auf. Klar, Yussuf, ich mach mit."

Plötzlich bin auch ich überzeugt, dass Yussuf Majali, gebürtiger Jordanier aus einer altehrwürdigen Kaufmannsfamilie, bei etwas Dickem oder Großem mitmachen will, aber wahrscheinlich meint er etwas anderes als ein einträgliches Drogen- oder Waffengeschäft. Vielleicht täusche ich mich ja. Dann wär ich echt beruhigt. Doch jetzt bin ich beunruhigt, und deshalb fasse ich hier und jetzt den Entschluss, Näheres in Erfahrung zu bringen. Damit ich gegebenenfalls verhindern kann, was immer er vorhat. Dafür muss ich allerdings erst mit ihm allein sprechen. Für Faris ist das alles noch zu hoch im Moment.

6

Als ich am anderen Morgen aufwache, bin ich sicher, dass Yussuf im Treff lediglich bekifft war. Ich habe ihn natürlich schon oft Schwachsinn reden hören, zum Beispiel im Philosophieunterricht der Klasse 13, wo er über Kants Metaphysik der Sitten einmal derartig hergezogen hat, dass unsere äußerst engagierte Lehrerin Frau Lämmer mit ihm nach draußen gegangen ist und vor der Tür ein bilaterales und intensives Streitgespräch geführt hat. Sie war nämlich klug genug zu wissen, dass uns vier anderen Teilnehmern des Grundkurses der Stoff im Allgemeinen und Immanuel Kant im Besonderen am Arsch vorbeiging und sie Yussuf nur von Kants hehren Freiheitsidealen überzeugen konnte, wenn sie nicht durch dummes Gequatsche von der Seite gestört wurde. Eigentlich sollten Pädagogen ja Schüler nicht von ihrer Meinung überzeugen, aber Frau Lämmer hat wohl schon damals gemerkt, dass Yussufs Auffassung von persönlicher Freiheit und den Rechten des Individuums und der Allgemeinheit nicht mit einer freiheitlich demokratischen Grundordnung in Einklang zu bringen war, sosehr sie sich auch anstrengte.

Ich döse noch eine Weile im Bett und denke an Yussuf, während ich höre, dass meine Mutter die Wohnung verlässt und Mirko danach sein Bier holt. Wen kann Yussuf mit der Frage gemeint haben, wer uns allen helfen kann? Und vor allen Dingen: wobei helfen? Der Dalai Lama, zum Beispiel, ist ja grundsätzlich ein guter und vorbildlicher Mann, dem ich im Notfall auch meine Ersparnisse von eintausend Euro anvertrauen würde, aber ich glaube nicht, dass er uns hier in Deutschland zu mehr Jobs und einer Perspektive verhelfen könnte, dazu fehlt ihm mit Sicherheit der wirtschaftliche Weitblick. Außerdem weiß er auch gar nicht, welche Fachkräfte gebraucht werden oder ob wir mehr oder weniger Führungskräfte brauchen. Dann fällt mir ein, was Yussuf über den Begriff Freiheit so denkt, und der Dalai Lama muss sich also ganz hinten anstellen. Direkt hinter Nelson Mandela, wenn der noch leben würde.

Jetzt muss ich aber aufhören zu grübeln und die Antwort bis auf Weiteres verschieben. So spannend das Rätsel um den großen Erlöser im Moment auch für mich ist, ich fahre in zwei Stunden für eine Woche weg und habe noch nicht gepackt. Fünf Tage Schulpraktikum in einem Internat, plus zwei Tage Wochenendbetreuung der Kinder, die nicht nach Hause fahren. Dreiundzwanzig Studenten fahren mit, dazu Antonia Spiridonis als pädagogische und sportliche Leiterin. Ich habe lange darüber nachgedacht, ob ich mich krankmelden soll. Weil ich es vermutlich nicht überlebe, sollte sie mir nachts mal auf dem Flur begegnen. Wegen der ganz sicher zu erwartenden und sofort sichtbaren Reaktion meines Körpers auf ihren leicht bekleideten Körper müsste ich nämlich vor Peinlichkeit auf der Stelle sterben. Außerdem, und das wog noch schwerer bei meinen Überlegungen, soll ihr Mann als Begleitperson und Sportarzt mitkommen. Die beiden in einem Zimmer auf meinem Flur? Never! Obwohl dieses Praktikum auch Voraussetzung für die Fortsetzung des Studiums ist. Es gibt halt Dinge, die kann man nicht aushalten, da helfen auch Drohungen nichts. Erst als Antonia erklärte, dass sie und ihr Mann in einem anderen Block untergebracht sein würden, habe ich mich angemeldet.

Um zwölf Uhr ist Abfahrt am Sportplatz. Der Busfahrer, ein glatzköpfiges Rundgesicht mit Pausbacken und Bauchansatz, hält seine Begrüßungsansprache, sobald Antonia Spiridonis eingestiegen ist und es sich auf dem Beifahrerplatz bequem gemacht hat. Verboten sind: Müll auf die Erde zu schmeißen, lautes Singen, unnötiges Umherlaufen (wobei er ausdrücklich betont, dass er es noch immer gemerkt hat, was unnötig ist und was nicht), den Fahrer (also ihn) anzusprechen, geschmacksintensive Speisen wie Döner und Pommes und klebrige wie Eis und Schokoriegel zu sich zu nehmen, Alkohol sowieso. Ach, und natürlich das große Geschäft auf der Bustoilette. Erlaubt sind das kleine Geschäft auf dem Klo, aber nur im äußersten Notfall, alkohol- und zuckerfreie Getränke, krümelarme Brote, Gespräche auf Zimmerlautstärke und Musik per Kopfhörer.

Selbst in meiner Kindergarten- und Grundschulzeit habe ich eine derartige Auflistung von Verboten nicht gehört, und ich sehe, dass es Antonia Spiridonis furchtbar peinlich ist, denn sie hat das Unternehmen ausgewählt und schämt sich jetzt dafür in Grund und Boden. Dann kommt ihr Mann von hinten aus dem Bus zum Fahrer und flüstert ihm ein paar Worte ins Ohr, er klopft ihm kumpelhaft auf die Schulter, zwinkert seiner erröteten Frau zu und verschwindet wieder nach hinten. Der Glatzkopf starrt ein paar Sekunden aus dem Fenster. Dann greift er zum Mikrofon und sagt diesen einen, wortgewaltigen Satz, der die vergangenen fünf Minuten in ein pures Nichts auflöst: „Oder macht doch einfach, was ihr wollt."

Einen Augenblick ist es totenstill im Bus, dann gibt es donnernden Applaus, Pfiffe und Gejohle. Über den Rückspiegel kann ich erkennen, dass der Fahrer noch röter wird, als er sowieso schon ist, ich nehme mal an, weil er sich jetzt freut, dass er fünfundzwanzig Menschen richtig glücklich gemacht hat, obwohl er es streng genommen gar nicht war, sondern Antonias Gatte. Aber das interessiert jetzt keinen, am wenigsten Mr. Pausbacke. Als die lautstarke und begeisterte Zustimmung verebbt ist, bleibt es bis zum Ziel der Reise ganz ruhig und gemütlich, keiner schreit, keiner säuft, und nur ganz selten läuft mal jemand ein paar Schritte, aber niemals „unnötig umher". Als ich den Bus am Gästehaus des Internats verlasse, habe ich eine Vorstellung davon, was wahrhaftige Überzeugung eigentlich bewirken kann: im Grunde genommen alles. Ich fürchte, ich muss mich doch einmal mit Antonias Mann unterhalten. Er heißt übrigens Simon und scheint ein wirklich netter Kerl zu sein, so blöde ich das auch finde. Vielleicht kann ich ihm sein Geheimnis entlocken.

Die Unterkunft wirkt ziemlich edel. Knarrende Holzdielen, große Türen, mindestens vier Meter hohe Decken, alles ein bisschen wie in einem englischen Herrenhaus. Aber Antonia lässt uns leider nicht viel Zeit zum Eingewöhnen, die Kinder, also unsere Probanden, warten schon auf dem Sportplatz und sind gespannt auf die coolen Übungsleiter aus der großen Stadt.

Weil es anders nicht hinkommt mit der Anzahl der Männer, Frauen und vorhandenen Betten in den Zimmern, muss einem aus der Delegation ein Einzelzimmer zugewiesen werden. Und die Wahl fällt – angeblich zufällig – auf mich. Obwohl ich nicht an Zufälle glaube, versuche ich, die Sache möglichst emotionslos hinzunehmen. Was nicht ganz leicht ist.

Die einzige Möglichkeit, der drohenden Einsamkeit zu entfliehen, wäre noch, mit Lara auf ein Zimmer im Frauenblock zu gehen. Inoffiziell natürlich, das Gästehaus ist kirchlich geführt und duldet selbst unter Erwachsenen keine Mischzimmer, nur bei Verheirateten nach Vorlage eines amtlichen Nachweises. Aber selbst, wenn es für Lara okay wäre, was es natürlich nicht ist, würde ich doch lieber im Heizungskeller neben den Mäusen übernachten als in einem Zimmer mit einer vor Selbstbewusstsein strotzenden Frau, die Frauen mich und meinen Artgenossen vorzieht. So wenig unfreundlich Lara zu mir ist, ich habe auch so schon zu oft das Gefühl, dass ich im Verhältnis zu meinen Mitmenschen geistig zwar nicht richtig weggetreten bin, aber doch eine wesentlich andere Richtung eingeschlagen habe. Ein Zimmer mit jemandem zu teilen, die derart *down to earth* ist, würde diesen Eindruck nur ungesund verstärken. Vor allem nachts, also quasi während des intimsten Teils des Tages. Also nehme ich das Zimmer für mich allein mit betont gelassener Miene hin und atme erst mal tief durch.

Um 16 Uhr ist Treffen auf dem Sportplatz. Antonia teilt per Los erst die Teams ein und schickt dann jedem Team ein paar Grundschüler. Ich habe schon wieder Glück und ziehe als Team-Partner Leo Zachinski, der mit Bauchkrämpfen im Bett liegt, weil er zum Frühstück faulen Fisch gegessen hat. Also stehe ich um Viertel nach vier mit zehn Grundschülern am Rande des Fußballplatzes, stelle mich vor und überlege, was ich mit ihnen machen soll. Unauffällig schiele ich zu den anderen Gruppen und sehe, dass die Kinder schon fleißig Leibchen und Team-Bänder übergestülpt bekommen und alle lautstark bekräftigen müssen, wie toll sie es finden, jetzt ein Spiel zu spielen, was sie noch gar nicht kennen.

Birte, von den Männern nicht ganz vorurteilsfrei „Esomanze" genannt, fängt mit Clauma-Ball an, einer gewaltlosen Variante des Handballspiels, die sich besonders an Reformschulen einer großen Beliebtheit erfreut. Ich habe noch nie ein richtiges Clauma-Spiel gesehen, aber eigentlich kann es mit Handball nicht mehr viel zu tun haben, Handball ohne Schubsen, Kneifen und Festhalten ist kein Handball. Auch bei den anderen Teams sehe ich eindeutige Tendenzen zu pädagogischen Ball- und Kennenlernspielen wie „Hase im Kohl", „Der Zauberer und die gute Fee" und noch so'n Mist, wobei meine Mitstudenten offensichtlich vergessen haben, dass die Kinder sich teilweise schon seit Jahren kennen.

Also beschließe ich, ein ordentliches Völkerballspiel zu veranstalten, mit einem schönen harten Ball, damit die Kinder auch richtig merken, wenn sie abgeschossen werden. Schließlich hat das Spiel ja einen militärischen Ursprung und sollte diesem auch gerecht werden. Außerdem habe ich einen Ruf zu verlieren, wenn auch einen schlechten.

Ich besorge mir einen harten Handball für die G-Jugend, also etwas größer als ein Ei, lasse die Kinder auf einer Linie antreten, spreche sie mit *eins, zwei, eins, zwei, eins, zwei* an und schicke sie in ihre Felder.

„Wollt ihr etwa auch Trikots?", rufe ich etwas voreilig ins Feld.

„Jaaaaaaaaaaaaaaaa!"

„Hab ich aber grad nicht da." Manchmal lohnt es sich wirklich, einfach nur die Klappe zu halten, denke ich. Was mache ich jetzt?

„Kein Problem", ruft mir ein Junge zu. „Unsere Mannschaft zieht einfach die T-Shirts aus. Is ja noch warm."

Ich nicke ihm unbedacht zu und beobachte, wie sich Mannschaft A die Shirts auszieht. Alle Kinder begeben sich freudestrahlend auf Position und warten auf meinen Startpfiff, der aber zunächst ausbleibt, weil Antonia mir völlig außer Atem auf die Schulter klopft. Ich muss die Pfeife sinken lassen und gebe den Kindern ein Zeichen zu warten.

„Lenny, hast du den Verstand verloren?", schnauzt sie mich an, und ich kann ihr deutlich ansehen, dass sie kurz davor steht, mich irgendwo einweisen zu lassen, wo ich die nächsten fünfzig Jahre nicht mehr rauskomme. Der Grund ist mir allerdings noch nicht klar.

„Was'n?", frage ich und zucke zur Unterstützung noch mit den Schultern. Außerdem ziehe ich die Stirn kraus und hebe die Arme wie Arjen Robben nach einer Schwalbe. Alles auf einmal, aber das beeindruckt Antonia nicht die Bohne.

„Spinnst du, die Mädchen hier halb nackt über den Platz laufen zu lassen? Wenn das ein Elternteil sieht, hast du sofort eine Anzeige am Hals."

Spontan liegt mir auf der Zunge, „Wieso?" zu fragen, aber natürlich kenne ich den Grund. Obwohl ich selbst große Schwierigkeiten habe, bei nackten Oberkörpern von Sechs- und Siebenjährigen einen Unterschied zwischen Mädchen und Jungen zu erkennen. Ich werfe einen flüchtigen Blick auf Mannschaft A und erkenne drei Mädchen an den langen Haaren. Die Kinder schauen mich erwartungsvoll an. „Wann geht's endlich los?", fragt eines der Mädchen, dessen Vater mich bald anzeigt.

Antonia blickt mich kopfschüttelnd an. Sie wirft allen Kindern ihre Shirts zu und schreit über das Feld, rechts die hellen Farben, links die dunklen, egal wem sie gehören.

„Fang an, Lenny, wir reden heute Abend darüber."

Diese Perspektive verdirbt mir den wenigen Spaß, den ich in mühevoller Arbeit in den letzten Minuten aufgebaut habe. Nicht dass ich ein Gespräch mit Antonia grundsätzlich aus dem Weg gehe, auch wenn mein Puls dann immer auf hundertachtzig ist, aber das Thema gefällt mir gar nicht: Kleine Mädchen und Sportlehrer.

Ich werde mir heute Abend anhören, was Antonia zu sagen hat, und morgen früh muss ich dann abreisen und mich exmatrikulieren. Eine andere Wahl wird man mir nicht lassen, wo ich doch so eindeutige Hinweise auf mein triebtäterhaftes Wesen an den Tag gelegt habe.

7

Als ich am nächsten Donnerstag wieder unsere Wohnung betrete, fühle ich mich leer und ausgepumpt, die Beine sind bleischwer, aber ich habe mir nichts anmerken lassen, was ALS angeht. Hoffe ich zumindest. Natürlich bin ich weder vorzeitig abgereist, noch habe ich mich exmatrikuliert, für solche Entscheidungen habe ich einfach nicht den richtigen Mumm. Ich habe Antonias Rüge, die kurz und heftig ausfiel, über mich ergehen lassen, mich ins Bett gelegt und traumlos geschlafen, ohne auch nur noch eine Sekunde darüber nachzudenken, ob ich wirklich etwas verbockt habe. Die restlichen sechs Tage habe ich Dienst nach Vorschrift gemacht, wie man so schön sagt, bloß kein Engagement zeigen, nicht vorpreschen, keine Experimente, keinen Spaß. Die Kinder taten mir natürlich ein bisschen leid, aber ich mir auch, und das ist doch wohl wesentlicher. Da ich sowieso nie mit ihnen arbeiten werde, ist es auch völlig egal, was sie über mich denken mögen. So egal wie alles andere.

Der AB ist leer bis auf eine Nachricht von Faris. Klar hab ich ein Handy, aber Faris wollte wohl, dass ich die Nachricht erst nach meiner Rückkehr kriege. „Ey, Lenny, Alter, wenn du wieder da bist, komm mal heute Abend rum ins Heim, wir müssen was bereden, wir und Yussuf. Echt wichtig."

Wenn Faris anruft, ist es immer wichtig. Egal ob er einen Rat von mir braucht, was selten bis nie vorkommt, oder ob er einfach nur mit mir kickern und abhängen will. Alles ist immer echt wichtig, und von seinem Standpunkt kann ich das sogar irgendwie nachvollziehen. Faris lebt in zwei Welten: Die eine ist seine arabisch geprägte mit der Hundertschaft seiner Verwandten im Wohnkasten, die andere ist die deutsch geprägte, die im Grunde genommen nur aus seiner ganz passablen Sprache und mir besteht. Zwischen diesen beiden Welten pendelt Faris hin und her, und wenn er von seiner arabischen Gemeinschaft mal wieder die Schnauze voll hat, weil ihm das Geschnatter auf den

Senkel geht, ist es eben für ihn echt wichtig, sich kurz, quasi zur Erholung, in seine deutsche Welt zu begeben und einmal tief Luft zu holen. Das kann ich schon verstehen.

Faris wartet draußen vor dem Treff. Er umarmt mich herzlich und zieht mich zu einer kleinen Betonmauer, auf der man gut sitzen, die Beine baumeln lassen und rauchen kann, wenn man möchte. Faris zündet sich eine Zigarette an und bläst den Rauch in Richtung Treff.

„Es gibt Ärger mit Achim."

„Wieso?" Seit der blöden Sache mit Onkel Reihan hat es keinen weiteren Ärger mit dem Leiter des Treffs gegeben. „So allgemein, oder hast du Scheiß gebaut?"

„Er mag Omar nicht und hat ihm verboten, hier Kurse zu geben. Das macht jetzt jemand anders."

Ich brauche ein paar Sekunden, um zu begreifen, dass er diesen seltsamen Literaturmenschen meint, der in Wirklichkeit natürlich gar keiner ist, wie sich jetzt offenbar herausgestellt hat.

„Warum?", frage ich lahm, und ich muss zugeben, dass ich in der Frage, ob Omar Ben Was-Weiß-Ich Kurse in unserem Jugendheim oder in der Sahara gibt, eher leidenschaftslos bin, sogar für meine Verhältnisse. Ob Literatur oder Reiki oder Kung Fu ist mir auch schnuppe. Das Einzige, was mich an dieser Sache wirklich interessieren könnte, wäre die Frage, warum das Verbot ein Problem für Faris ist.

Faris pustet Rauch aus, als wenn er einen Luftballon aufblasen wollte, und schlägt mit den Hacken nervös gegen die Mauer. Kurz: Es ist nicht zu übersehen, dass ihm die Sache sehr unangenehm ist und dass er es so weit wie möglich rausgeschoben hat, mit mir darüber zu reden. Aber in diesem Moment ist wohl in der Tat der seltene Fall eingetreten, dass er einen Rat von mir braucht. Oder dass er wenigstens meine Meinung hören möchte. Normalerweise fühlt man sich ja dann geschmeichelt, man hat das Gefühl, man wird wirklich gebraucht, aber da mich gewöhnlich niemand um Rat fragt, bin ich schnell überfordert mit der Situation.

Faris schnippt die Kippe weg. „Omar wollte uns eigentlich nur was über den Islam erzählen. So wie man als richtiger Moslem leben sollte, was man für Ziele hat und so, ganz harmlos, finde ich, aber Achim ist gestern Abend da reingeplatzt und hat ihn rausgeworfen."

Ich kann kaum beschreiben, was ich in diesem Moment alles denke und fühle. Zumal ein solcher Gefühlsausbruch für mich ein sehr seltenes Erlebnis ist. Ich spüre tatsächlich Wut und Fassungslosigkeit. Gleichzeitig und auch nicht zu knapp. In wenigen Sekunden produziert mein Gehirn eine unüberschaubare Masse an ungefilterten Emotionen und wirren Gedanken und exportiert diese an meine Umwelt, die in diesem Augenblick allein aus Faris besteht. Man könnte auch sagen: Mein Gesichtsausdruck explodiert vor Entsetzen.

Ich habe ja schon vor ein paar Tagen geahnt, dass mit diesem Omar was nicht stimmt, und ja, ich habe auch schon geahnt, wohin die Reise führt. Die täglichen Horrormeldungen aus Syrien gehen ja nicht einfach an mir vorbei, so gerne ich das auch hätte. Jetzt habe ich die Bestätigung.

„Faris! Omar ist ein Salafist. Das ist doch sonnenklar, und Achim hat vollkommen richtig gehandelt. Ich hätte wahrscheinlich sogar noch die Bullen gerufen."

„Hat er ja auch gemacht."

Ich bin positiv überrascht. „Klasse! Und?"

Faris zuckt mit den Schultern. „Keine Ahnung. Omar ist vorher abgehauen, aber ich glaube nicht, dass er ein Salafist ist. Er hat mit uns doch nur über den Islam und unser unterdrücktes religiöses Leben hier in Deutschland gesprochen."

Zwei Sachen machen mich stutzig: Zum einen ist Faris eigentlich nicht in der Lage, selbsttätig eine Phrase wie ‚unterdrücktes religiöses Leben' zu dreschen, und zum anderen war da das Wort ‚uns'. Mir schwant Böses.

„Faris! Sag jetzt nicht, dass du da auch zugehört hast!"

Er steckt sich die nächste Zigarette an, springt von der Mauer und setzt sich davor, damit er sich anlehnen kann. Ich springe ihm nach und setzte mich neben ihn.

„Ich bin auch Moslem, weißt du?", versucht er sich zu verteidigen.

„Und? Bist du auch unterdrückt, oder was?" Ich merke, dass meine Wut sich in Spott entwickelt, ein dünnes Eis, vor allem bei Menschen wie Faris, bei denen man nicht immer unbedingt sicher sein kann, dass sie die Frage richtig verstehen und sich vor allem nicht sofort beleidigt fühlen.

Da Faris jetzt nicht mehr mit den Hacken an die Mauer schlagen kann, wippt er mit den Fußspitzen auf und ab, was mich noch mehr nervt. Er starrt fast sehnsüchtig zum Ausgang, als hoffe er, dass gerade in diesem Moment jemand aufs Gelände kommt, der ihn vor meinen Augen zusammenfaltet, warum auch immer. Natürlich kommt keiner, meines Wissens ist noch nie jemand gekommen. Aber er scheint wirklich zu überlegen, ob ihm hier jemand das Leben schwermacht. Unglaublich, finde ich.

„Na ja", meint er nach einer Weile, „so richtig unterdrückt mich keiner hier. Traut sich eben niemand." Er zieht sein T-Shirt ein bisschen hoch und betrachtet seine gut sichtbaren Bauchmuskeln. „Aber mental schon."

O Gott, denke ich. Und: Jetzt wird's spannend.

„Wie? Mental?"

„Mental eben, so vom Kopf her, du weißt doch!"

Faris ist Olympiasieger in der Disziplin unbekannte Fremdwörter aufschnappen und sie bei nächster Gelegenheit verbraten, ohne vorher darüber nachzudenken, ob sie passen oder nicht. In der Schule hat er uns so einige sterbenslangweilige Deutschstunden gerettet, und weil Faris in den Fällen auch über sich selbst lachen kann, wenn er im Mittelpunkt des Interesses steht, durften auch alle anderen über ihn lachen, einschließlich fast aller Lehrer.

„Ich weiß vor allem, dass du zu viel Fußball guckst, wenn du hier von ›mental‹ anfängst. Gleich erzählst du mir noch, dass ihr Moslems nicht kompakt genug in der Abwehr steht. Du erzählst Schwachsinn, Faris! Warst du in einer dieser Veranstaltungen bei diesem Salafisten?"

„Omar ist kein Salafist!"

„Gut, Omar ist kein Salafist. Warst du da?"

„Ja."

Ich halte die Luft an, dann puste ich sie laut aus, damit Faris ganz deutlich hört, dass ich das überhaupt nicht verstehen kann, was er da schwafelt.

„Und?", frage ich dann. „Wie war's so?"

„Gut."

In diesem Augenblick begreife ich den damaligen Wunsch meiner Eltern, aus ihrem Sprössling mehr als dieses kleine und in diesem Zusammenhang nichtssagende Wörtchen »gut« herauszuholen, wenn sie sich zum Beispiel am Nachmittag oder Abend nach dem Befinden erkundigt haben, obwohl mir das Gefrage jedes Mal auf den Wecker ging und ich erst recht einen Teufel getan habe, als mir mehr entlocken zu lassen.

„Was meinst du mit gut?"

Faris seufzt. „Mann, gut eben. Ich hab alles verstanden, was er gesagt hat."

Wenn das wirklich stimmt, gibt mir das arg zu denken. Also entweder lügt Faris, oder dieser Wanderprediger hat sich in der Tat ziemlich einfach ausgedrückt, um auch ganz sicher alle Schichten zu erreichen.

„Und was hat er so gesagt?"

Faris springt ruckartig auf und tritt wütend mit einem Fuß gegen die Mauer. „Mann, warum soll ich dir das jetzt erzählen? Du findest das doch sowieso kacke. Du denkst, da treffen sich bekloppte Moslems und beraten darüber, wie man am besten alle Ungläubigen massakrieren könnte. Stimmt's?"

Ehrlicherweise müsste ich kräftig nicken, aber ich zögere ein bisschen mit der Antwort. Wenn ich jetzt schon auf Konfrontationskurs gehe, verspiele ich vielleicht eine der letzten Möglichkeiten, Faris vor dem drohenden Unheil zu bewahren, das sich hier abzeichnet.

„Ich kann gar nichts denken, weil ich nicht dabei war und du nix erzählst."

„Dann frag doch Yussuf."

„Der war auch da?"

„Yussuf war jeden Tag da, bis Mittwoch. Omar war ja schon ein paar Wochen im Treff, unregelmäßig, aber wenn er da war, war die Bude voll. Hat sich immer rumgesprochen, wenn er wiederkommt. Facebook, Twitter."

Faris geht vor mir auf und ab, die Hände in den Hosentaschen vergraben, den Kopf nach unten gebeugt. Ich nehme an, dass er sich gerade überlegt, was er eigentlich von mir will in diesem Moment. Mehrere Dinge kommen da in Betracht: 1. Er bereut es, dass er mich angerufen hat, und will jetzt plötzlich seine Ruhe vor mir haben. Dann wird er gleich einfach verschwinden. 2. Er braucht einen Rat oder besser eine klare Handlungsanweisung. In diesem Fall sollte er sich besser an Onkel Reihan wenden, denn von mir nimmt er nur Ratschläge an, die ihm in den Kram passen und die er sich vorher sowieso schon ausgemalt hat, und die wird er jetzt nicht kriegen. 3. Er glaubt, dass er schon mittendrin steckt im Schlamassel und meine Hilfe braucht, weiß aber nicht, wie er die Bitte vortragen soll. Diese Möglichkeit ist die unwahrscheinlichste, aber seine Unsicherheit und Wut könnten ein Zeichen dafür sein, dass es noch Wunder gibt auf der Welt.

Nach fünf Sekunden zerstört Faris meinen Funken Hoffnung. Sogar sein übliches „Ich ruf dich an" bleibt aus, er geht einfach weg, ohne sich noch einmal umzudrehen, ohne mir noch einen Was-weiß-ich-Blick zuzuwerfen. Dafür tritt er noch einmal gegen die Mauer und schlurft wortlos auf die Straße. Zack, weg ist er, und mir bleibt nur die Erkenntnis, dass ich zwar Faris sehr gut kenne, jedoch immer noch nicht herausgefunden habe, was es nun genau mit diesem merkwürdigen Omar auf sich hat.

Was, wenn der Kerl nun doch völlig harmlos ist und einfach ein bisschen vom Islam quatscht? Bin ich schon paranoid und auf dem besten Weg zur Hysterie, nur weil das Schlüsselwort Islam gefallen ist? Und weil es meine besten und gleichzeitig einzigen Freunde betrifft? Andererseits ist Achim im Grunde ziemlich cool und gelassen und schmeißt eine Kraft nicht so ohne weiteres achtkantig raus.

Ich bin mit Sicherheit nicht der Einzige, der in dieser Sache gerade äußerst empfindlich reagiert, und das aus gutem Grund, wie ich finde. Ein paar tausend Kilometer südwestlich versuchen seit Monaten geistig benebelte Islamisten, im Namen Allahs oder Mohammeds einen richtig tollen Religionsstaat zu errichten, in dem alles nach ihrer Pfeife tanzt, und wer das nicht will, wird geköpft. Eigentlich ein ganz stringentes Vorgehen, weil dann die, die nach der Eroberung noch einen Kopf haben, ganz sicher Anhänger des neuen Systems sein müssen, oder wenigstens Mitläufer.

Ich glaube auch, dass die Anführer allesamt lebende Beweise für die Richtigkeit des berühmten Marx-Spruchs sind, Religion ist das Opium des Volkes. Diese Islamisten-Chefs sind doch von ihrer Religion einfach total eingelullt. Wenn ich zu viele Haschkekse esse, weiß ich auch nicht mehr, was ich tue. Der große Unterschied ist nur, dass ich keinen zwinge, auch Haschkekse zu essen, und wer sich weigert, dem hau ich auch nicht den Kopf ab.

Wenn mich die ganze Sache persönlich nichts anginge, würde ich wahrscheinlich gar nichts tun, außer vielleicht bei passenden Gelegenheiten entschieden meinen Unmut kundtun. Aber die Sache geht mich nun mal was an, weil mich Faris und Yussuf was angehen. Und deshalb fürchte ich auch, dass sie mich so schnell nicht wieder loslässt.

8

Yussuf wohnt noch bei seinen Eltern am anderen Ende der Stadt. Weil die Luft klar und frisch ist, nehme ich das Fahrrad, auch weil mir heute noch etwas Bewegung fehlt. Früh aufstehen, Bett abziehen, die Busfahrt zurück vom Praktikum, alles nicht meins, dann rumhängen zu Hause und schließlich das saublöde Gespräch mit Faris, wenn man sein Gestammel überhaupt Gespräch nennen kann. Ich brauch jetzt Bewegung, Luft und Bewegung, vielleicht kann ich dann Ordnung in meine wirren Gedanken bringen.

Man kann über unsere Stadt sagen, was man will, aber für Radfahrer ist sie ein Paradies. Es gibt ein extra Wegenetz abseits der großen Straßen, auf dem man zu allen wichtigen Zielen kommen kann, Uni, Bahnhof, Innenstadt, Kneipenviertel, Wald, alles bestens angebunden, und kein stinkendes Auto nervt. Besonders großartig ist der Fahrrad-Kreisverkehr, der sozusagen als Brücke über einem Auto-Kreisverkehr angelegt ist, aber völlig unabhängig voneinander. Ich glaube, die Planer haben sich das aus den Niederlanden abgeschaut, die ja sowieso immer weiter sind als wir, egal ob bei Sterbehilfe, Drogen oder Eisschnelllauf.

Ich lege den schwersten Gang ein und trete wie ein Bekloppter in die Pedale, um außer Atem zu kommen, aber das Einzige, was tatsächlich kommt, ist nach etwa drei Kilometern schon wieder dieses taube Gefühl im linken Oberschenkel. Noch vor ein paar Tagen hätte ich sofort auf plötzliche Übersäuerung getippt, aber seit Laras Diagnose auf dem Sportplatz übergehe ich solche läppischen Wehwehchen. Muskelkater, Überdehnung, Zerrung, Riss, all das ist jetzt Pillepalle im Gegensatz zu meinem ALS und aus meinem Wortschatz gestrichen.

Ich lasse mich ausrollen und setzte mich auf eine Bank, auf der noch eine junge Frau sitzt und in einem Buch liest. Genau genommen sitzt sie gar nicht auf der Bank, sondern in einem Rollstuhl, und auf der Bank stehen eine offene Flasche Bier und ein schöner Reiseaschenbecher, auf dem eine halb gerauchte Kippe vor sich hin glüht. Tolle Idee, Lenny, denke ich, mich ausgerechnet neben einer Behinderten auszuruhen und meine Muskeln zu prüfen. Dann kann ich mir ja gleich noch ein paar Tipps von ihr holen, zum Beispiel, welchen Rollstuhl man sich zulegen sollte oder wie man alleine aufs Klo kommt und auch wieder runter.

Die letzten Sonnenstrahlen kämpfen sich einen Weg durch das dichte Laub der Bäume, die den Weg säumen, und ab und zu erwischen sie meine Augen, so dass ich blinzeln muss. Das passt mir ganz gut, denn so kann ich unauffällig nach links schielen. Die Frau sieht hübsch aus: lange, schwarze Haare, die sie offen trägt, ein markantes, aber nicht zu kantiges Kinn, eine freche, eher kleine Nase, über der hellwache Augen so leuchten, dass ich mich frage, was genau da leuchtet und woher die Energie kommt. Sie trägt ein oliv-grünes Top und eine verwaschene Jeans mit Löchern an den Knien.

Wenn ich Faris wäre, würde ich sie sofort ansprechen und fragen, was sie da liest. Aber ich bin Lenny, starre deshalb nur stumpf vor mich hin und traue mich nicht, meine Oberschenkel zu betasten. Noch nicht einmal ein belangloses „Hallo" krieg ich heraus aus Angst, dass sie den Gruß nicht erwidert oder, schlimmer, sie nur „Lass mich in Ruhe" sagt.

„Willst du 'nen Schluck?", fragt sie plötzlich und hält mir die Flasche hin.

Ein Adrenalinstoß durchfährt meinen Körper. Eine Frau spricht mich an, mich, Lenny Baumeister, den ungekrönten König des eloquenten Smalltalks. Eine schier unüberwindliche Hürde tut sich vor mir auf: Ich muss in Sekunden entscheiden, ob ich ihr harmloses Angebot annehme oder nicht, und diese Entscheidung könnte unvorhersehbare Auswirkungen auf mein gesamtes restliches Leben haben. Ich bin mit Sicherheit der einzige Mensch auf der Welt, dem solche bescheuerten Gedanken durch den Kopf gehen, aber es hilft ja nichts. Wenn ich ablehne, weil ich jetzt eigentlich keinen Durst auf Bier habe und nur meine Beine abtasten will, kann ich im Grunde genommen gleich weiterfahren, denn noch einmal wird die Frau bestimmt keinen Versuch machen, mich anzusprechen.

„Klar", sage ich deshalb. „Sport macht durstig." Sofort könnte ich mir eine klatschen für den doofen Spruch. Rollstuhl und Sport, wie unsensibel kann man denn sein! Falls sie mir jetzt schroff antwortet oder eine schallert, hätte ich das mehr als verdient. Ich nehme vorsichtig die Flasche und trinke einen Schluck.

Aber sie lächelt milde, fast mitleidig. Wahrscheinlich hat sie an meinem entsetzten Gesichtsausdruck gesehen, wie unsicher ich bin.

„Ich weiß", sagt sie. „Ich lauf Marathon."

Das Bier bleibt auf der Stelle irgendwo stecken. Ich verschlucke mich, und die schaumige Suppe läuft mir wie Sabber aus dem Mund auf T-Shirt und Hose. „Echt jetzt?"

Sie schaut mich an, als wäre ich einer von denen, die schon bei der Fünfzig-Euro-Frage bei „Wer wird Millionär?" rausfliegen. „Nee, war'n Scherz. Meine Beine machen nicht mehr so mit wie früher. Man wird älter."

Ich koche vor Scham, nicke aber erleichtert, weil ich sie jetzt nicht fragen muss, wie man denn mit einem Rollstuhl einen Marathonlauf bestreiten kann. Dann reiche ich ihr die Flasche zurück und werfe einen kurzen Blick auf ihre Beine. „Unfall?"

Sie trinkt, raucht und drückt die Zigarette im Aschenbecher aus. „Unfall. Ein scheiß Unfall. Und leider selbst schuld. Dafür hab ich lebenslang gekriegt."

Nach drei Sekunden begreife ich, was sie damit meint, und nicke wieder. „Schon lange her?"

„Drei Jahre. Ist das lange?"

Ich zucke mit den Schultern. Was um Himmels willen soll ich denn darauf bloß antworten? Wahrscheinlich ist das eine Testfrage, die sie allen Menschen stellt, die sich mit ihr unterhalten. Und genauso wahrscheinlich ist es wohl, dass man bei dieser Frage nur verlieren kann, egal was man sagt.

„Ich finde schon."

„Warum?"

„Weil ... drei Jahre sind ja ganz schön lang ... so insgesamt", stammle ich.

„Stimmt", sagt sie und nimmt noch einen Schluck. Dann rülpst sie. „Dreimal Winter, dreimal Frühling, dreimal Sommer, dreimal Herbst. Und schwups sind drei Jahre um, und man hat es gar nicht mitgekriegt." Sie rülpst noch einmal und lächelt mich an. „Ich heiße Anna."

Ich nicke schon wieder, weil ich so schnell gar nicht weiß, was ich sagen soll.

„Und du, du Rhetorikwunder?"

„Äh, ich heiße Lenny." Ich bin so fürchterlich durcheinander, dass mir anschließend fast ein „Und du?" herausrutscht. Das wäre dann der vorläufige Höhepunkt unserer kurzen Unterhaltung. Zum Glück fragt Anna weiter.

„Viel Kondition hast du aber nicht, was?"

„Warum?"

„Du hechelst wie verrückt, bist aber kaum verschwitzt. Da läuft was schief bei dir."

Peng! Getroffen. Sie hat aus dem Stand beziehungsweise aus dem Sitz meinen wunden Punkt erwischt. Woher weiß sie bloß, dass mein Leben schiefläuft? Denn ich bin sicher, dass sie nicht nur meinen Sport meint, also warum ich schnell außer Atem bin und so weiter, sondern mein gesamtes Leben. Sonst hätte sie ja sagen können, dass ich ein bisschen kurzatmig wäre.

„Kurzzeitige Überanstrengung", fasele ich, um nicht über meine von Lara diagnostizierte Krankheit zu sprechen. „Wie bei Einhundert-Meter-Läufern. Die japsen auch wie bescheuert und schwitzen nicht."

„Verstehe", sagt Anna. „Du bist hundert Meter wie ein Wilder gefahren, deine Muskeln sind übersäuert, und jetzt brauchst du 'ne Pause." Sie nimmt einen Schluck Bier und vertieft sich wieder in ihr Buch, so als wenn das Kapitel stammelnder Radfahrer mit schwachen Muskeln in dieser Sekunde für sie zu Ende sei. Offenbar erwartet sie keine Bestätigung ihrer Feststellung, was schade für mich ist, denn ich habe mir innerlich schon eine Antwort zurechtgelegt, die ich jetzt auch unbedingt loswerden will. Ich nehme also meinen ganzen Mut zusammen und rede, ohne gefragt zu werden. Ich kann mich nicht erinnern, dass ich schon jemals so frech gewesen bin.

„So ungefähr. War ein bisschen mehr, aber im Prinzip genau so."

Sehr ausufernd war das natürlich nicht, aber ich will Anna nicht beim Lesen stören. So wie ich niemals jemanden stören will, selbst wenn er oder sie ganz gerne gestört werden will, aber das begreife ich halt nicht oder zu spät. Faris hat mir mal erklärt, dass Frauen bestimmte Signale aussenden, wenn sie angesprochen werden wollen oder es ihnen wenigstens nichts ausmacht. Zum Beispiel halten sie ihre Augen dann immer offen und betrachten stolz und selbstbewusst ihre Umgebung. Sie konzentrieren sich nicht oder nur oberflächlich, halten auch nicht ein paar Sekunden inne, wenn sie etwa im Studio Übungen machen. Nein, diese Frauen benutzen ihre jeweilige Tätigkeit sozusagen als Tarnung, um im Ernstfall, also wenn ihr Gegenüber ihre Sympathie gewonnen hat, sofort klug mithalten zu können. Das behauptet jedenfalls Faris.

Wenn ich seine Theorie jetzt auf Anna anwende, muss ich leider feststellen, dass diese hübsche und geistig mir hoch überlegene Frau offensichtlich überhaupt keine Lust hat, von mir oder wem auch immer angequatscht zu werden. Anna liest eine Weile konzentriert, dann schließt sie kurz die Augen und atmet tief ein, als ob sie das soeben Gelesene in sich aufnehmen will. Ist dieser Vorgang abgeschlossen, öffnet sie wieder ihre wunderbaren braunen Augen und liest weiter. Tarnung, so was Bescheuertes. Wenn eine Frau keinen Grund hat, sich zu tarnen, dann ist das Anna. Ich nehme mir vor, Faris den Fall Anna irgendwann einmal zu schildern, natürlich anonymisiert, und bin sehr gespannt, was er für eine Erklärung hat.

Ich habe das Gefühl, schon stundenlang auf dieser Bank zu sitzen und nach links zu schielen, obwohl es, nach dem Stand der Sonne zu urteilen, höchstens eine halbe gewesen sein kann, als Anna das Buch beiseitelegt und sich eine neue Zigarette anzündet.

„Willste auch eine?" Sie hält mir die Packung hin, blaue Gauloises, die Hälfte ist weg.

„Ich bin Sportler."

„Na und? Es gibt ja auch Priester, die vögeln."

„Ich bin aber kein Priester."

„Schon klar. Du sollst ja auch nicht vögeln, sondern nur eine rauchen, wenn du willst. Willst du jetzt eine oder nicht?"

Ich begreife nicht, dass sie längst verstanden hat, dass ich Nichtraucher bin, mir aber anbietet, jetzt in diesem Moment trotzdem eine zu rauchen.

„Okay, ich nehme eine."

„Du musst nicht. Nicht wegen mir."

„Ich weiß. Ich will jetzt aber."

Ich fische mir eine Zigarette aus der Packung, sie gibt mir Feuer, und ich nehme den ersten Zug meines Lebens. Mit zwanzig Jahren, das muss man sich mal vorstellen. Was soll ich sagen: Toll schmeckt das nicht, eher widerlich. Und natürlich huste ich wie ein TBC-Kranker, ich kann gar nicht wieder aufhören, mein Gesicht ist kochend heiß, und wie meine Lunge gerade aussieht und arbeitet, will ich lieber gar nicht wissen. Anna reicht mir das Bier und klopft mir auf den Rücken, als hätte ich mich verschluckt. Ob sie mitleidig lächelt, von einem schlechten Gewissen geplagt wird oder eine Miene der Verachtung aufgesetzt hat, kann ich nicht sehen. Ich sehe eigentlich gar nichts mehr, ich huste nur noch. Die Flasche kann ich noch nicht an den Mund setzen, wahrscheinlich würde ich mir meine Zähne dabei ausschlagen.

Irgendwann lässt der Husten nach, und ich trinke einen Schluck. So wunderbar hat mir Bier noch nie geschmeckt, ich erlaube mir die nächste grenzenlose Frechheit meines Lebens und nehme noch einen weiteren, ganz tiefen Schluck. Wieder ohne zu fragen.

Anna nimmt mir die Zigarette aus der zitternden Hand und drückt sie im Aschenbecher aus. „Ist nix für dich, was?"

Ich reiche ihr die Flasche und muss aufpassen, dass mein Blick nur Dankbarkeit ausdrückt und nicht sonst noch alles

Mögliche, das mir bei ihrem Anblick durch den Kopf schießt. Meine Lunge hat sich beruhigt, aber der ungewohnte und schlechte Geschmacksmix aus Tabak und Alkohol nervt mich. Ich krame in meiner Jeans, ob ich noch irgendwo einen Kaugummi oder Fisherman's Friends habe, aber bis auf ein benutztes Papiertaschentuch finde ich nichts. Also werde ich jetzt wohl zum nächsten Kiosk weiterfahren, denn mit einer Alkohol- und Tabakfahne brauch ich bei Yussuf gar nicht aufzulaufen.

Ich bereite mich also langsam seelisch auf den Abschied vor, was bedeutet, dass ich mir überlege, wie ich ihr meine Telefonnummer geben kann, ohne dass es peinlich wird. Wie erwartet fällt mir spontan nichts ein. Also harre ich noch aus, zermartere mir das Hirn und starre vor mich hin. Weil ich nicht weiß, was ich bei dieser aufreibenden Tätigkeit mit meinen Händen machen soll, lasse ich sie locker und lässig auf den Oberschenkeln liegen und betaste so unauffällig wie nur möglich die strapazierten Muskeln. Erleichtert und gleichzeitig ein wenig verunsichert stelle ich fest, dass alles okay scheint.

Anna drückt ihre Kippe aus und pustet den letzten Rauch aus ihrer Lunge.

„Und was machst du sonst so, wenn du nicht gerade hundert Meter mit dem Fahrrad fährst und dann verschnaufen musst?"

Sie sagt es durchaus interessiert, finde ich.

„Ich bin Sportler. Also ich studiere Sportpädagogik, meine ich."

„Dann bist auch so einer, der unbedingt was mit Kindern machen will, oder?", fragt sie spöttisch.

„Nee, will ich gar nicht."

Ihre Kulleraugen blitzen belustigt auf. „Nee? Und warum machst du das dann?"

„Weil ich nicht weiß, was ich sonst machen soll. Der andere Kram interessiert mich einfach nicht."

„Nur Sport machen?"

„Ja, nur Sport."

„Sonst gar nichts? Noch nicht mal Lokführer oder Radmechaniker?"

Radmechaniker? Wenn Anna wüsste, dass ich wegen jedem Scheiß zum Fahrradhändler laufe, selbst wenn nur ein Reifen platt ist … Ich entscheide spontan, dass ich ihr diese Tatsache vorläufig noch vorenthalte. Ihr Bild von mir ist wahrscheinlich schon desaströs genug, da muss ich ihr nicht auch noch auf die Nase binden, dass ich zu doof bin, einen Schlauch zu flicken. Um meine Chance auf den Austausch unserer Telefonnummern nicht ganz zu verspielen, sollte ich mich wohl besser auch nicht völlig perspektiv- und motivationslos darstellen und mein Interesse an ihr ruhig mal äußern.

„Ich mach das erst mal, und dann guck ich weiter. Irgendetwas wird schon dabei herauskommen. Wenn gar nichts klappt, werde ich eben Trainer in einer Muckibude."

„Klingt super", sagt Anna, „so richtig zielstrebig." Sie zwinkert mir zu. „Ist schon okay, so hab ich das auch mal vorgehabt, nur nicht mit Sport, sondern mit Literatur. Ist ja auch nicht gerade ein Fach, bei dem man sich den Job später aussuchen kann."

„Und … kann man denn so … also im Rollstuhl … nichts mehr mit Literatur machen? Ich meine wegen, ähm, man muss sich doch gar nicht so viel … bewegen, sozusagen, … außer die Hände vielleicht."

„Ich will nicht mehr", sagt Anna gelassen. „Ich lese nur noch zum Zeitvertreib. Aber ich sitze den ganzen Tag in dieser Kiste und hab keine Lust, fett zu werden, darum mache ich jetzt Rolli-Basketball. Als Profi!"

Meine Kinnlade fällt runter. „Toll", röchel ich, „echt großartig. Wusste gar nicht, dass es so was gibt, ich meine Profi-Rollstuhl-Basketballer … innen."

„Spielst du auch Basketball, du Wundersportler?"

„Eigentlich nicht. Manchmal zum Warmmachen, aber ohne … Rollstuhl."

Anna schaut mich ausdruckslos an. Wahrscheinlich überlegt sie, ob es weiter Sinn macht, mit mir ein Gespräch zu führen, wobei es eigentlich ja kein richtiges Gespräch ist. Sie fragt, ich stammle. Wenn ich an ihrer Stelle wäre, hätte ich die ganze Zeit einfach meinen Mund gehalten, spätestens nachdem klar war, was ich für ein ungemein extrovertierter Zeitgenosse bin.

Anna packt ihr Buch in die Tasche, wirft Kippen und Bierflasche in den Mülleimer und nickt mir zu. „Kannst ja mal zugucken, wenn du willst. Sporthalle an der Willy-Brandt-Schule. Tschüss, Super-Lenny."

Sie rollt davon, leider nicht in meine Richtung. Ein dicker Kloß im Hals verhindert, dass ich ihr etwas hinterherrufe, nur ein merkwürdiger Laut verlässt meine Kehle, der aber mehr an gurrende Tauben erinnert. Ich bin noch nicht einmal in der Lage, aufzustehen und ihr nachzuwinken, was Anna sowieso nicht bemerkt hätte, weil sie sich nicht umdreht und auch keinen Rückspiegel am Rollstuhl hat. Ich sitze also noch minutenlang auf der Bank und starre wütend vor mich hin. Die Wut befördert zwei Gedanken in meinen Kopf, die ich, wenn ich später einmal etwas Ruhe habe, erst einmal sortieren muss, denn sie scheinen sich zu widersprechen.

Zunächst fühle ich mich wieder einmal darin bestätigt, dass ich völlig unfähig bin, das normale Leben eines Zwanzigjährigen zu führen. Nichts, aber auch gar nichts kriege ich auf die Reihe, noch nicht einmal ein harmloses Gespräch mit einer zufällig getroffenen Rollstuhlfahrerin. Wer sich so bescheuert anstellt, hat es doch wohl endgültig vergurkt, finde ich. Wer zum Teufel noch mal sollte sich jemals für solch einen Menschen interessieren?

Der zweite Gedanke irritiert mich ein wenig, denn, zum ersten Mal seit was weiß ich wie lange, habe ich tatsächlich ein klares Ziel vor Augen, und zwar ein so konkretes, dass selbst Likke keine großen Schwierigkeiten haben dürfte, es zu erreichen. Die Frage ist nur, ob ich es jetzt endlich schaffe, den Anfang zu machen. Kann es sein, dass die Welt sich gerade wirklich etwas langsamer dreht, um mir die Chance zu geben, aufzuspringen und mit meinem Leben in Gang zu kommen?

Noch bevor ich mich wieder auf mein Rad setze und zu Yussuf fahre, starte ich Google Maps auf meinem Smartphone.

Ich will sehen, wo ich die Willy-Brandt-Schule finde.

9

Yussuf ist nicht zu Hause, stattdessen begrüßt mich Aylin, die neunjährige Schwester, und setzt mir einen feuchten Kuss auf die Wange. Sie zerrt mich ins Wohnzimmer, wo ihr Vater Achmed Majali auf dem Sofa sitzt und Zeitung liest. Die ganze Wohnung duftet nach Tee und Zitrone, Tee zum Trinken und Zitrone zum Putzen.

Yussufs Mutter, Dunja Majali, schreit ihrem Mann aus der Küche etwas zu, vermutlich eine Aufforderung, die Zeitung wegzulegen und sich dem Gast zu widmen, denn Achmed steht prompt auf und begrüßt mich mit einem verlegenen Lächeln und einer halbherzigen Umarmung. Ihn bedrückt etwas, das spüre ich. Ich hoffe nur, dass nicht ich der Grund dafür bin, sonst wird der Besuch hier ziemlich anstrengend. Oder kurz.

Ich weiß, dass sie mich eigentlich sehr mögen. Seit ich vor Jahren diese Wohnung zum ersten Mal betreten habe, darf ich Yussufs Eltern duzen. Sie haben sofort darauf bestanden, so glücklich waren sie, dass ihr sonderbarer Sprössling offensichtlich einen Freund gefunden hatte. Die anderen Jungs hatte Yussuf mit seinem philosophischen Unsinn in die Flucht getrieben, waren sie überzeugt. Wer am liebsten auf der PlayStation spielt, will doch nicht den Scheiß von Ludwig Feuerbach oder Heraklit um die Ohren gehauen kriegen.

Achmed lässt sich wieder aufs Sofa fallen und winkt mir, mich neben ihn zu setzen. Kaum sitze ich, schreit Dunja wieder irgendwas, und Achmed steht leise fluchend auf und verschwindet in der Küche. Kurze Zeit später bringt er ein Tablett mit Tee und Keksen. Sie wissen genau, dass ich keinen Tee mag, aber es ist ein Spiel, das sie spielen, mehr mit sich selbst als mit mir.

„Ach, stimmt, Lenny, du trinkst ja gar keinen Tee." Er lächelt gequält. „Du bist ja Deutscher. Da trinkt man ordentlichen Kaffee."

Dunja schreit etwas aus der Küche.

„Was sagt sie?", frage ich vorsichtig.

Achmed knabbert an einem Keks, schielt zur Zeitung, nimmt einen Schluck Tee. „Sie sagt, wenn der Kaffee wenigstens aus der Türkei käme, da, wo er erfunden wurde … Aber aus Brasilien oder Kenia, das ist gar kein Kaffee. Sie meint es nicht so, das weißt du."

Endlich kommt Dunja, herzt mich kurz und nimmt mir gegenüber in einem Sessel Platz. Sie ist noch kleiner als Achmed, der mit seinen eins fünfundsechzig auch kein Riese ist, aber sie sieht mit ihren fünfundvierzig Jahren noch fantastisch aus: schlank, lange, dunkle Haare, meistens hochgesteckt, ein fein geschnittenes Gesicht und normalerweise strahlende und gütige Augen, die heute Abend jedoch ohne Glanz sind. Die strahlen große Sorgen aus, sagt meine Mutter immer, wenn ihr solche Augen begegnen.

„Du willst wissen, wo Yussuf ist", sagt sie und reibt sich ihre Sorgen noch tiefer in die Augen. „Wir wissen es auch nicht, leider, aber wir würden es gerne wissen. Wir haben Angst."

„Angst?", frage ich, aber ich ahne schon Ungutes.

„Yussuf hat sich verändert", sagt Achmed und starrt traurig auf seinen angeknabberten Keks. „Du weißt, wie sehr er immer von diesen Philosophen geschwärmt hat. Er hat uns Vorträge gehalten, die wir nicht verstanden haben, aber das war egal, weil wir wussten, dass das seine Leidenschaft war."

„*War*? Wieso *war*?"

Dunja steht auf und nimmt mich an die Hand. „Wann warst du zum letzten Mal in seinem Zimmer?"

„Vor Wochen. Oder ein paar Monaten. Ist jedenfalls lange her. Er wollte nicht mehr, dass ich zu ihm komme."

Sie nickt. „Genau. Er schottet sich ab, auch uns hält er fern von sich und seinem Leben. Aber wir kriegen natürlich trotzdem einiges mit, schließlich wohnt er ja noch hier."

„Was kriegt ihr mit?"

„Komm!"

Sie führt mich zu seinem Zimmer. Es ist abgeschlossen.

„Seit wann macht er das denn?", frage ich verwundert.

Dunja kramt einen Schlüssel aus einer Schublade im Flur und öffnet die Tür. „Er weiß natürlich, dass wir reinkommen könnten, aber wir lügen ihn an und sagen, dass wir es nicht tun."

Yussuf hatte nie viele Poster oder Fotos an den Wänden hängen, weder berühmte Schauspieler noch coole Rapper, Frauen waren sowieso kein Thema. Vor einiger Zeit hatte er mich einmal gebeten, ihm möglichst depressive Werke von Expressionisten zu suchen, und seither hingen zwei düstere Gemälde von Franz Marc über seinem Bett. Mit einem Blick sehe ich, dass sie weg sind, stattdessen hängen überall Bilderrahmen, darin Zeitungsfotos oder selbst ausgedruckte Fotos, vermutlich aus dem Internet. Von der Tür aus kann ich die Motive nicht genau erkennen, ich schaue Dunja fragend an, die mir zunickt, und ich betrete verbotenerweise Yussufs Allerheiligstes.

Beim ersten Schritt habe ich noch Bauchschmerzen, weil ich das Gefühl habe, meinen Freund zu hintergehen. Ich zögere, bleibe vor dem Bett stehen und starre das große Foto an, das direkt über dem Kopfkissen hängt. Dann sind die Bauchschmerzen weg, aber meine Beine fangen an zu zittern.

Etwa hundert schwarz vermummte Gestalten ziehen ordentlich in zwei Reihen durch eine verstaubte Wüstenstraße und recken ihre Arme mitsamt Gewehren in die Luft. In der Mitte zwischen den Fußgängern fahren offene Jeeps, in denen Kämpfer – wohl die höhergestellten – ihre Propagandafahnen schwenken.

Scheiße, denke ich. Bitte nicht, Yussuf!

Nach ein paar Minuten kann ich mich von dem Bild lösen und betrachte schweigend ein Foto nach dem anderen. Einige Motive gleichen dem ersten, mal sind es nur eine Handvoll Krieger, mal ein gutes Dutzend, mal fünfzig, auf anderen Fotos sehe ich einsam betende Männer oder Hunderte von ihnen in einer Moschee.

Nix mehr Franz Marc, Malerei und Expressionismus. Stattdessen Allah, Gottesstaat und IS-Terroristen.

Ich bin fassungslos, obwohl ich es ja geahnt habe. So unauffällig wie möglich schiele ich zu Dunja. Ich bete, dass sie nicht weint oder kurz davorsteht, weil ich keine heulenden Frauen ertrage, und Mütter schon mal gar nicht.

Aber Dunja heult zum Glück nicht. Sie sitzt auf Yussufs Schreibtischstuhl und verfolgt gefasst meinen Rundgang.

„Und? Was meinst du?"

Ich bin nicht sicher, ob sie das Gleiche denkt wie ich. Wenn ja, wäre ich beruhigt und könnte offen mit ihr reden. Aber wenn sie nun etwas ganz Harmloses vermutet? Zum Beispiel, dass er jetzt einfach ein religiöser Mensch geworden ist? Vielleicht etwas zu sehr religiös, aber eben nicht gefährlich. Aber das würde bedeuten, dass Achmed und Dunja hinterm Mond leben, und das tun die beiden auf keinen Fall.

„Es sieht so aus, als ob Yussuf … tja … als ob er jetzt diese Leute da gut findet", formuliere ich höchst vage.

„Gut findet?" Achmed steht plötzlich im Zimmer. „Er macht da schon mit bei diesen Geisteskranken, und wenn wir nichts tun, verschwindet er nach Syrien, wird IS-Kämpfer und köpft Geiseln. Bei Allah, das lasse ich nicht zu!"

Ich nicke heftig. „Nein, natürlich nicht. Aber … vielleicht ist es ja auch eine Art Recherche. Vielleicht …", ich suche nach Worten, „also, was ich sagen will: Kann es nicht sein, dass er nur vorhat, sich das alles mal von Nahem anzuhören, aber trotzdem hierzubleiben?"

Achmed schüttelt heftig den Kopf. „Du kennst die nicht. Das sind ganz … entschuldige, Dunja, … abgewichste Typen, die die Jungs nach Syrien holen wollen."

Dunja schüttelt den Kopf, wobei ich nicht genau weiß, ob aus purer Verzweiflung oder aus Empörung über Achmeds Wortwahl. So oder so kommt sie der ersten Träne immer näher.

„Wenn mir einer von diesen Arschlöchern vor den Bus läuft, glaub bloß nicht, dass ich bremse, Junge. Ich würde Gas geben, draufhalten, vor- und zurückfahren, Diesel auslaufen lassen und abfackeln …"

„Es reicht, Mann", schreit Dunja ihn an. Jetzt weint sie, hemmungslos, alle Schleusen sind offen. „Wir wissen, dass du ein toller und mutiger Vater bist, der seinen einzigen Sohn aus der Hölle holen würde. Aber dann zeig es mir. Bitte, Achmed, zeig es mir, und hol Yussuf aus diesem verfluchten Sumpf da raus."

Achmed eilt auf sie zu, kniet sich vor sie hin und nimmt sie in den Arm. Ganz fest halten sie sich, als ob Yussuf zwischen ihnen wäre und ihnen nicht entkommen dürfte. Sie kneifen sich in die Rücken, zerren an ihren Pullundern, jetzt heult auch Achmed, aber das ist gut so, schließlich geht es um ihren gemeinsamen und einzigen Sohn.

Und um meinen Freund.

Aylin kommt ins Zimmer, guckt erst ihre Eltern und dann mich an. Ihr Blick wird ernst.

„Was heult ihr hier alle in Yussufs Zimmer?", fragt sie unsicher. „Er ist doch nicht etwa tot?"

Noch nicht, denke ich.

Ich stehe auf, nehme sie an die Hand und gehe mit ihr in die Küche. Wir setzen uns, ich gebe ihr einen Keks und lächle sie an.

„Wir wissen alle nicht, wo er ist. Du auch nicht, oder?"

Aylin schüttelt den Kopf und lacht befreit auf. „Ach so, ihr wisst nur nicht, wo er ist. Das weiß ich nie, aber er ist ja auch schon erwachsen, er muss mir das nicht sagen. Du weißt ja auch nicht immer, wo Jenny ist, oder?"

„Fast nie, aber meistens will ich das auch gar nicht wissen. Sie ist oft in irgendwelchen Clubs, aber da geh ich ja nie hin."

„Ich weiß", gluckst Aylin, „du bist ein Langeweiler, stimmt's?"

Normalerweise bin ich lieber ein Langeweiler als ein Spinner oder Macho oder was auch immer, aber aus Aylins Mund tut die Bezeichnung trotzdem weh.

„Hat er manchmal Besuch von Leuten, die du nicht kennst?", lenke ich vom Thema ab, immerhin aus guten Gründen.

Aylin schüttelt empört den Kopf. „Mensch, Lenny, du weißt genau, dass ich Yussuf fast nur morgens sehe, wenn ich zur Schule muss und ich ihm an seinem Bett Guten Morgen sage.

Manchmal am Nachmittag, aber dann sitzt er jetzt immer vor seinem Laptop und guckt sich so komische Videos an. Ich darf die nicht sehen, sagt er, sind nicht für kleine Mädchen." Sie winkt mich konspirativ heran und flüstert mir ins Ohr: „Ich schätze, er macht Ballerspiele, und er glaubt, ich kenn das nicht. Tu ich aber." Sie setzt sich wieder gerade hin und nimmt sich einen nächsten Keks.

„Wieso Ballerspiele?", will ich wissen.

Aylin lacht. „Na, weil da rumgeballert wird. *Peng, peng, ratatata.* Bin ja nicht taub."

Achmed und Dunja kommen in die Küche. Sie sehen total fertig aus und gleichzeitig so, als hätten sie soeben einen Entschluss gefasst. Dunja schickt Aylin freundlich und schniefend in ihr Zimmer, und das Mädchen scheint den Ernst der Lage erkannt zu haben, denn sie gehorcht ohne Widerspruch.

„Tschüss, Lenny." Sie winkt mit den Fingern.

Ich winke zurück, bringe aber kein Wort heraus.

Achmed wartet noch ein paar Sekunden, bis Aylins Zimmertür zu ist, dann setzt er sich mir gegenüber und ergreift meine Hand.

„Hilfst du uns, Lenny?"

Mein Herz setzt für einen Moment aus. Soweit ich mich erinnern kann, ist dies das erste Mal, dass mich jemand um Hilfe bittet, Faris natürlich ausgenommen, aber bei ihm beschränkt sich die erwünschte Hilfestellung immer nur auf Geld.

„Lenny, hast du mich verstanden? Wirst du uns helfen?"

„Bitte", fleht Dunja.

Ich sperre die Augen weit auf, versuche, nicht ganz so verstört dreinzuschauen, wie ich mich fühle, und nicke wie ein Wackeldackel. „Klar ... helfe ich euch. ... Aber, wie denn?"

„Wir müssen ihn finden und mit ihm reden", sagt Achmed. „Du und wir beide, Faris, Aylin, ja, alle. Alle müssen mit ihm reden und ihn von diesem Schwachsinn abbringen."

„Klar", sage ich wieder, „mach ich gern." Dass Faris wahrscheinlich kein so guter Verbündeter sein wird, verschweige ich ihm lieber noch. Wenn es wirklich so ist, wie ich fürchte, werden sie es noch früh genug erfahren. Jetzt will ich vor allem Achmed und Dunja so glaubhaft wie möglich versichern, dass ich sie nicht im Stich lasse, dass ich ihnen natürlich helfen werde.

Auch wenn ich nicht den Hauch einer Ahnung habe, wie ich das anstellen soll.

„Ihr lest viel über den IS?", frage ich vorsichtig.

„Alles", antwortet Dunja. „Alles, was uns unter die Finger kommt. Achmed hat sich sogar schon einige Videos auf YouTube angesehen, aber es ist zu grässlich, sagt er. Es sind Wahnsinnige, die unsere Religion in Verruf bringen und kaputtmachen. Warum tut nur keiner etwas dagegen?"

Achmed steht auf und holt drei Flaschen Bier aus dem Kühlschrank. Er öffnet sie, und wir prosten uns schweigend zu.

„Du weißt, dass wir nicht besonders religiös sind. Wir trinken Alkohol, amüsieren uns ab und zu, essen auch mal Schweinefleisch, fasten nicht, und beten tu ich nur, wenn ich Fußballfans vom Stadion zurückfahren muss. Aber das ist doch in allen Religionen so, dass es Menschen gibt, die mehr danach leben, und solche, denen die Religion wenig oder gar nichts bedeutet, oder? Ist das bei euch Christen anders?"

„Nein", sage ich, „das ist bei uns genauso. Ich bin zwar aus der Kirche ausgetreten, aber das würde mich nicht daran hindern, an einen Gott zu glauben, wenn ich es wollte. Will ich aber nicht."

Dunja setzt ihr Bier ab. „Ihr könnt sagen, ihr seid kein Christ mehr? Eine Unterschrift und fertig?"

„Nein. Wir können sagen, wir zahlen keine Kirchensteuer mehr. Das ist ein Unterschied, und das machen viele. Nicht nur, weil sie es doof finden, wenn gelackte Bischöfe sich protzige Bauten hinstellen lassen, während Obdachlose auf der Straße verhungern oder erfrieren. Manchmal auch, weil sie einfach Geld sparen wollen. Es ist nicht viel, aber immerhin. Wir können trotzdem noch in die Kirche gehen, beten. Und uns als Christ fühlen sowieso."

Ich merke, dass ich das Thema an dieser Stelle nicht weiter vertiefen will. Weil es mir zu allgemein ist, zu weit weg von

Yussuf. Ich möchte in Ruhe nachdenken. Also erhebe ich mich, trinke noch einen Schluck, stelle die halb leer getrunkene Flasche auf den Tisch und verabschiede mich von seinen Eltern. „Ich suche ihn, jeden Tag. Ich verspreche es." Beide nicken dankbar.

Die Umarmungen fallen jetzt herzlicher aus als bei der Begrüßung. Und trotzdem bin ich fast sicher, dass Achmed und Dunja wieder weinen werden, sobald ich die Tür geschlossen habe.

10

Mittlerweile ist es 22 Uhr und dunkel, und mir stellt sich die Frage, wohin ich gehen soll, um ungestört eine Art Schlachtplan zu entwerfen. Wenn Faris nicht selbst betroffen wäre, hätte ich vielleicht ihn um Rat gefragt, aber so? Ich bin auch nicht wirklich sicher, ob etwas Sinniges dabei herauskäme, denn Faris ist nicht gerade die erste Adresse, wenn es darum geht, komplizierte Zusammenhänge zu erkennen und eine reelle Lösung zu entwickeln.

Ich entscheide mich schließlich, nach Hause zu fahren, vielleicht ist meine Mutter ja noch wach. Sie ist ein einfacher Mensch, hat aber für meine Begriffe ziemlich viel Verantwortung für unsere Gesellschaft übernommen, indem sie drei Kinder zu mehr oder weniger normal handelnden Menschen erzogen hat. Ich finde, dass sie das den Umständen entsprechend – mein Vater war Alkoholiker und ist sehr früh gestorben, kleine Wohnung, wenig Geld, Mirko kam schon, als sie neunzehn war – sehr gut gemacht hat. Was bei Mirko, Jenny und mir schiefläuft, kann ich ihr nicht anlasten, das ist unser Ding. Auf unsere Art haben wir drei ja auch alle etwas, wie soll ich sagen, Eigenes, Persönliches, was uns hilft, unseren Alltag zu meistern.

Meine Mutter ist aber schon zu Bett gegangen, leider. In der Küche sitzen Mirko, Jenny und Likke, jeder starrt auf sein Handy, schiebt mit dem Finger was auf dem Display hin und her. Mirko trinkt Bier, Jenny Cola light, Likke Red Bull, also geht's gleich noch mal auf die Piste, schätze ich. Morgen ist zwar Freitag und ganz normal Schule ab acht Uhr, aber wenn das eine oder besser zwei nicht kümmert, dann sind das Jenny und Likke.

„Hallo", sage ich in die Runde, erwarte aber keine Antwort. Doch da täusche ich mich diesmal. Mirko sieht mich mit einem merkwürdigen Ausdruck an, streng und vorwurfsvoll.

„Wo warst du so lange, Bruder?", fragt er. „Einer deiner beiden Kumpel hat schon dreimal angerufen. Klang ziemlich ernst."

„Yussuf?"

Mirko nickt.

„Ich hab ein Handy", verteidige ich mich.

„Ich weiß", sagt Mirko. „Es liegt im Flur und bimmelt."

Ich zucke unschuldig mit den Schultern. „Kann doch mal passieren."

„Du sollst ihn anrufen, er will mit dir reden. Er scheint ein Problem zu haben."

Ich denke an Achmed und Dunja und mein Versprechen. Es kann ja nicht schaden, wenn es möglichst viele Leute wissen, das mit Yussuf. Vielleicht können diese Facebook-Freaks ja sogar einen Aufruf starten, „Findet Yussuf" oder so ähnlich.

„Er hat ein Problem", verkünde ich mit fester Stimme. „Wir glauben, dass er in die Hände von Salafisten geraten ist."

Die Mädchenköpfe sausen hoch. Ein eindeutiges Zeichen, dass Mädchen beziehungsweise Frauen doch zwei Sachen gleichzeitig tun können.

„Yussuf ist ein Satanist?", fragt Likke mit ihrer Piepsstimme.

Okay, denke ich. Alle Frauen außer Likke.

Mirko lässt seinen Kopf auf den Küchentisch fallen. Die Red-Bull-Dose fällt um, die dunkle Brühe umfließt Likkes Handy. Sie reißt es blitzschnell hoch und wischt es an Mirkos Sweatshirt ab.

„Ey, Tusse, biste bescheuert oder was?", schreit er sie an. „Wisch deine Zuckerbrause gefälligst woanders ab. Und mach den Tisch sauber, sonst klebt hier alles. Aber fix!"

Doch Likke macht keinerlei Anstalten, einen Lappen zu holen. Stattdessen holt sie ein gebrauchtes Papiertaschentuch aus ihrer Jeans und reibt das Gerät trocken. Jenny seufzt, holt einen Lappen von der Spüle und wischt einmal flüchtig über den Tisch. Dann wirft sie ihn gekonnt über die Schulter zurück in die Spüle. Das macht sie immer so, wenn sie Küchendienst hat. Cool.

„Das Ding ist eh hin", grinst Mirko. „Technik verträgt keinen Zucker."

Likkes Augen funkeln gefährlich. „Wenn das stimmt, dann mach dich auf was gefasst, du Knacki."

Oje, jetzt knallt's gleich. Wie bescheuert kann Likke denn auch nur sein?

Mirko springt auf, sein Gesicht ist knallrot. „Was hast du gerade gesagt, du blöde Schlampe? Knacki? Hast du echt Knacki gesagt? Soll ich dir mal zeigen, was Knackis machen, wenn sie wütend sind? So richtig wütend, verstehst du, du ..."

„Ist ja gut, Mirko." Jenny steht auf, nimmt Likke an die Hand und schleift sie aus dem Zimmer. „Komm, du dummes Huhn. Hier ist es für dich jetzt zu gefährlich."

Sie knallt die Tür zu. Mirko steht immer noch, er atmet schwer, ein paar Minuten braucht er wohl noch, um sich zu beruhigen.

Diese Zeit muss ich ihm geben, ich brauche einen ruhigen Berater und keinen vor Zorn bebenden. Der kleine Vorfall hat mir natürlich wieder deutlich gemacht, dass ich meine Erwartungen an das Gespräch mit ihm nicht allzu hoch schrauben sollte, aber ich wäre ja schon zufrieden, wenn er sich bereiterklären würde, sich in seinem kleinkriminellen Milieu umzuhören und seine Unterweltskontakte zu bitten, ihm Bescheid zu sagen, falls Yussuf Majali auftauchen sollte. Schneeballsystem. Irgendeiner muss doch wissen, wo er steckt.

Mirko setzt sich, er ist wieder ganz ruhig. Er nimmt einen großen Schluck Bier, guckt demonstrativ auf seine teure Armbanduhr und verschränkt die Arme vor der Brust. Das tut er immer, wenn er sich wichtig fühlt.

„Woher wisst ihr das mit den Salafisten?", fragt er, anscheinend wirklich interessiert.

Ich erzähle ihm die Sachen mit Achim Schneider, der Volkswelt, diesem ominösen Omar Soundso und von dem Gespräch mit Yussufs Eltern. In meinen Ohren klingt diese Geschichte eindeutig nach IS-Rekrutierung, und mir fällt überhaupt kein einziger noch so trivialer Grund ein, warum Mirko das anders sehen könnte. Sieht er auch nicht, aber er überrascht mich trotzdem.

„Geh zu den Bullen", sagt er. Ausgerechnet er, der Amateurdealer. „Die wissen, was man da machen muss. Sag Achmed, er soll auf jeden Fall schon mal Yussufs Pass verstecken."

Ich nicke und ärgere mich. Darauf hätte ich auch selbst kommen können.

„Ist natürlich keine Garantie, dass er nicht wegkommt. Wird nur anstrengender, weil er nicht fliegen kann. Aber über die Berge reisen zu müssen, Ungarn, Albanien, Mazedonien, ist bestimmt hart. Der ist doch nicht gewöhnt an so was. War nicht mal im Knast, das verwöhnte Bürschchen. Reicht vielleicht, um ihn von dem Scheiß abzubringen."

Ich nicke. Und staune. Seit wann weiß mein Bruder so gut über Geographie Bescheid? Ich hätte erst den Globus oder Atlas holen müssen, um die Länder auf dem Umweg aufzuzählen.

„Kannst du helfen, ihn zu suchen?", frage ich schließlich, als ich fertig gestaunt habe. „Du kennst doch Hans und Franz hier in der Stadt."

Er stutzt und schnauft. „Und wenn ich ihn gefunden habe, soll ich dann die Bullen holen, obwohl er sich wehrt? Soll ich ihn als Paket zu seinen Eltern bringen, oder wie? Kleiner, Yussuf will weg, oder er ist sogar schon weg. Und wenn jemand unbedingt nach Syrien will, weil er das Paradies nicht abwarten kann, dann kommt er auch dahin. Da kannste nix machen. Echt."

„Aber du kannst mir Bescheid sagen, wenn einer ihn sehen sollte. Oder? Das kannst du doch wenigstens tun."

Mirko trinkt den letzten Rest Bier, knallt die Flasche auf den Tisch und steht auf. Er sieht mich streng an, fast wie ein Vater, der seinem Sohn gerade eine Strafe erlassen hat. „Wäre gut, wenn du dann dein Handy dabeihättest. Nützt sonst nämlich alles nix."

In diesem Moment wird die Tür aufgerissen. Likke stürmt wie ein Berserker in die Küche, Jenny versucht, sie von hinten an ihrem Top festzuhalten, was ziemlich in die Hose geht – beziehungsweise ins Top. Das reißt nämlich, und Likke steht in ihrem schwarzen Spitzen-BH, der alle Mühe hat, ihre großen Brüste zu halten, mitten in der Küche vor Mirko und stemmt die

Hände in die Hüfte. Sie ist wütend bis unter ihre seltsame verschnittene Punkfrisur, die knautschenge Jeans betont ihre voluminösen Oberschenkel und lässt eine respektable Speckrolle herausquellen, darüber verhüllt nur noch der BH ihren Busen, eigentlich verhüllt er ihn gar nicht, sondern stützt ihn notdürftig ab. Ein Zentimeter weniger Stoff, und die Melonen lägen unverhüllt vor dem Betrachter wie frei verkäuflich.

„Du Arschloch, mein Handy ist hin", schreit sie und versucht mit ihren Fäusten, auf Mirkos Brust zu trommeln. Aber dafür muss sie die Hände sehr hoch nehmen, sie merkt, wie Busen und BH zittern und wackeln. Das ist ihr dann doch zu blöd, und sie entschließt sich zu einem High-Heel-Tritt gegen Mirkos Schienbein. Der schreit kurz auf und holt mit seinem Arm aus, um ihr eine zu scheuern.

„Nein", schreien Jenny und ich gleichzeitig. „Lass es."

Mirko hält inne, zögert, sieht erst mich an und dann Likke. Er grinst mich an und nickt mir zu. „Hast recht, lohnt sich nicht." Er reibt sich kurz das Schienbein. „Ach, liebe Likke, du musst das Gerät doch nur kurz in Seifenwasser tauchen und dann föhnen, dann klappt's wieder. Echt." Dann knallt er die Tür zu und ist weg.

Likke steht da wie bestellt und nicht abgeholt. Kein Feind mehr da, den sie anschreien kann. Top im Arsch, Handy kaputt, trotzdem lächelt sie. „Ist aber nett von Mirko, dass er mir noch den Tipp gibt mit dem Seifenwasser." Und noch ehe Jenny und ich begreifen, was sie eigentlich vorhat, lässt sie etwas Wasser und Spüli ins Spülbecken und schmeißt ihr Handy rein.

„Was meint ihr, wie lange muss ich das noch drinlassen?", fragt sie schon wieder mit einem Anflug von Glück auf ihrem Gesicht.

Jenny und ich schauen uns an und schütteln bedrückt den Kopf.

„Du kannst es jetzt ruhig länger drinlassen", sagt Jenny trocken. „Das war ein Scherz."

Danke, Mirko, das wäre nicht nötig gewesen. Noch bevor Likke voll aufdreht, mache ich, dass ich aus der Küche komme.

Noch eine Stunde später, als ich längst im Bett liege und zum hundertsten Male vergeblich versucht habe, Yussuf mit meinem Handy zu erreichen, höre ich Likkes Schimpftiraden, ihr Geschniefe und Geheule. Die beiden haben ihre Abendpläne wohl umgeschmissen, denn ohne ein ordentliches Smartphone kann man offenbar keinen Club mehr betreten.

Mir egal. Ich lege mein Handy weg, das sowieso nur klingelt, wenn ich es vergessen habe, und schlafe traumlos ein.

11

Am nächsten Morgen verkündet mir eine vergnügte Lara am Telefon, dass die Uni für diesen Tag ausfällt, weil Madame Spiridonis eine kurzfristige Einladung zu einem Vortrag bekommen hat.

„Geil, was?", quietscht sie in den Hörer, „dann kann ich mit meiner Süßen für ein langes Wochenende wegfahren. Was hast du denn vor? Warst du schon beim Arzt?" Ohne auf eine Antwort zu warten, legt sie auf. Großartig, klasse Frau.

Hab ich heute was vor? Zum Arzt gehe ich ganz sicher nicht, und zu Mister Spiridonis schon mal gar nicht. Vielleicht suche ich die Willy-Brandt-Schule und frage mich nach den Rollis durch.

Aus der Küche höre ich laute Stimmen. Mirko und Likke beharken sich noch und werden alle drei Sekunden von Jenny unterbrochen, der man ihrer missmutigen Tonlage entnehmen kann, dass sie sich die Komödie zwischen den beiden Streithähnen nicht mehr lange mitansehen wird. Dann knallt zweimal eine Tür, und es ist endlich Ruhe.

Ich mache mir lustlos einen Kaffee und zwei Brote. Mir schwirren tausend Gedanken und Bilder im Kopf herum, bis auf die mit Anna alles keine schönen. Ich sehe Yussuf vor mir, ganz in Schwarz gekleidet, wie er eine Kalaschnikow in die Höhe hält und wilde Verwünschungen auf alle Ungläubigen dieser Welt ausstößt. Ich sehe ihn vor mir, wie er mit einem kleinen Trupp Gleichgesinnter bis an die Zähne bewaffnet durch die sandigen Straßen eines Wüstenortes patrouilliert. Sie treten und schlagen Frauen, die vergessen haben, den letzten Schlitz ihrer Burka zuzumachen. Sie holen Männer aus Häusern und Verschlägen, versammeln sie auf dem Dorfplatz und knallen sie einfach ab. Wie die Nazis, diese Drecksäue.

Endlich ruft Yussuf an, es ist gleich zehn. Als ich seinen Namen auf dem Display lese, fange ich an zu zittern. Vor Freude, vor Angst, vor Spannung, keine Ahnung, alles zusammen vielleicht.

„Wo bist du, Mensch?", frage ich statt einer Begrüßung, aber trotzdem erleichtert und nicht vorwurfsvoll. Jedenfalls versuche ich das durchklingen zu lassen und hoffe, dass es auch so ankommt.

„Keine Ahnung", sagt Yussuf knapp. Das ist die Umschreibung für: *Soll dich jetzt nicht interessieren, Mann. Brauchst du nicht zu wissen!*

„Und wie geht's dir so?"

„Keine Ahnung."

Klar. Könnte heißen, dass es ihm beschissen geht, was mich nicht wundern würde. Könnte aber auch bedeuten, dass er nicht weiß, wie er mir am besten irgendwas beibiegen kann. Wahrscheinlich etwas Unangenehmes, jedenfalls für mich.

„Willst du mir was sagen? Brauchst du Hilfe?"

„Kann sein, Mann. Nein, nicht kann sein, ganz sicher. Ja, ich brauch deine Hilfe, aber …"

„Aber was?"

„Aber ich weiß nicht, ob du das machst." Seine Stimme klingt gedämpft, irgendwie unsicher. Nicht der Yussuf, den ich kenne, aber das habe ich heute auch nicht erwartet.

Ich zögere, weiß einen Moment nicht, was ich sagen soll. „Was?"

„Ich weiß nicht, ob du mir hilfst. Bist du taub geworden?"

„Nein, aber was soll ich machen und mach's vielleicht nicht? Das will ich wissen."

„Ach so." Seine Stimme wird wieder klarer, fester. „Das kann ich dir aber am Telefon nicht sagen."

Ich muss wider Willen schmunzeln. „Aha, konspirativ, was? Angst vor der NSA?"

„Idiot. Wenn du wüsstest, wer jetzt gerade alles zuhört, dann würdest du nicht so spöttisch reden."

Ich habe nicht viel Ahnung von den Möglichkeiten der diversen Geheimdienste dieser Welt, aber so viel weiß ich dann doch, dass in diesem Augenblick kein leibhaftiger Mensch irgendwo an der Strippe oder am Computer sitzt und live mitanhört, was Yussuf Majali und Lenny Baumeister miteinander zu bereden haben. Sonst wäre ja auch schon sein letzter Satz riskant gewesen.

„Komm runter, Yussuf", sage ich erstaunlich cool. „So interessant möchtest du wohl gerne sein, dass dich einer abhört, was? Also, wo?"

„Döner 20."

„Okay, roger and over."

Skurril, das alles, sehr merkwürdig. Ich überlege, wobei ich ihm möglicherweise helfen soll. Wenn ich ihm zum Beispiel seinen Pass suchen soll, kann er das vergessen.

Scheiße, der Pass.

Ich bete, dass einer zu Hause ist. Auf den AB zu sprechen kann ich nicht riskieren. Nach dreimal Klingeln nimmt Dunja ab. Sie ist sehr dankbar für den Tipp und verspricht, Yussufs Pass sofort zu verstecken.

Die 20 bei Döner 20 bedeutet, dass wir uns in zwanzig Minuten treffen. Welche Dönerbude Yussuf meint, muss er nicht extra beschreiben, es gibt nur eine in der ganzen Stadt, die den Döner streng nach seinen Halal-Vorschriften macht. Das Essen schmeckt nicht anders als in anderen Buden, finde ich, aber wenn er damit ruhiger schlafen kann und seinen Frieden findet, kann mir das ja egal sein.

Die Bude ist noch leer, als ich eintreffe. In zwei Stunden sieht es hier anders aus, wenn das nahe gelegene Gymnasium Mittagspause macht und viele kantinenmüde Schüler sich gierig über die Köstlichkeiten hermachen, aber so lange möchte ich eigentlich nicht hier bleiben.

In der hintersten Ecke, direkt vor den Klos, sitzt ein Mann mit dichtem Vollbart, Sonnenbrille und Baseballcap. Er trinkt Tee, winkt mir zu, und erst nachdem er die Brille abgenommen hat, beim zweiten oder dritten Hinsehen, erkenne ich, dass es Yussuf ist. Es scheint sich also in der Tat um eine Art von Agentenjagd zu handeln. Die Frage ist nur, wer hier jetzt gerade wen jagt. Von jetzt auf nachher fühle ich mich heillos überfordert.

Ich hole mir einen Kaffee, setzte mich zu ihm und knuffe ihn freundschaftlich. „Alter, schön, dich zu sehen. Musst du dich schon verkleiden, oder was?"

Yussuf setzt die Sonnenbrille wieder auf. „Das ist kein Spiel, Mann, das ist bitterer Ernst. Es geht um mein Leben."

Voll krass. Mitten drin in James Bond. Ich räuspere mich, als Zeichen, dass ich verstanden habe und von jetzt an die Unterhaltung ernst führen werde.

„Okay, um was geht es genau?"

„Um was es genau geht, Mann?", zischt er wütend. „Mein Leben, hab ich doch gesagt. Willst du es noch genauer?"

Yussuf hatte schon immer einen gewissen Hang zur Theatralik, aber ich finde, dass er jetzt echt übertreibt. „Wenn ich dir helfen soll, dann musst du schon sagen, wie." Andernfalls könnten wir uns aber auch in aller Ruhe einen Döner bestellen und warten, bis die Gymnasialhorde hier einfalle und es mit der Ruhe und Unauffälligkeit erst mal vorbei sei. Das zieht.

„Okay. Lenny, du musst mir helfen."

„Ja, das habe ich schon verstanden. Und wobei noch mal?"

Er stochert unsicher in seinem leeren Teeglas herum. „Ich sag's dir gleich. Ich muss nur vorher noch wissen, was du denkst, was mit mir los ist. Oder was mit mir los sein könnte. Hast du eine Ahnung?"

„Wäre es nicht schlauer, du sagst es mir? Wir könnten enorm Zeit sparen, falls ich fünfmal danebenliege, zum Beispiel."

Etwas fies, das ist mir klar, aber ich möchte, dass *er* die Geschichte erzählt.

„Okay", sagt er wieder. „Ich darf aber nicht viel sagen, sonst krieg ich Ärger und du auch."

„Hab ich mir fast gedacht", rutscht es mir heraus.

„Du hörst mir in Ruhe zu, bis ich zu Ende bin, okay?"

Ich nicke, und Yussuf fängt an, leise zu erzählen.

Von Omar Al-Musa aus Tunesien, der unter vielen Bewerbern ausgewählt wurde, in Deutschland Männer anzuwerben, die für den ersten wahren Gottesstaat auf Erden kämpfen wollen. Von seinen wunderbaren Vorträgen, erst im Jugendheim und dann im Park oder unten am Fluss, in denen es darum ging, das Böse zu besiegen und für das Gute zu kämpfen. Aber das sei alles noch nichts gegen Omars Fähigkeit, sein Leben, also Yussufs Leben, genau zu analysieren und ihm klarzumachen, dass er als gläubiger Moslem in dieser Welt der Dekadenz niemals glücklich werden würde. Ewig würde er sich hin- und hergerissen fühlen zwischen seinem Glauben, den er auch leben wolle, und der Tatsache, dass dies in einer westlichen Zivilisation gar nicht möglich sei. Aber jetzt sei ja die große Chance da, seinen Traum endlich zu verwirklichen. Das erste Kalifat. Männer wie Yussuf würden dort dringend gebraucht, um den Staat voranzubringen.

Während Yussuf erzählt, trinke ich meinen Kaffee und warte darauf, dass er zu der Stelle kommt, wo er zugeben muss, dass er auch dazu bereit sein muss, Menschen zu töten, die nicht so leben wollen wie er. Aber diese Stelle kommt nicht. Also muss ich es ihm sagen, obwohl ich sicher bin, dass er es weiß.

„Das ist ja alles gut und schön", fange ich vorsichtig an, „aber was ist mit den Leuten, die anders leben wollen? Meines Wissens gibt es dort auch Christen, liberale Muslime und andere Religionsgemeinschaften. Was passiert mit denen?"

„Sie können konvertieren", antwortet er knapp.

„Und wenn sie nicht wollen?"

Yussuf seufzt und lehnt sich zurück. „Sie sollten konvertieren, in ihrem eigenen Interesse."

„Sonst?"

„Sonst müssen wir sie dazu zwingen."

„Mit einer Kugel im Schädel, oder wie?"

Jetzt ist es raus, und mir wird gleich etwas wohler. Egal, was Yussuf gleich sagen wird, er wird nie mehr behaupten können, er hätte nicht gewusst, was auf ihn zukommt.

Ein paar Minuten lang sitzen wir uns schweigend gegenüber. Ich hätte auch noch länger durchgehalten, aber dann fängt Yussuf wieder an.

„Hör mal, Lenny. Ich habe nicht vor, da unten irgendjemanden umzubringen, das kannst du mir glauben. Aber ich halte es hier in Deutschland einfach nicht mehr aus. Ich will meine Religion endlich so leben, wie ich es mir vorstelle, und das geht einfach nur da. Und dabei musst du mir jetzt helfen. Bitte."

So schnell mein gewöhnlich langsames Hirn es zulässt, überschlage ich meine grobe Strategie. Es kann ja nicht schaden, sich einmal anzuhören, was er will. Also stimme ich zu.

„Okay. Ich glaube zwar, dass du total naiv bist, wenn du glaubst, dort niemanden töten zu müssen. Schließlich suchen die Typen wie Omar ja Kämpfer und keine Küchenhilfen. Aber na gut. Sag, was du möchtest, und wenn du endlich diese bescheuerte Sonnenbrille abnimmst, höre ich dir auch weiter zu."

Yussuf verzieht das Gesicht, nimmt aber doch die Sonnenbrille ab und setzt sich stattdessen seine dicke Brille mit den acht Dioptrien auf.

„Also?"

„Ich … ich soll einen Infostand der Salafisten machen."

„Na und? Mach doch, wenn du unbedingt musst. Und was hab ich damit zu schaffen?"

„Du musst auch mitmachen!"

Meine Mutter hat mich stets gelehrt, die Contenance zu bewahren, was bei meinem Wesen nicht sonderlich schwer ist. Aber diese vier Wörter hauen mich echt vom Sockel. Ich pruste Kaffee quer über den Tisch und in Yussufs Vollbart.

„Hast du sie noch alle?", fauche ich ihn an. „Ich soll mich zu euch Bekloppten stellen und erzählen, wie toll es ist, als Märtyrer ins Paradies zu kommen, oder wie?"

„Pst", zischt Yussuf. „Bitte etwas leiser, Lenny."

„Nicht leiser", blöke ich rum, „ich werd gleich noch lauter."

Meine ganze Strategie scheint im Eimer, weil dieser Idiot im Ernst glaubt, dass ich mich in der Fußgängerzone hinter einen Tapeziertisch stelle, eine Sammelbüchse schüttle und allen Menschen erzähle, wie schön es im Kalifat ist. Wenigstens für diejenigen, die daran glauben. Und nicht als Kanonenfutter enden.

„Such dir jemand anderen!"

„Geht nicht."

„Wieso nicht?"

„Sind schon alle weg."

„Wohin? Ins Paradies?"

„Haha, toller Witz. Nach Syrien natürlich."

„Also doch ins Paradies. Weißt du was: Da gehören sie auch hin, aber ohne zweiundsiebzig Jungfrauen."

„Mach dich nicht lustig über Allahs Paradies."

„Das ist nicht Allahs Paradies, verfluchte Scheiße, das Paradies gehört allen Menschen. Christen, Juden, Hindus, Buddhisten, Muslime, Atheisten, meinetwegen können da auch deine Terroristen hin, dann sind sie wenigstens von der Erde weg."

Wieder legen wir beide eine Schweigeminute ein.

„Wieso will das sonst keiner machen?", frage ich schließlich, mehr aus Interesse als aus einer schwankenden Tendenz meiner Haltung.

Yussuf seufzt wieder. „Das hat mit Wollen nichts zu tun. Es ist eine Aufgabe, eine Art erste Prüfung. Jeder Bewerber muss mit zwei guten muslimischen Freunden hinter einen Infostand, nur für drei Stunden. Und du weißt genau, wie viele gute Freunde ich habe."

„Zwei", sage ich tonlos. „Wie ich."

„Und Faris", ergänzt Yussuf vorsichtig.

„Faris? Sag jetzt nicht, er macht da auch mit bei eurem Verein?", frage ich so enttäuscht ich nur kann, aber ich ahne die Antwort bereits.

„Das ist kein Verein, das ist unsere Religion."

„Weiß Faris denn auch, dass er bei eurer sittsamen Religion kein Bier mehr trinken und in der Muckibude keine knackigen und halbnackten Frauen mehr anglotzen darf?"

Yussuf zuckt mit den Schultern. „Wahrscheinlich."

„Wenn er in Syrien also was mit Frauen anstellen will, dann muss er sie schon vergewaltigen. Aber kräftig genug ist er ja, das schafft er schon. Obwohl kurdische Frauen ganz schön auf Zack sein sollen, hab ich mal gelesen. Also ich möchte denen nicht in die Finger geraten."

Yussuf haut mit der Faust auf den Tisch. „Es reicht, Lenny. Ich weiß, dass da unten auch einiges schiefläuft. Aber das heißt doch nicht, dass wir dabei mitmachen müssen."

Ich schüttle den Kopf vor lauter Fassungslosigkeit. „Natürlich müsst ihr da mitmachen, habe ich eben schon gesagt, aber du willst es einfach nicht wahrhaben."

Ich hole mir einen neuen Kaffee und bringe Yussuf eine Serviette mit, damit er sich endlich die Tropfen aus seinem Bart wischen kann. Er macht sich flüchtig sauber und massiert sich seine Schläfen.

„Okay, du hilfst uns also nicht?"

„Richtig."

Plötzlich reißt er seine Cap vom Kopf und schmeißt sie auf den Tisch.

„Und wenn ich dir verspreche, danach noch einmal in Ruhe über alles nachzudenken und zu einer Beratungsstelle zu gehen?"

Ein Trick, denke ich sofort, eine ganz miese Nummer.

„Was für eine Beratungsstelle?", frage ich misstrauisch.

„Darfst du dir aussuchen", antwortet Yussuf gönnerhaft. „Gibt ja genug mittlerweile."

Ich denke kurz nach.

„Und was passiert mit euch, wenn ich trotzdem Nein sage?"

Yussuf zuckt wieder mit den Schultern. „Ich gehe auf jeden Fall. Auch ohne diese Prüfungen. Es wird dann schwieriger für mich da unten, weil ich nicht so anerkannt wäre wie mit den bestandenen Aufgaben. Meine Chancen zu überleben sind natürlich geringer, weil ich ganz vorne mitmischen muss. Ich mach die Drecksarbeit, auch Sachen, die ich gar nicht machen will. Aber ich werde mich schon durchschlagen."

Ich zähle eins und eins zusammen. „Das ist glatte Erpressung, Yussuf. Wenn ich euch nicht helfe bei diesem Stand, dann wirst du da unten Kanonenfutter, darfst aber dafür jesidische und kurdische Frauen schänden, obwohl du das gar nicht willst. Hab ich das richtig verstanden?"

73

Yussuf blickt düster auf die Tischplatte. „Nenn es, wie du willst, aber so in etwa wird es sein."

Mittlerweile kommen schon die ersten Gymnasiasten in die Dönerbude. Der Geräuschpegel wird lauter, was gar nicht schlecht ist, aber es sind zu viele Gesichter, die mich hier mit einem potenziellen Salafisten sehen, und das ist total schlecht. Es wird Zeit, dass wir zu einer Einigung kommen.

Ich muss abwägen. Was die ganze Sache mit dem IS angeht, brauch ich gar nicht zu überlegen. Ich hätte nie gedacht, dass es Zeit meines Lebens noch einmal ein so menschenverachtendes und brutales Regime geben könnte, mit allen weltweiten Auswüchsen, die da dranhängen, so wie die fürchterliche Boko Haram in Nigeria. Ich will nichts mit dem ganzen Kram zu tun haben, und wenn sich mir eine reale Möglichkeit bietet, etwas dagegen zu unternehmen, und sei es nur ein Protestmarsch, eine Lichterkette oder so was Radikales wie eine Unterschrift unter eine Internetpetition, dann mach ich das auch.

Yussuf und Faris sind seit Jahren meine einzigen Freunde. Wenn ich sie nicht verlieren will, werde ich die letzte Chance ergreifen und ihnen helfen müssen. Wenn ich das nämlich nicht tue, sind sie quasi schon tot. Die Frage ist nur, ob sie es mir überhaupt noch wert sind, so wie Yussuf jetzt daherredet. Ich kann doch auf Dauer nicht mit einem Menschen befreundet sein, der Toleranz für verzichtbar oder gar eine Schwäche hält. Der im Notfall bereit wäre, unschuldige Menschen zu töten. Der der Meinung ist, dass Frauen außer zu Haushalts- und Ehepflichten zu nichts nutze sind.

Dasselbe gilt natürlich auch für Faris.

„Geht Faris zur Beratung, wenn ich mitmache?"

Yussuf nickt schnell. „Hat er versprochen, ja."

„Wo ist er eigentlich? Bei ihm zu Hause erreiche ich ihn nicht."

Yussuf presst die Lippen zusammen, kratzt sich erst am Kopf, dann am Bart, danach wieder am Kopf und erzählt mir nach dieser Prozedur, dass Faris mit einigen anderen Bewerbern, wie er sich ausdrückt, auf ein Seminar gefahren ist, geleitet von einem gewissen Omar Al-Musa. Thema natürlich: Die Situation gläubiger Muslime in Deutschland und Alternativen in aller Welt. Die anderen Teilnehmer kennt Yussuf nicht, er weiß aber, dass auch junge Frauen darunter sind, was mich doch einigermaßen überrascht. Ob die wirklich glauben, dass sie da unten ein besseres Leben führen können? Wollen die ein Abenteuer erleben? Oder sind die einfach nur irre? Ich hab keine Ahnung, wahrscheinlich ist von allem was dabei.

„Gut", sage ich so feierlich wie ein Topmanager bei Verkündung eines Vertragsabschlusses, „dann machen wir das also so. Ich werde euch helfen. Aber ..."

Weiter komme ich erst mal nicht, denn Yussuf fängt an zu strahlen, springt auf und umarmt mich quer über den Tisch, als wären wir schon jahrelange Salafistenbrüder auf Leben und Tod, und dabei drückt er mir fast die Luft ab. Also bleibt mir nichts anderes übrig, als ihn erst einmal zu bremsen. Ich löse mich aus der Umklammerung, eher energisch als sanft, und hebe meinen Zeigefinger wie ein strenger Lehrer. „Aber", sage ich erneut und diesmal lauter, „es bleibt noch ein klitzekleines Problem."

Yussuf guckt mich fragend an. „Was?"

„Ich bin kein Moslem und hab auch nicht vor, einer zu werden."

Yussuf lächelt mich an. „Ich weiß, dass du kein Moslem bist und wirst. Du kriegst alle Klamotten von uns, und wir treffen uns mal bei dir oder irgendwo und gehen die wichtigsten Fragen durch. Das ist alles kein Problem, Mann, das sind nur drei Stunden. Danach bist du wieder Lenny, der Christ."

„Ich soll mich auch noch verkleiden? Sag mal, spinnst du jetzt total? So mit Mütze und dem ganzen Zeug?"

Yussuf rutscht aufgeregt um den Tisch, damit er meinen Arm besser anfassen kann.

„Keine Bange, Lenny, wir machen das ganz schlicht. Aber es muss ja authentisch und echt wirken. Mit Jeans und T-Shirt nimmt dir keiner ab, dass du ein gläubiger Moslem bist."

„Bin ich ja auch nicht."

„Ich weiß, aber du musst so tun. Wir machen dich zurecht, du redest mit ein paar Leuten, die an den Stand kommen, und fertig. Falls überhaupt welche kommen. So beliebt sind wir ja nicht gerade."

Kann man wohl sagen, und das aus gutem Grund, wie ich finde

„Ich habe keinen Bart." Ich streiche mir demonstrativ über meine Wange, die glatt wie ein Babypopo ist. „Und mir wird auch keiner bis dahin wachsen, wie du weißt."

Auch dafür hat Yussuf eine Lösung. „Ich kaufe dir einen. Ankleben, fertig."

Beim Barte des Propheten, was für ein bescheuerter Plan: Bart ankleben, fertig ist der Moslem.

Die Tür geht auf, und mindestens fünfzig Gymnasiasten stürmen die Dönerbude. Zeit, aufzubrechen, es ist alles gesagt, finde ich. Lenny Baumeister wird also für drei Stunden ein Moslem, damit er seine muslimischen Freunde davon abbringen kann, in einen islamistischen Staat zu fahren und alle, die keine Muslime sind und stattdessen Frauen sogar das Autofahren erlauben, einen Kopf kürzer zu machen.

Was für eine Herausforderung!

12

Die Eltern von Faris kenne ich nicht so gut wie Achmed und Dunja, was wahrscheinlich daran liegt, dass sie äußerst selten zu Hause sind und sie – wie fast alle in diesem großen Mietshaus – mutmaßlich nicht ganz legalen Geschäften nachgehen. Aber ich habe Glück, der Vater macht auf, Faris selbst ist nicht da. Super.

Hassan Alsafi ist kein muskelbepackter Schleimbeutel mit Halskettchen wie einer seiner Brüder im zweiten Stock, sondern ein stets korrekt gekleideter, sagen wir mal: Geschäftsmann, ebenso stets glatt rasiert, umgeben von einer zarten Wolke aus teurem Rasierwasser, und genauso stets bemüht, allen Menschen gegenüber respektvoll und mit Achtung zu begegnen.

Er lädt mich ins Wohnzimmer ein, bringt mir Tee und setzt sich zu mir. Ich habe gelernt, dass es von Vorteil sein kann, wenn man seinen Gesprächspartner vorher fragt, ob und wie lange er Zeit hat. Herr Alsafi hat Zeit und auch keinen Termindruck, wie er freundlich verkündet, und wenn es wirklich wichtig wäre, würde er notfalls bis in die Nacht mit mir hier sitzen und Tee trinken beziehungsweise Kaffee.

Also erzähle ich ihm die ganze Geschichte mit Omar Al-Musa und seinen Kursen und Seminaren sowie seinem Rausschmiss aus der Volkswelt. Ich berichte ihm von den Veränderungen, die mir an Faris aufgefallen sind, von seiner Reise mit Omar, von dem Gespräch mit Yussufs Eltern und der Unterhaltung in der Dönerbude. Ich brauche ungefähr eine halbe Stunde und rede mir den Mund fusselig, dann weiß Hassan Alsafi alles, was ich weiß. Jetzt, das wird mir plötzlich klar, kann ich nicht mehr zurück, die Katze ist aus dem Sack sozusagen, oder die Sau aus dem Stall. Wie man's sicht.

Hassan Alsafi bleibt ganz ruhig. Er zündet sich eine Zigarette an, fragt, ob ich auch eine will. Nein, will ich nicht, mir reicht der eine Zug bei Anna noch, vielen Dank auch.

Dann stellt Herr Alsafi Fragen, viele Fragen. Ob ich das wirklich machen will, mich als Moslem verkleiden, und ob ich das ehrlich nur mache, um die Jungs hier zu halten. Oder ob ich vielleicht sogar Spaß an der Maskerade hätte. Er meint das gar nicht böse, er will es nur ehrlich wissen. Dann fragt er, ob ich das denn mit meiner Religion vereinbaren könne, auf einmal den Islam zu predigen, auch wenn es nur für drei Stunden sei.

„Ich bin Atheist", sage ich. „Ich glaube nicht an Gott. Ich bin dann einfach nur ein unbezahlter Schauspieler."

Das beruhigt ihn sichtlich. Er lächelt mich an. „Schauspieler", sagt er leise, „das ist gut."

Ich würde ihn gerne fragen, ob er religiös ist, traue mich aber nicht so richtig. Einen Koran oder Bilder von Mohammed habe ich in der Wohnung noch nie gesehen, auch keinen Teppich, der nach Mekka ausgerichtet sein könnte. Faris hat in seinem Zimmer einen Flickenteppich von Ikea, aber ich glaube, das gilt nicht.

Zum Schluss will er noch wissen, ob ich jetzt nicht das Gefühl hätte, meinen besten Freund verraten zu haben.

„Nein!", sage ich fest, laut und total mutig. „Wenn ich *nicht* gekommen wäre, würde ich mich so fühlen."

Er nickt. „Du hast recht, Junge. Ich danke dir. Kann ich etwas tun, was dir hilft?"

„Kommen Sie und Ihre Frau bitte nicht zum Stand. Und vor allem: Nehmen Sie ihm den Pass weg und verstecken Sie ihn."

Hassan Alsafi runzelt die Stirn. „Das wird er gar nicht lustig finden, schätze ich." Er kann gar nicht mehr aufhören mit dem Runzeln. „Muss aber wohl sein", sagt er schließlich und schaut jetzt entschlossen drein. „Gut, mach ich."

„Es ist nur eine letzte Sicherheit, auch wenn es keine Garantie ist, dass er hier bleibt", erkläre ich erleichtert.

Als wir uns an der Tür verabschieden, drückt er lange meine Hand. „Danke, mein Junge, dass du Faris helfen willst. Ich werde auch sehen, was ich tun kann. Weißt du eigentlich, was für mich Gott ist?"

Ich schüttle gespannt den Kopf. Jetzt werde ich es also doch noch erfahren, wie Hassan Alsafi zum Thema Religion steht.

Einen Bart trägt er nicht, beten tut er offensichtlich auch nicht übermäßig, und ich weiß zudem, dass er es liebt, abends einen guten Cognac zu schlürfen. Also so richtig gläubig kann er auf keinen Fall sein.

„Gott ist für mich ein Zustand, in dem alle Menschen auf der Welt friedlich nebeneinander und miteinander leben. Also ist Gott leider eine Illusion, ein Traum, denn dieser Zustand wird niemals eintreten. Aber jeder Mensch sollte diesen Traum von Gott haben."

Ich nicke ehrfurchtsvoll und will schon gehen, als er noch etwas sagt.

„Diese IS-Terroristen haben diesen Traum nicht. Sie träumen nur von Macht und Gewalt. Sie tun mir leid." Dann dreht er sich um und verschwindet in der Wohnung.

Ich fahre mit dem schönen Gefühl nach Hause, einen heimlichen Verbündeten gewonnen zu haben. Keine Ahnung, was Hassan Alsafi jetzt unternimmt, ob er überhaupt etwas unternimmt, ob seine Frau einen Schreikrampf kriegt und die städtische Moschee in die Luft jagt oder einen Auftragskiller anheuert, der alle IS-Rekrutierer humorlos umlegt, woraufhin Omar Al-Musa keinen Unterricht in Terrorismus mehr geben kann, weil er kopfüber und mit schwarzer Zunge aus dem Fenster seines Gebetsturms hängt.

Ich merke selber, dass ich langsam hysterisch werde, und zwinge mich, meine Fantasie am Weitergaloppieren zu hindern.

Zu Hause ist es ruhig. Meine Mutter ist noch bei Karstadt, Jenny vermutlich shoppen, und Mirko schnarcht in seinem Zimmer. Ich rufe noch einmal bei den Majalis an und kläre auch Achmed über den Stand der Dinge auf. Er reagiert ganz anders als Hassan Alsafi. Achmed ist entsetzt, regt sich auf, will das BKA informieren und bei der Presse anrufen. Er ist verzweifelt, tobt regelrecht und ist so gar nicht der ruhige und besonnene Achmed, den ich kenne. Als ich meine Bitte vortrage, nicht am Stand zu erscheinen, zögert er zuerst mit einer Antwort. Für ihn, so sagt er, wäre das doch ein gute Gelegenheit, Yussuf direkt ins Gesicht zu sagen, was er von dem ganzen Schwachsinn halte.

Und wenn er ihn dann womöglich vor die Alternative stelle, Salafisten oder seine Eltern, dann könne Yussuf sich doch unmöglich für die Verbrecher entscheiden. Normalerweise würde ich ihm recht geben, aber das, was hier gerade abläuft, ist alles andere als normal.

Ich erkläre Achmed meine Sichtweise, erzähle ihm, wie Yussuf mir vorkommt. Zwar fest entschlossen, zu gehen, um das Leben eines streng gläubigen Moslems zu führen, aber auch naiv und leichtgläubig. Weil er glaubt, es reicht, nicht töten zu wollen, um nicht töten zu müssen. „Der ist emotional so aufgeladen, dass eine Konfrontation am Stand nur nach hinten losgehen kann. Erst recht eine mit seinen Eltern." Das Ergebnis wäre, predige ich weiter, dass Yussuf danach auf keinen Fall eine Beratungsstelle aufsuchen werde, egal wie viele Standbesucher ich mit meinen umfangreichen Kenntnissen des Korans beeindrucke. Oder mit meinem Karnevalsbart.

„Karnevalsbart?", fragt Achmed irritiert.

„Ich habe doch keinen Bartwuchs, und ohne den Bart des Propheten kann ich denselben ja wohl schlecht verkünden, oder?"

„Nein", sagt Achmed. „Das geht in der Tat auf gar keinen Fall. Ein gläubiger Moslem muss einen Bart tragen. Das stimmt."

Eine kleine Pause gibt ihm die nötige Zeit für die Verarbeitung des soeben Gehörten.

„Und du willst dir wirklich einen Bart ankleben?", fragt er keine Spur überzeugter als vorhin.

Ich frage ihn, ob er eine bessere Idee habe, aber ihm fällt spontan auch nichts ein. Anmalen, sagt er, sehe ja nicht echt aus. Und es solle ja schließlich auch kein Piratengeburtstag werden. Wenn das alles nicht so fürchterlich ernst und traurig wäre, hätte ich jetzt laut lachen können.

Wir einigen uns also darauf, dass die gesamte Familie Majali – Achmed, Dunja und Aylin – am besagten Tag dem Infostand der Salafisten fernbleibt, und zwar mit sehr großem Abstand. Ich schlage vor, dass sie zusammen mit dem Ehepaar Alsafi irgendwo hinfahren, vielleicht einen Tag ans Meer oder so was. Auf jeden

Fall weit weg, und am besten sagen sie auch noch möglichen Verwandten Bescheid, damit Yussuf keine böse Überraschung erlebt. Achmed verspricht es, bedankt sich und legt auf.

Ich fühle mich erschöpft und müde, nicht körperlich, aber diese vielen ernsten Gespräche haben mich geistig angestrengt, ich bin das nicht gewohnt. Kann man sich innerhalb weniger Tage so verändern, dass man nicht nur sprichwörtlich ein anderer Mensch ist? Man soll sich ja in den Arm kneifen, wenn man das Gefühl hat, irgendetwas ist nicht real und kann eigentlich nur ein Traum sein. Bis eben war das nicht notwendig, weil ich mit lebendigen Menschen gesprochen habe, aber jetzt, während ich hier allein am Küchentisch sitze, die letzten Tage überdenke und mich frage, wer oder was ich eigentlich bin, möchte ich mich doch kneifen und hoffen, dass es wehtut.

Ich betrachte meinen haarlosen Arm und reibe mit einem Finger darüber. Was ich spüre, ist ein leichtes Kitzeln. *Kneif dich endlich, Lenny!*

Ich hole tief Luft und mache mich bereit. Aber zum Kneifen kommt es nicht mehr, denn die Tür fliegt auf, und ein zerknautschter Mirko steht auf der Schwelle.

„Hey, Kleiner. Ich brauch sofort ein Bier."

Er sagt es so laut, dass ich auf das Kneifen verzichten kann. Ich weiß, ich lebe in der Wirklichkeit.

Wie schön!

13

Ich beschließe, die Willy-Brandt-Schule zu suchen. Google Maps zeigt mir noch einmal die Straße der Schule, ich muss etwa zwanzig Minuten fahren. Das Wetter ist herrlich zum Fahrradfahren, klarer Himmel, fünfundzwanzig Grad und ein kleines Lüftchen. Ich trinke noch zwei Gläser Leitungswasser und fahre los.

Durch die Fußgängerzone muss ich das Rad schieben. Nicht dass ich übertrieben gesetzestreu wäre, ich fahre auch schon mal bei Rot über Ampeln, wenn keine Kinder da sind, aber die Einkaufsstraße ist so voller Menschen, dass Fahren nichts bringt. Höchstens Ärger. Als sich vor Karstadt die Menge teilt, erleide ich beinah einen Herzanfall: Direkt vor dem Eingang ist ein Infostand aufgebaut. Doch ein zweiter Blick beruhigt meine Herzfrequenz wieder: Der Stand ist nicht von den Salafisten, sondern von Greenpeace.

Ein sehr junger Mann mit Vollbart kommt zielstrebig und lächelnd auf mich zu, in der Hand einen bunten Flyer. Wieso Vollbart? Hat Greenpeace jetzt etwa einen direkten Draht zu den Islamisten? *Nein, Lenny*, meldet sich leise die Stimme der Vernunft, *es gibt auch normal denkende Männer mit Vollbart, es ist sogar eine richtige Mode.* Ich merke trotzdem, wie sich mein Magen verkrampft, aber ich habe keine Chance mehr, ihm zu entkommen.

„Hallo", begrüßt mich Vollbart freundlich, „bist du auch gegen die Jagd auf Wale?"

„Klar", sage ich. „Total. Jagd auf Wale geht gar nicht."

„Schön." Er lächelt zufrieden. „Das freut mich. Und tust du was dagegen?"

Mein Gott, was soll ich denn schon tun können gegen die Waljagd? Mich vor die Harpune schmeißen, oder was?

„Na ja, so richtig nicht … Doch, klar, ich boykottiere das Tourismusziel Japan. Konsequent."

Dem Mann fällt die Kinnlade runter. „Äh, wie machst du das denn?"

„Ich fahre nicht hin, ganz einfach. Nach Norwegen und Island auch nicht, und erst recht nicht nach Kanada."

„Kanada sind die mit den Seehunden", erklärt Mr. Greenpeace. „Aber wenn du da nicht hinfährst, ist das auch nicht übel."

Wir nicken uns gegenseitig eine Weile anerkennend zu. Ich warte, ob jetzt noch was kommt, und er überlegt offenbar, ob er trotz meiner umfangreichen Boykottmaßnahmen noch zum Großangriff auf mein Konto ausholen soll.

Ich für meinen Teil erinnere mich an meine gewachsene Verantwortung für alles und jeden und starte einen Versuch.

„Was würdest du sagen: Darf man eigentlich noch nach Italien fahren?", frage ich freundlich.

Der Mann stutzt. „Italien? Ich glaub schon. Warum denn nicht?"

„Die fangen doch Singvögel und essen sie auf, oder?"

„Äh ja, stimmt. Aber das ist eine Kultur ..."

„Und Spanien?"

„Was ist mit Spanien?"

„Die treiben doch massenweise Stiere durch enge Gassen und massakrieren sie anschließend."

„Ja, das hab ich auch mal gehört. Aber wie gesagt, das ist mehr eine kulturelle ..."

„Und China?"

„China?"

„Die essen Hunde und Katzen. Und Affen."

„Mein Gott, wirklich?"

„Wenn ich's doch sage. Ungarn und Polen?"

„Ungarn? Polen?"

„Stopf und Rupfgänse. Ganz grausame Geschichte."

„Ach du Scheiße! Meine Freundin kommt aus Polen."

„Aber die ist ja zum Glück keine Gans, oder?"

Bis jetzt bin ich noch ernst geblieben, aber nun muss ich doch echt lachen. Ich bin sogar ein wenig stolz auf mich, dass ich in einem ungeplanten Gespräch mithalten kann, und zwar gar nicht schlecht, wie ich finde. Eine wirklich gute Übung, denn bald stehe ich quasi auf der Seite dieses Jünglings, hab kaum Ahnung und soll Passanten überzeugen. Leider von einer Sache, die mit dieser hier nicht zu vergleichen ist, aber zunächst kommt es ja mal auf die Technik der Gesprächsführung an. Und das hat doch schon mal ganz gut geklappt.

Der junge Mann schaut sich hilfesuchend nach einem erfahrenen Aktivisten um, aber alle anderen Greenpeacer sind in bierernsten Gesprächen vertieft, füllen fleißig Formulare aus und kriegen von uns gar nichts mit.

„Und jetzt?", frage ich. „Kann ich jetzt gehen, oder willst du noch was von mir wissen?"

„Wissen?"

„Ja, dass sie in Peru Meerschweinchen essen, zum Beispiel. Deshalb fahre ich da auch nicht hin. Tschüss."

Ich lasse den jungen Aktivisten mit seinem Flyer und offenem Mund stehen und will weiter, aber dann fällt mir ein, dass ich jetzt eigentlich meine Mutter kurz aufsuchen könnte.

Karstadt ist voll, trotz des schönen Wetters. Auf der Rolltreppe in den ersten Stock stehe ich etwas ungünstig und muss die ganze Zeit einem fetten Mann auf seine Arschritze starren, die er dezent zwischen Unterhemd und Cordhose zur Schau stellt. Dafür entschädigt mich aber dann die Fahrt in den zweiten Stock, auf der ich hinter einer verdammt gut riechenden jungen Frau stehe. Leider fährt sie weiter in den dritten Stock zur Spielwarenabteilung, während ich, ein zwanzigjähriger, bartloser Mann, in die Abteilung für Damenwäsche marschiere.

Meine Mutter führt gerade ein Verkaufsgespräch mit einer älteren Dame. Um welches Kleidungsstück es geht, kann ich nicht erkennen, ich halte mich hier immer gern ein wenig auf Abstand. An ihrem Gesicht kann ich aber erkennen, dass sie noch ganz guter Dinge ist, offenbar scherzen die beiden Frauen. Ich gehe scheinbar ziellos um irgendwelche Ramschtische mit Mieder und BH, nehme, obwohl ich es eigentlich gar nicht will, ein paar von den Dingern in die Hand, schaue sie mir an und schmeiß sie wieder auf den Haufen. Ein BH ist ganz süß, finde ich, schlicht und schwarz, ein paar Spitzen, recht klein. Ich könnte mir vorstellen, dass er Anna ganz gut passt. Ich schaue mich unauffällig um, nehme ihn, schnuppere ganz schnell daran und leg ihn wieder weg. So was Bescheuertes, an einem neuen BH zu schnuppern, zum Glück scheint mich niemand gesehen zu haben.

Meine Mutter steht jetzt hinter einer Kasse, eine Kundin ist weit und breit nicht in Sicht. Sie freut sich, mich zu sehen, setzt sich auf einen kleinen Rollhocker, der hinter der Kasse unter einer Ablage geparkt war, und wir plaudern ganz munter über das Wetter, die Uni und Greenpeace. Ob sie hier bei der Wäsche was von den Ständen mitbekomme, will ich wissen.

„Nur passiv", sagt sie und schmunzelt. Sie war früher im Deutschunterricht eine Musterschülerin in Grammatik, die Wörter aktiv und passiv haben es ihr besonders angetan.

Mit passiv meint sie in diesem Fall, dass sie von ihrer Kasse aus einen leichten und speziellen Geräuschpegel hört, der sonst nicht da ist. Ein kurzes Schütteln einer Sammelbüchse, immer die gleichen Stimmen, die immer das Gleiche sagen.

„Aber du rennst nicht ans Fenster und guckst, oder?"

Meine Mutter schüttelt den Kopf. „Normalerweise nicht. Meistens bin ich ja auch aktiv und hab zu tun. Vielleicht geh ich mal rasch rüber und schaue, ob mich das Thema interessiert. Aber hier stehen ja fast jeden Tag welche, da lässt das Interesse schnell nach. Es sind fast immer die gleichen: Greenpeace, Robin Wood, WWF. Wenn Wahlen sind, dann natürlich Parteien. Wieso fragst du? Willst du da etwa mitmachen?"

„Noch nicht, aber vielleicht bald, mal gucken. Ich muss ja endlich mal was tun, also ich meine außer Sport und rumhängen."

Sie lächelt mich an. „Schön, mein Junge, das ist echt schön, dass du auch mal aktiv wirst. Man kann ja nicht sein Leben lang immer passiv in der Ecke hängen und die anderen machen lassen." Dann stutzt sie. „Du hängst rum? Wo denn?"

„Na ja, zu Hause, wenn ich groggy vom Sport bin. Manchmal auch mit Faris und Yussuf in der Volkswelt. Kickern. Und da gibt's jetzt auch Literaturkurse."

Belustigt weist meine Mutter mich darauf hin, dass ich in meinem Leben noch keinen Roman gelesen habe, der mehr als fünfzig Seiten hat. Weshalb ich auch die Kurse nur als Möglichkeit zur Kenntnis nehme, ohne Gebrauch von ihr zu machen.

Auch von der Möglichkeit, meiner Mutter von dem Salafistenstandschlammassel zu erzählen, mache ich keinen Gebrauch, und als eine Kundin mit fragendem Blick naht, nutze ich die Chance, mich schleunigst zu verabschieden.

Vor Karstadt ist mein junger Lieblingstierschützer gerade damit beschäftigt, einem Opa die Vorzüge einer Greenpeace-Mitgliedschaft näherzubringen. Ich schlendere weiter Richtung Bahnhof. Dort endet die Fußgängerzone auf einem großen Vorplatz, auf dem sich gammelnde Punks, rumänische Kinderbanden und flötende Peruaner gegenseitig die Reisenden streitig machen, die aus dem Bahnhofsgebäude kommen oder darin verschwinden wollen.

Auf der anderen Seite des Bahnhofs ist es ruhiger. Rechts ist ein kleiner Taxistand, links sind eine Bushaltestelle und jede Menge Fahrradständer für die Pendler aus der Umgebung. Direkt hinter der quer zum Bahnhof verlaufenden Straße fängt ein großes Wohngebiet an, mit allem, was die Herzen von Familien und anderen mehr als zweiköpfigen Lebensformen höher schlagen lässt: Tempo 30-Zonen, Spielstraßen, Grundschulen, Kindergärten, Spielplätze mit angeschlossenem Café für die LMM (Latte-Macchiato-Mamis), Kioske, die bis Mitternacht geöffnet und eine ordentliche Auswahl verschiedener Biere und so weiter haben.

In diesem schicken Viertel ist die Willy-Brandt-Schule, eine Ganztags-Grundschule. Den Weg dahin hab ich natürlich vergessen, aber es gibt genug freundliche Menschen, die mir erklären, wie ich dorthin komme. Nach zehn Minuten bin ich da und stehe vor der Pausenhalle inmitten der ganzen Eltern, die darauf warten, dass die eine große Tür sich öffnet und ihre Sprösslinge in das Wochenende entlässt. In Zeiten von Smartphones und iPhones kann man diese Wartezeit ganz gut überstehen, deshalb habe ich ein paar Probleme, einen Ansprechpartner zu finden, der zwei offene Ohren für mich hat.

Dann fliegt oben an der Treppe die Tür auf und gefühlte hundert Kinder stürmen die Stufen hinunter. Ich weiche der Gewalt und setze mich unten an der Straße auf eine kleine Mauer und hoffe einfach, dass gleich jemand vorbeikommt, der so aussieht, als ob man ihn auch ansprechen darf.

Bald ist der Platz leer, kein Mensch hat mich auch nur wahrgenommen, nur zwei ziemlich korpulent aussehende Jungs stehen noch unschlüssig ein paar Meter von mir entfernt herum und machen sich über einen beziehungsweise zwei Schokoriegel her. Ich seufze und gehe zu ihnen.

„Sagt mal, habt ihr hier auch 'ne Sporthalle?", frage ich.

„Klar", sagt der noch Dickere von den beiden Dicken, nachdem er den halben Riegel auf einmal runtergewürgt hat. „Aber …"

„Aber du weißt nicht genau, wo sie ist, stimmt's?"

Die beiden starren erst mich, dann ihren Riegel und dann wieder mich an.

„Doch. Aber da können keine Erwachsenen einfach so rein."

„Trainieren da auch Rollstuhl-Basketballer?"

„Kann schon sein", schmatzt der dicke Dicke. „Abends. Ich glaube, am Dienstag. Oder, Lukas?"

„Am Mittwoch", sagt Lukas. „Dienstags sind die Judos oder Karates drin."

Ich kann den beiden Sportskanonen noch den ungefähren Weg zur Halle und die Information entlocken, dass an der Hallentür ein Trainingsplan angeschlagen ist. Dort sollte auf jeden Fall eingetragen sein, wann die Judos, Karates oder Rollstühle trainieren.

Leider hat Lukas recht. Das Team der Rollstuhl-Basketballerinnen trainiert immer mittwochs um zwanzig Uhr. Ich muss also noch fast eine ganze Woche warten, bis ich Anna eventuell wiedersehe. Selber schuld, wenn ich zu feige bin, ein paar Zahlen zu schreiben und ihr in die Hand zu drücken.

Ich merke wieder deutlich, dass da etwas in meinem Bauch ist, was vor ein paar Tagen noch nicht war. Die BH-Schnüffelei ist ein klares Indiz, um was in etwa es sich dabei handelt. Und dann zwischendurch immer dieses Bild auf meiner inneren Kinoleinwand, wie Anna so cool und lässig dasitzt mit der Zigarette und dem Bier, ganz souverän. So souverän bin ich leider nicht.

Aber das wird sich jetzt ändern.

Ich schwöre!

14

Lukas und der dicke Dicke sind verschwunden, als ich wieder vor der Schule stehe. Mein Handy klingelt. Es ist Faris, der sein Terroristenseminar beendet hat und mich und Yussuf zu einer sofortigen Besprechung zu sehen wünscht. Bei ihm klingt das natürlich anders.

„Komm in Park am Bahnhof, Mann, eine Stunde. Okay?"

Klar, Mann, mach ich, will ich sagen, aber Faris hat schon aufgelegt. Sicherheitsstufe eins oder rot oder so.

Eine Stunde bleibt mir also, um mich innerlich zu sammeln und mir ein paar Dinge zurechtzulegen. Ich schätze, dass es kein einfaches Gespräch werden wird. Faris wird vom Seminar und diesem Omar berichten, und ich bin gespannt, wie weit dieser Typ meinen Freund schon umgedreht hat.

Ich fahre durch das hippe Viertel zurück zum Bahnhof. Unterwegs sehe ich noch Lukas mit seinem Kumpel, die an einem Kiosk stehen und sich wahrscheinlich Nachschub holen. War ja auch ein kräftezehrender Weg. Als sie mich sehen, winken sie mir freundlich zu.

Ich halte an einem kleinen Café und hole mir einen Kaffee-to-go, der schweineteuer, aber trotzdem sein Geld wert ist. Den kochend heißen Kaffee in den Händen haltend, lasse ich mich auf eine Bank fallen, auf der jemand die Tageszeitung von heute liegen gelassen hat.

Schon auf der Titelseite gibt es zwei Artikel über die IS-Terroristen. Einmal, dass es immer noch heftige Kämpfe um die Stadt Kobane gibt, und weiter unten, dass IS-Krieger einer französischen Fotojournalistin den Kopf abgeschnitten haben, nachdem eine ganze Einheit sie vergewaltigt hat. Westliche Geheimdienste haben die Echtheit des Videos bestätigt.

Genau die richtige Geschichte für meine Kumpels.

Ich blättere weiter und finde noch ein paar Texte zu den eingeschlossenen Jesiden, denen langsam die Luft ausgeht, die militärische Unterstützung der Kurden durch den Westen und die Luftangriffe der Amerikaner. Ich rolle die Zeitung zusammen und klemme sie auf meinen Gepäckträger. Dann schlürfe ich langsam meinen Kaffee weiter.

Der Park ist nicht sehr groß, aber ziemlich verwinkelt, perfekt für ein konspiratives Treffen. Ich fahre ein paarmal total unauffällig um einen Brunnen, der sich etwa in der Mitte des Parks befindet, und spähe von dort aus ebenso unauffällig in die vielen Nischen und Winkel. Ein paar knutschende Pärchen, zwei schlafende Penner und eine in ein Buch vertiefte Frau sind meine Ausbeute. Kein Faris und kein Yussuf. Ich schaue auf die Uhr und stelle fest, dass ich zu früh dran bin. Ein paar Minuten haben sie noch Zeit. Sie werden keine Sekunde früher als angekündigt eintreffen, weil sie zum einen seit jeher zu spät kommen und man zum anderen zu solch einem heimlichen Treffen eben nicht zu früh kommt.

Das Wasser plätschert lustig aus dem Brunnen auf kleine Kieselsteine, und ich beschließe, mich einfach hierhin zu hocken und auf sie zu warten. Die Bänke sind alle besetzt, auch sonst gibt es keine Sitzmöglichkeit wie Mauern oder große Steine. Außerdem glitzert der Brunnen so schön in der Sonne, Wassertropfen laufen an der Bronzestatue herunter, aus deren Mund das Wasser als Fontäne in die Höhe schießt. Ob die Figur ein Mensch oder ein Tier ist, kann ich nicht erkennen, vermutlich ein Fabelwesen oder eine griechische Gottheit, vielleicht auch eine Mischung aus allem. Ich versuche, Basketball zu imitieren und Kieselsteine in den Mund zu werfen, bekomme aber bei zehn Versuchen keinen einzigen Korb, dafür einen strafenden Blick der lesenden Frau. Zum Glück steht sie dann auf und verschwindet.

Ich nehme erneut ein paar Steine in die Hand und setze gerade zu einem Dunking-Sprung an, als mich eine Hand an der Schulter packt.

„Komm, Mann, auf die Bank. Schnell."

Faris, endlich! Diese Stimme erkenne ich auch noch, ohne mich umzudrehen, aber als ich das dann doch tue, erschrecke ich mich fürchterlich.

Auch er trägt jetzt einen dichten Vollbart, so habe ich ihn noch nie gesehen, in zehn Jahren nicht. Er steht ihm, keine Frage, aber heute hätte ich ihn lieber glatt rasiert oder mit Stoppeln getroffen. Seine Augen wirken müde und sind rot unterlaufen. Die Hände zittern, keine Ahnung warum, vielleicht hat er zu viel Wasserpfeife geraucht. Ich werde es hoffentlich gleich erfahren.

„Mach mal halblang, Faris. Spielst du Verstecken mit jemandem, oder was?"

Er schiebt mich sanft, aber entschlossen Richtung Bank, wo mittlerweile Yussuf sitzt und nervös hin und her rutscht. Zum Glück sind beide dezent mit Jeans und T-Shirt bekleidet und tragen kein Gewand.

„Da habt ihr aber Glück, dass die Bank gerade frei geworden ist", sage ich, lache ein wenig unbeholfen und versuche so, etwas Normalität in die Situation zu bringen.

Yussuf blickt mich fest an. „Das war kein Glück, Lenny. Ich hab die Tusse weggeschickt."

Ich bin platt, sprachlos, überwältigt. „Echt jetzt? Wieso das denn?" Dann war der böse Blick also gar nicht gegen mich gerichtet.

Sie nehmen mich in die Mitte und verschränken wie auf Kommando ihre Arme vor der Brust. „Egal", sagt Faris. „Sie ist weg." Er niest zweimal heftig. „Scheiß Heuschnupfen, irgendwelche blöden Pollen fliegen wieder rum."

„Stimmt", bestätige ich. „Ich meine, es stimmt, dass die Frau weg ist. Aber wir hätten uns doch auch am Brunnen unterhalten können. Liegt auch so nett in der Sonne."

Sie schweigen. Vermutlich deshalb, weil sie nicht wissen, was sie mit meiner hochkarätigen Aussage anfangen sollen. Also gönnen wir uns alle drei einen Moment der inneren Ruhe, aber dann wird es mir doch zu blöd. Ich weiß doch, dass sie mich sprechen wollen, dann sollen sie verdammt noch mal jetzt damit rausrücken.

„Sag mal, Faris, wie war's denn so mit deinem Omar und den anderen Salafisten? Hat's Spaß gemacht?"

Er schüttelt nur den Kopf. „Das ist keine Sache von Spaß, Lenny. Das ist Religion. Das ist jetzt mein Leben." Dann niest er wieder.

Okay. 180 Grad. Omar hat ihn gepult wie eine Nordseekrabbe, nichts mehr zu machen, so schießt es mir durch den Kopf. Man kann ja meinetwegen fabulieren von Religion, die jetzt das ganze Leben ist und so weiter, aber wer Faris noch vor ein paar Tagen gesehen und erlebt hat, wird ihn nicht wiedererkennen. Ich erkenne ihn jedenfalls nicht wieder, aber darauf war ich ja vorbereitet. Also Ruhe bewahren, es steht viel auf dem Spiel.

„Okay", sage ich. „Ich schlage vor, wir verzichten auf die fruchtlose Diskussion und aufs Missionieren sowieso, und ihr sagt mir nun, was ich wann machen soll, damit ihr danach in die Beratungsstelle gehen könnt. Dann haben wir's hinter uns."

„Beratungsstelle?", fragt Faris, niest und schaut Yussuf irritiert an. „Was für eine Beratungsstelle? ... Haaatschii."

„Gesundheit", sage ich mitfühlend. „Wenn ich mitmache, lasst ihr euch noch einmal beraten. Das ist der Deal."

„Wir?", fragt Faris wütend. „Du meinst er." Seine Augen fangen an zu tränen, was vermutlich aber vom Heuschnupfen kommt.

„Nein, ihr beide. Sonst könnt ihr euren scheiß Stand vergessen."

Yussuf mischt sich ein. „Okay, ich hab ihm das noch nicht gesagt. Konnte ich ja auch noch nicht, er war ja weg. Aber hör mal, Faris, das ist doch fair: Lenny hilft uns, und wir brauchen da nur mal in diese Stelle zu gehen, uns 'ne Stunde vollquatschen zu lassen, und das war's dann. Ansonsten können wir den Stand gar nicht machen, und du weißt, was das bedeutet."

Faris braucht für gewöhnlich mehr als dreimal solange wie Yussuf, um eine durchschnittlich schwierige Aussage zu verstehen, aber diesmal rafft er es ziemlich schnell.

„Gut", sagt er nach einer Weile, immer noch misstrauisch. „Aber toll ist das nicht." Sagt er und niest wieder.

„Gesundheit."

„Danke. Scheiß Heuschnupfen."

„Sagtest du schon mal." Yussuf wirkt leicht genervt von dem ständigen Geniese. „Hast du keine Tabletten oder so was?"

„Nicht dagegen."

Faris zieht endlich ein Taschentuch aus der Hosentasche und schnäuzt sich. Brachial laut, wie ich finde, aber da hat ja jeder seinen eigenen Stil.

„Wann soll's denn losgehen mit der Informationsveranstaltung?", frage ich und wippe leicht mit den Füßen zum Zeichen, dass ich total entspannt bin.

„Sonntag", erklärt Faris und schnieft wie eine Heulsuse. „Sonntagnachmittag in der Fußgängerzone. Vor Karstadt."

Meine Füße hören auf zu wippen, mein Brustkorb verengt sich höchst dramatisch.

„Sonntag?", fauche ich sie an. „Seid ihr total bescheuert? Wie soll ich bis dahin irgendwas über den Islam wissen? Ich weiß nichts, gar nichts, außer, dass er vorne mit I und hinten mit m geschrieben wird."

„Das ist doch schon mal ein Anfang", lächelt Yussuf. „Den Rest kriegen wir auch noch hin."

„In einem Tag? So tiefsinnig kann der Islam ja dann wohl nicht sein, oder?"

Er schüttelt den Kopf und erzählt mir, dass er schon vor Wochen in einer anderen Stadt einen Infostand hatte. Es seien immer dieselben Fragen von den Passanten gekommen. Warum das alles mit Gewalt? Können die anderen Religionen nicht auch gleichzeitig ausgeübt werden? Warum müsst ihr die Frauen so schlecht behandeln? Woher kriegt ihr euer Geld? Auf diese Antworten gebe es Standardantworten, die man sich gut merken könne. Und so richtig in die Tiefe wollten die Leute gar nicht gehen, könnten sie übrigens auch gar nicht, weil sie vom Islam ja auch keine Ahnung haben. Das sei ein riesengroßer Vorteil.

„Keine Ahnung?", frage ich süffisant. „Dann werden das ja lustige Gespräche, wenn sich zwei Menschen über ein ernstes Thema unterhalten, von dem sie beide keinen blassen Schimmer haben." Und dann erzähle ich ihm von meinem Erlebnis am Greenpeace-Stand, wo ich mit meinen rudimentären Kenntnissen einen Aktivisten in die Verzweiflung getrieben habe.

„Er hat sich von dir blenden lassen", sagt Faris. „Er hatte keinen Mumm."

„Quatsch, ich habe ihm Tatsachen erzählt, die auch er hätte wissen müssen. Das ist kein Blenden. Und wenn mir am Sonntag jemand irgendwelche Tatsachen um die Ohren haut, dann stehe ich genauso belämmert da wie dieser Junge heute."

„Eben nicht", erklärt Yussuf. „Wir sagen dir noch, was du ihnen entgegnen kannst. Das wird schon gutgehen. So viele werden uns nicht ansprechen."

Wir gönnen uns eine Erholungspause. Ich merke, dass die beiden noch was auf dem Herzen haben, aber ich will auch noch etwas wissen. Von Faris.

„Faris?"

„Hm?"

„Würdest du da unten töten?"

Er rollt genervt mit den Augen und verzieht den Mund, so, als habe er diese Frage befürchtet, aber gehofft, dass sie ausbleibt.

„Wenn es nicht anders geht, ja … Haaa …"

„Gesundheit. Was meinst du mit: Wenn es nicht anders geht?"

„Wenn wir unser Ziel nicht anders erreichen, meine ich damit. Wir wollen einen funktionierenden Gottesstaat, und wenn uns jemand daran hindern will, muss er weg. So ist das leider."

„Klingt ganz simpel."

„Ist es auch, im Prinzip. Bei uns wird es keine Protest-bewegungen, Opposition, Regierungskontrolle oder solchen Scheiß geben. Bei uns gibt es die Guten und die Bösen. Wir sind die Guten, und wer nicht gut sein will, ist böse. Fertig."

„Fertig. Peng."

„Schnauze", keift Faris.

So habe ich überhaupt keine Chance, das sehe ich jetzt endgültig ein. Aber ich weiß nun genau, wo Faris und Yussuf beim Thema Gewalt stehen, das könnte wichtig für mein weiteres Vorgehen sein. Zur Not würde ich nun auch einen Keil zwischen die beiden treiben, um wenigstens einen zu retten, wenn es anders nicht mehr geht. Aber das sollte nur das allerletzte Mittel sein, mein Ziel ist klar: Beide wieder zur Vernunft zu bringen und vor allem sie hier in Deutschland zu halten.

Yussuf beugt sich vor und stützt sich auf seinen Oberschenkeln ab, bei ihm immer ein eindeutiges Zeichen dafür, dass er etwas Unangenehmes zu verkünden hat. In der Schule hat er auf diese Weise anderen Schülern mitgeteilt, dass er auf ihre Freundschaft keinen Wert mehr lege und sie deshalb beende. So richtig offiziell. Fehlte eigentlich nur noch die Entlassungs- urkunde.

„Da ist noch etwas", sagt er und klingt so, als wäre er in diesem Augenblick am liebsten ganz weit weg. Wahrscheinlich schon im Kalifat.

„Ja?"

„Wir müssen noch eine zweite Aufgabe übernehmen."

Ich hab's ja geahnt, hätte mein Vater gesagt.

„Und was? Soll'n wir jemanden zur Probe vergewaltigen? Vielleicht Likke?"

„Idiot", schimpft Faris. „Ich vergewaltige nicht."

„Noch nicht."

„Ruhe!", ruft Yussuf. Er atmet schwer, die Situation ist ihm fürchterlich unangenehm, aber da muss er jetzt durch. „Faris, sag du es ihm. Du hast es ja auch mir gesagt."

Faris steht auf und hockt sich vor mich hin, so dass ich etwas höher sitze als er. Ein gängiger psychologischer Zug: Derjenige, der höher sitzt, soll sich wichtiger fühlen.

„Also, Lenny, hör gut zu."

„Mach ich. Schieß los, Mann."

Er räuspert sich und holt tief Luft. „Unsere zweite Aufgabe ist die Simulation einer Kampfhandlung ... aber nur mit Übungsmunition."

Peng, macht es in meinem Kopf. Ich verstehe nichts mehr, gar nichts. Ich starre auf seinen blöden Vollbart und weiß nicht, ob ich lachen oder weinen soll. Ich tendiere zu Ersterem und zwar zur hysterischen Version davon, kann mich aber gerade noch so zurückhalten. Ich schlucke einfach ganz oft. So lang, bis ich wieder sprechen kann. „Was hast du da gesagt?"

„Übungsmunition, du weißt schon, Patronen, die knallen, aber wo vorne nichts rauskommt."

„Du meinst Platzpatronen?"

„Ja, so nennt man die auch."

„Und damit sollen wir uns gegenseitig beschießen, oder wie?"

„Ja, so ungefähr. Wir sollen einen Überfall auf ein Versteck üben. Im Wald, in der Nähe des Truppenübungsplatzes. Mehr weiß ich auch noch nicht, das andere sagt uns noch Omar."

Ich muss tief ein- und ausatmen und ruhig bleiben. Wichtig ist, was hinten rauskommt, hämmert mir mein Gehirn ein. Ein schöner Spruch, hat bestimmt mal ein Fußballer gesagt. Matthäus oder Brehme, so in der Kategorie.

„Und wo kriegt ihr die Patronen her. Karstadt? Dann könnte ich meine Mutter fragen, die bekommt einen Hausrabatt."

Faris seufzt. „Bei Karstadt kriegt man nur Schreckschuss und Pulverplättchen, aber keine Platzpatronen."

„Okay, und wo kaufen wir dann diese scheiß Platzpatronen? Gibt's hier irgendwo ein Waffengeschäft?"

Faris nickt. „Ja, aber die werden uns nichts geben."

Richtig so, finde ich. Gute Leute.

„Also, wo müssen wir dann hin? Jetzt rück endlich raus damit, wo der Laden ist."

Die beiden sehen einander an und nicken dazu synchron.

„Wir haben die Munition schon." Yussuf hat die Arme verschränkt und ist in einen sehr ernsten Ton verfallen. „Von der Bundeswehr. Wir haben dort einen Kontaktmann, der hat die neulich mitgehen lassen."

Muss ich diesen Unsinn eigentlich noch ernst nehmen? Dass ich mich morgen wie zu Karneval als Moslem verkleiden soll, kann man ja noch irgendwie vor sich selbst vertreten, wenn man den Inhalt der möglichen Gespräche mal außen vor lässt und daran denkt, warum ich das alles mache. Aber mit geklauter Munition Cowboy und Indianer spielen?

„Ihr spinnt!", blöke ich beide an. „Ihr seid total bescheuert! Ihr wandert in den Knast, und wisst ihr was: Da gehört ihr auch hin, ihr könnt mich mal. Fahrt doch zu euren Terroristen und köpft die Amis, aber lasst mich mit eurem Scheiß jetzt in Ruhe. Ich habe genug, hört ihr? ICH HABE GENUG!"

Wütend stoße ich Faris um, der nach hinten fällt und nach einer Rückwärtsrolle wieder auf den Beinen steht. Ich springe auf und will zu meinem Fahrrad, aber Faris versperrt mir den Weg.

„Lenny, hör uns doch erst mal richtig zu. Es war kein Überfall, wenn du das glaubst. Der Mann hat sie beim Tag der offenen Tür mitgenommen, da war so viel Trubel, das ist gar keinem aufgefallen. Außerdem kann man mit Platzpatronen ja auch niemanden umlegen. Verstehst du?"

„Nein. Braucht ihr die Patronen denn auch für Syrien? Besonders gefährlich sind die ja wahrscheinlich nicht für die Kurden, oder haben die besonders empfindliche Ohren?"

„Idiot", schimpft Yussuf. „Wir üben damit nur hier in Deutschland. Wir haben zwar Waffen, hatten aber keine Munition."

„Und wo habt ihr die Waffen her? Die gibt's ja meines Wissens auch nicht bei Karstadt."

„Egal", sagt Faris streng, aber als er meinen bösen Blick sieht, lenkt er ein. „Russen-Mafia". Was für mich auf dasselbe hinausläuft wie egal. „Setz dich bitte wieder, Lenny. Wir erklären dir alles."

Und dann erzählen Faris und Yussuf im Wechsel, dass vor ein paar Wochen die Bundeswehr-Kaserne am Waldrand einen Tag der Offenen Tür hatte, so wie jedes Jahr im Spätsommer. Mit allem Schnipp und Schnapp, Hüpfburgen, Tombolas, Diavorträgen, Vorführungen von ABC-Trupps und so weiter. Man darf dann mit einem Panzer fahren, hinten drin natürlich, und ganz Forsche dürfen sich auf den Turmschützenplatz des einzigen Leopard-2-Panzers der Kaserne setzen und so tun, als ob sie mit der Kanone schießen. Sogar einen Panzerkommandanten darf man spielen und über Funk lustige Anweisungen geben.

Tja, und selbstverständlich kann man auch die Unterkünfte besichtigen, es ist wirklich alles offen. Auch die Waffenkammer, hatte der Glaubensbruder und Kontaktmann versichert. Die, die am besten zu erreichen war, befindet sich im Erdgeschoss der dritten Kompanie der Panzergrenadiere, alle Schränke standen offen bis auf den mit der scharfen Munition, aber die werde ja nicht gebraucht. Der Bruder meinte, dass es keine großen Probleme bereiten dürfte, mit ein bisschen Vorbereitung und drei Mann dort tausend Schuss herauszuholen, ohne dass es sofort auffalle. Vielleicht ein paar Tage später, wenn die Soldaten auf einen Truppenübungsplatz fahren würden, aber dann wäre die Beute ja schon sicher versteckt. Also, alles in allem sei das keine große Sache gewesen und, wie gesagt, eigentlich auch kein richtiger Überfall.

Ich lasse den Vortrag schweigend über mich ergehen, weil ich immer noch nicht glauben kann, was ich da höre. Gut, kein bewaffneter Raub, und Menschen wurden hoffentlich auch nicht verletzt, aber ich soll tatsächlich mit geklauter Munition durch die Gegend ballern. Ich schüttle Faris' Hand ab, die immer noch auf meiner Schulter liegt, und setze mich wieder auf die Bank.

Ich komm ins Gefängnis, wenn sie mich erwischen, schießt es mir durch den Kopf. Dass darf nicht sein, auf keinen Fall, nicht jetzt, wo ich mir endlich meinen Startschuss ins Leben gegeben habe.

Ich denke an Anna, wie sie in ihrem Rollstuhl sitzt, liest und Bier trinkt. Dann schiebe ich sie ein Stück in den Wald hinein, weil sie dort so selten ist und die Bäume liebt. Die Wege sind fast immer nass und matschig, schon ein paarmal ist sie stecken geblieben, als sie allein unterwegs war. Eigentlich darf sie das nicht, sagen ihre Eltern, aber sie macht es trotzdem, weil sie Anna ist und sich von keinem Menschen auf der Welt mehr etwas sagen lässt.

Ich denke an die kleine Aylin, die immer auf mich zugeschossen kommt, wenn ich Familie Majali besuche. Ich weiß, dass sie es nie leicht hatte mit ihrem seltsamen Bruder, dem geistig ver(w)irrten Philosophen, vielleicht sieht sie in mir so etwas wie einen Ersatzbruder, mit dem sie auch mal lachen und Quatsch machen kann. Das geht mit Yussuf nicht.

Und ich denke an Antonia Spiridonis, die auf dem Rasen steht und mich anfeuert, die letzten Bahnen durchzuziehen, endlich meine Grenze zu suchen und sie zu finden. Von außen betrachtet schenkt sie mir nicht mehr Aufmerksamkeit als den anderen Studenten, aber ich weiß, dass sie sich mehr Gedanken macht um mich. Nicht wegen ALS, sondern wegen meiner schwankenden Gemütsverfassung. Ich wünschte, sie könnte mich jetzt sehen. Ich glaube sogar, sie wäre ein wenig stolz auf mich. Aber dazu muss ich jetzt das Richtige tun.

Was ist das Richtige? Verfluchte Scheiße, ich weiß es nicht.

„Gut", sage ich schließlich, etwas deprimierter, als ich eigentlich bin, „wenn es unbedingt sein muss. Direkt danach geht's zur Beratung."

Beide nicken eifrig. „Direkt."

Wir verabreden uns für morgen wieder hier an der gleichen Stelle, damit sie mir die Grundlagen des Korans und des Islam beibringen und ich die Verkleidung anprobiere.

„Wie fühlst du dich jetzt?", fragt Yussuf durchaus ehrlich interessiert. Eine gute Frage, denn ich sitze auf der Bank und weiß eigentlich noch nicht mal mehr, wie ich heiße.

„Total beschissen."

Sie schauen beide verlegen zu Boden, sagen aber nichts. Was sollten sie auch sagen?

„Sind wir uns also einig?", fragt Yussuf stattdessen noch mit einem Rest Misstrauen in der Stimme.

„Ja. Aber eines sage ich euch beiden verdammten Salafisten noch: Wenn ihr mich irgendwie linkt oder hängen lasst, reiß ich euch in Stücke. Und wenn ich es nicht tue, dann tut es jemand anderes. Ist das klar?"

Wieder nicken beide im Duett. „Völlig klar", sagt Faris. „Wir linken nicht. Ich schwöre!"

15

Die beiden verschwinden genauso unauffällig, wie sie gekommen sind, wenn ich mal von den drei bis vier Niesern aus Richtung Bahnhof absehe, die ich noch nach ein paar Minuten hören kann. Ich sitze immer noch auf der Parkbank, starre vor mich hin und versuche festzustellen, ob das alles wahr ist, was ich gerade erlebt habe. Aber bevor ich mich kneifen muss, sehe ich Faris' Rotzfahne auf dem Boden und weiß: Es ist so gewesen! Kein Zweifel.

Nach insgesamt einer Stunde Grübeln gelange ich zu dem Schluss, dass ich es alleine niemals schaffen werde, mich durch die nächsten Tage zu hangeln, ohne wahnsinnig zu werden. Ja, ich brauche einen Verbündeten. Und zwar einen richtigen Kerl, nicht einen von meiner Sorte. Einen Mann, der Verstand hat, der selbstbewusst ist, sich notfalls auch zu wehren weiß und der vor allem auf der richtigen Seite steht. Nämlich auf meiner.

Das Problem ist nur, mir fällt keiner ein.

Geknickt und auf den kalten Boden meiner spärlichen sozialen Kontakte zurückgeholt, schiebe ich mein Rad durch den Park Richtung Bahnhof. Ich könnte selbstverständlich auch fahren, das ist hier nicht verboten, aber wenn ich schiebe, komme ich später irgendwo an und habe noch ein bisschen Zeit nachzudenken. Wo ich eigentlich hin will, weiß ich nicht. Am liebsten würde ich in den größten Hörsaal der Universität gehen, mich vor fünfhundert Studenten hinstellen und mein Dilemma wie eine dreckige Brühe vor ihnen auskippen. Und dann würde ich fragen: „So, liebe Studenten, und jetzt erzählt mir mal, was ich tun soll." Eine halbwegs kluge und durchführbare Lösung wird doch wohl dabei herauskommen.

Als ich den Bahnhof erreiche, ist der Berufsverkehr in vollem Gang. Die Busse quetschen sich hintereinander an den Haltestellen, und die Menschen verschwinden wie Ameisen im Bahnhofsgebäude. Okay, ein paar Minuten warten, bis die schlimmsten Massen vorbei sind, sonst wird der Gang durch den Bahnhof ziemlich ungemütlich mit dem Fahrrad. Ich lehne es an einen Baum und betrachte die schönen Altbauten, die direkt hinter der Straße stehen. Jeweils fünf Stockwerke mit Dachterrasse, ein Haus blau, eins gelb, eins rot, die anderen beige, eine schöne bunte Mischung. Alle werden offensichtlich von Floristen oder Landschaftsgärtnern bewohnt, denn die Pflanzenpracht auf den Balkonen ist überwältigend. Wenn ich an die beiden verkümmerten Yuccapalmen bei uns denke, kriege ich sofort ein schlechtes Gewissen. Aber weil Blumen bei uns in Jennys Zuständigkeit fallen, kann es eigentlich auch gar nicht anders sein.

Aus Neugier überquere ich die Straße, weil ich wissen will, ob ich zufällig jemanden kenne, der in einem dieser Häuser wohnt. Ich fange beim roten an. Die Klingelschilder sind preußisch-akkurat, die Floristin hier ist wohl mit einem Buchhalter liiert. Die Namen sagen mir aber alle nichts, ebenso beim gelben und beim blauen Haus, aber beim ersten beigen bleibe ich auf dem Bürgersteig stehen und stutze.

Ich betrachte lange das Schild neben der Haustür und weiß jetzt, wer mir helfen wird.

Dr. Simon Ulmann, der glückliche Ehemann von Antonia Spiridonis. Das hier ist natürlich nicht seine Praxis, sondern die eines Proktologen, aber das Schild hat mich auf die Idee gebracht. Arschgeile Idee, finde ich.

Simon hat alle Eigenschaften, die nötig sind, um mich zu unterstützen. Er kennt mich flüchtig vom letzten Praktikum, ist kernig und gewitzt, kann im Gegensatz zu mir ordentlich reden, und als Jude steht er bestimmt nicht im Verdacht, die Sache der IS-Terroristen zu unterstützen. Dieses Kriterium ist mir besonders wichtig. Jetzt muss ich ihn nur noch fragen.

Ulmann/Spiridonis wohnen in einer Art Kotten auf dem Land. Also nicht richtig auf dem Land, abgeschieden, mit Torfklo und ohne Strom, aber schon ein Stück raus aus der Stadt. Ich kenne den Weg, Antonia hat uns im Frühjahr mal zu einem großen Dielenessen eingeladen.

Der Weg ist zwar in diesem Fall noch weniger das Ziel als sonst, aber es ist eine angenehme Strecke zum Fahrradfahren. Ich muss wieder durchs schicke Viertel mit den dicken Dicken, danach noch einige kleine Straßen rechts und links, und dann fangen schon Wiesen und Äcker an, dazwischen kleine Waldabschnitte, die an heißen Sommertagen angenehm Schatten spenden, alles auf erstklassig asphaltierten Wirtschaftswegen, so dass die ganz Sportlichen von uns damals den Weg auf Inlinern zurückgelegt haben.

Allerdings ist die Gegend auch ziemlich einsam, und wenn man Kinder hat, sollte man es sich gut überlegen, hier zu wohnen. Sie könnten zwar gefahrlos draußen spielen – aber mit wem? Antonia hat keine Kinder und will auch keine, hat sie einmal nebenbei erwähnt. Einen Grund hat sie nicht genannt, und nachgefragt hat auch keiner, obwohl es hundertprozentig alle interessiert hätte.

Nach einer guten halben Stunde bin ich angekommen und stelle mein Fahrrad am Haus ab. Die Tür ist abgeschlossen, der Wagen nicht da, und mir kommt der saublöde Gedanke, dass Simon – seit dem Praktikum dürfen ihn alle Studenten Simon nennen, nicht nur ich – ja vielleicht noch arbeiten könnte. Aber dann fällt mir ein, dass heute Freitag ist und er in diesem Fall der erste Orthopäde der Welt wäre, der am späten Freitagnachmittag noch in seiner Praxis ist und Kassenpatienten behandelt. Ich gehe ums Haus und sehe sofort, dass die Hintertür nur angelehnt ist, also muss jemand da sein. Und offenbar hat dieser Jemand gerade dort zu tun, denn ich höre merkwürdige Laute aus der Richtung.

„Uh, das tut gut, weiter, fester", krächzt eine weibliche, nicht mehr ganz junge Stimme.

„Ich kann noch tiefer, wenn Sie mögen." Das ist eindeutig Simon, er klingt ruhig und besonnen, fast schon gelangweilt. Wilder Sex kann es auf keinen Fall sein.

„Ja, bitte", stöhnt die Frau.

Blitzschnell schießen mir Gedanken durch den Kopf. Der erste: Die Frau ist nie und nimmer Antonia, viel zu alt, und außerdem ist meine Dozentin in jedem Fall doch eine todsichere

Kandidatin für einen stürmischen Liebesakt und sowieso auf einem Vortrag. Der zweite: Eine der Sprechstundenhilfen ist es auch nicht, die sind alle höchstens Ende zwanzig und würden nie mit einem Fahrrad hier rausfahren, viel zu faul, und ein Auto habe ich hier nicht gesehen. Der dritte Gedanke und vorerst letzte: Soll ich die Gelegenheit ausnutzen, ein Foto machen und es Antonia anonym zuspielen? Nicht, weil ich jetzt noch was von ihr will, sondern nur, um sie vor ihrem Ehemann zu warnen, der sie betrügt.

„Oh, schon fertig?", fragt die Frau gerade enttäuscht. „Es war so herrlich, Herr Doktor, ich wäre fast eingeschlafen."

Doktorspiele? Eingeschlafen? Ich komme ins Grübeln. Ich habe selbst kaum Erfahrung mit Sex, aber meine rudimentären Kenntnisse sagen mir doch, dass da irgendwas nicht richtig läuft, wenn die Frau fast dabei einpennt und das auch noch herrlich findet.

„Tja", holt mich Simon aus meinen Grübeleien, „dann bringe ich Ihnen mal die Fangopackung, Frau Bertels. In Ordnung?"

Ich schüttle den Kopf. Schließlich weiß ich doch, dass sich das Paar im Hinterteil des Hauses eine Art Fitness- und Reha-Trakt eingerichtet hat. Antonia ein kleines Fitnessstudio mit Laufband und Geräten, und Simon einen Raum für Physiotherapie, Massagebank, Gymnastikmatten, Gewichten und all so'n Zeug. Und er behandelt außerhalb seiner Praxis-Öffnungszeiten in der Praxis hier draußen anscheinend die Leute, denen die Anfahrt in die Stadt zu mühselig oder zu teuer ist. Da kann man ja vielleicht auch ein bisschen anders abrechnen. Muss ja einen Grund haben, wenn er noch nach der Arbeit arbeitet.

Ich klopfe und schiebe die Tür dabei schon ein wenig auf. Der schwere Geruch von Kokosöl schlägt mir entgegen, als ich in der Diele stehe. Vier Türen gehen von ihr ab, drei stehen offen. Sofort rechts, kann ich mich erinnern, ist eine kleine Teeküche, in der Simon gerade laut pfeifend den Fango erwärmt.

„Lenny? Was machst du denn hier?"

Simon blickt mich durch die offen stehende Tür an, in den Händen die heiße Fangopackung. Er nickt mir überrascht, aber freundlich zu und geht an mir vorbei ins Behandlungszimmer. Ich folge ihm nicht besonders unauffällig und sehe schweigend zu, wie er seine Patientin bettet. Zum Schluss legt er eine Wolldecke über sie und stellt einen Wecker auf zwanzig Minuten. „Ruhen Sie schön", lächelt er ihr zu und schiebt mich nach draußen vor die Tür. Er wartet, bis ich aus dem Raum gegangen bin, stellt Frau Bertels noch einen Radiosender mit klassischer Musik ein und schließt dann die Tür.

„Was gibt's, Junge?", fragt er, als wir uns im Garten auf eine Bank gesetzt haben. „Bist du verletzt?"

Ich rutsche nervös hin und her und nehme allen Mut zusammen.

„Ich glaube, … also nicht ich direkt, sondern Lara … also sie glaubt, dass ich ALS habe."

Er grinst mich an. „Du? ALS? Blödsinn. Wie kommt Lara denn darauf?"

„Sie hat beobachtet, dass meine Beine während des Zehntausend-Meter-Laufs wie gelähmt gewirkt haben. So richtig weggeknickt sind sie, sagt Lara."

Simon hat sich zurückgelehnt, die Augen geschlossen und hält sein Gesicht in die Sonne. Ich habe ja befürchtet, dass er mein Leiden nicht ernst nimmt.

„Soso, das sagt Lara. Na ja, wenn die das sagt, muss das wohl stimmen. Ich gebe dir also noch ein Jahr zu leben. Okay?"

Ich traue meinen Ohren nicht. „Was hast du gesagt?"

„Zeig mal deine Hände!" Er betrachtet sie genau, drückt an ein paar Stellen. „Mund!" Dasselbe. „Hast du manchmal Zuckungen?"

„Zuckungen? Nee, noch nie gehabt, mehr so Lähmungen."

„Lähmungen? Meistens während oder nach einem langen Lauf?"

„Ja, genau."

„Dann musst du mehr trainieren, Lenny. Im Ernst: ALS ist völliger Quatsch, das garantiere ich dir. Ich werde mal ein Wörtchen mit Lara sprechen, dass sie in Zukunft etwas vorsichtiger mit ihren Diagnosen sein soll."

Ich nicke dankbar und starre auf die gepflegten Gemüsebeete. Bohnen, Möhren, Gurken, Salat, einfach alles, was ein Vegetarierherz höher schlagen lässt.

„Aber du bist nicht nur wegen ALS hier, oder?", fragt er, streckt seine Arme in die Luft und gähnt herzhaft. „Dann hättest du ja auch zu mir in die Praxis kommen können."

„Stimmt", sage ich, hole tief Luft und prophezeie mir, dass Simon mich gleich für geistig weggetreten halten wird. „Ich brauche deine Hilfe."

„Kein Problem. Lass hören", sagt er großherzig.

Dann erzähle ich. Alles. Von meiner langjährigen Freundschaft zu Faris und Yussuf, von ihrem merkwürdigen Verhalten in der letzten Zeit, ihrer Entscheidung, sich als IS-Kämpfer ausbilden zu lassen, bis hin zu meiner unglückseligen Verstrickung in die ganze Sache und dem geplanten Intensivkurs Islam für Dummies. Als ich meinen Vortrag beende, blicke ich erschöpft auf das Gemüsebeet und habe den Eindruck, dass in dieser Zeit ein neuer Salatkopf geschossen ist.

Simon sagt erst mal eine ganze Zeit gar nichts. Er lacht aber auch nicht, was ich schon mal als gutes Zeichen werte.

„Puh", macht er dann nach einer Weile und sieht mich sehr ernst an. „Das ist aber wirklich eine harte Nummer, in die dich deine Freunde da reingezogen haben. Nicht sehr freundschaftlich, finde ich übrigens, aber du sagst, sie haben keine andere Wahl?"

„Ja, das sagen sie."

„Weiß Antonia davon?"

„Nicht, dass ich wüsste."

Er überlegt. „Ist vielleicht auch ganz gut so. Je weniger davon wissen, umso besser. Du weißt, dass das alles auch für dich gefährlich werden kann?"

„Ja … so grob."

„Grob?" Simon schüttelt entsetzt den Kopf. „Ich würde sagen, ganz konkret und persönlich gefährlich. Lenny, diese Rekrutierer sind keine Hans-Würste, die von irgendwelchen Jobcentern geschickt werden, um PR-Aktionen in der

Fußgängerzone zu veranstalten. Das sind handverlesene und geschulte Männer, die es echt draufhaben, den Jungs hier weiszumachen, dass dort unten das ersehnte Land auf sie wartet, in dem sie ihre Religion nach ihrer Auslegung ausüben können, mit allem, was nach ihrer Meinung dazugehört. Das sind Verführer, die sprechen eure Sprache, die wissen, wo sie euch *abholen* können, wie es so schön heißt, wo eure Probleme liegen, und genau da stechen sie ihren verdammten Finger rein. Aber die gehen natürlich kein Risiko ein, die passen auf wie die Schießhunde, dass sich bei ihnen keiner reinschleicht, der da nichts zu suchen hat oder sie womöglich unterwandern will."

„Echt?"

„Echt. Ganz sicher wollen die sehen, dass deine Kumpels sich gut verkaufen und vor allen Dingen auch wirklich selbst von der Idee überzeugt sind. Sonst lassen sie die nicht nach Syrien. Es fällt schließlich auf die Rekrutierer zurück, wenn da unten nur Jungs ankommen, die psychisch und ideologisch nicht fest im Sattel sitzen. Ich will gar nicht wissen, was dann mit denen passiert."

Er sitzt neben mir auf der Bank, vollkommen ruhig und klar, fast wie ein Lehrer, der seinen minderbemittelten Schülern erklärt, dass man sich vor dem Essen die Hände waschen sollte.

Mir liegt erneut die tiefsinnige Frage „Echt?" auf der Zunge, aber ich lasse sie da liegen. „Tja", sage ich stattdessen. „Was soll ich denn jetzt machen?"

Simon schaut auf seine Uhr, wahrscheinlich will er wissen, wie lange Frau Bertels noch in ihrer Fangopackung schwitzt oder ob sie schon verdampft ist. Entspannt streckt er die Beine aus und schließt die Augen. Nerven hat der!

„Okay. Nehmen wir mal an, deine Kumpels sagen die Wahrheit und sie müssen diesen Blödsinn echt mit dir machen."

„Ja, sagen sie."

„Und du traust ihnen so weit, dass sie sich danach ernsthaft noch einmal beraten lassen?"

Ich zögere. „Yussuf ja, bei Faris … ich weiß nicht so genau, ich hoffe es."

„Und du darfst die Beratungsstelle aussuchen?"

Ich nicke. „Ich muss mich aber noch informieren. Ich kenne noch keine."

Simon lächelt zufrieden. „Lass die mal meine Sorge sein, ich kümmere mich darum. Also gut." Er steht auf und macht ein paar Dehn- und Streckübungen.

Diese Sportler. Fehlt nur noch, dass er jetzt anfängt zu hüpfen.

„Okay. Du machst das alles mit, ich helfe dir. Wie genau, kann ich dir noch nicht sagen, ich muss mir da noch was überlegen. Du ziehst das am Sonntag also auf jeden Fall durch, und danach rufst du mich noch einmal an. Vor dem Kriegsspielen, okay?"

Ich nicke wieder. Diesmal ziemlich erleichtert.

„Und kein Wort zu Antonia! Verstanden?"

„Klar."

Er schaut wieder auf die Uhr und nickt. Frau Bertels hat also vermutlich genug geschwitzt.

„Ich muss da jetzt wieder rein. Und Lenny? Denk immer daran, dass das gefährliche Menschen sind, auch die hier in Deutschland. Sie töten euch zwar nicht, aber sie versprechen den armen Jungs das Blaue vom Himmel, zweiundsiebzig Jungfrauen und so weiter, du wirst es morgen bei deinem Unterricht schon erfahren. Und unten erwartet sie dann der reinste Terror. Wenn du alles dafür tun willst, damit deine Freunde keine Mörder werden, dann tu, was du versprochen hast. Aber mach dir keine Vorwürfe, wenn es nicht reicht. Letztendlich entscheiden Faris und Yussuf über ihr Leben, aber wenn wir es geschickt anstellen, sehe ich durchaus eine Chance, dass wir sie hier halten können."

Ich stehe auch auf, drücke ihm wortlos und dankbar die Hand und gehe langsam zum Fahrrad. Aber bevor Simon im Haus verschwunden ist, fällt mir noch die Frage ein, die mir so wahnsinnig auf den Nägeln brennt.

„Sag mal, Simon, wie hast du den Busfahrer eigentlich rumgekriegt, dass er plötzlich so lammfromm geworden ist? Hast du 'ne Flasche Schnaps bei ihm entdeckt?"

Er lächelt. „Keinen Schnaps. Eine Aktentasche voller Play-boy-Hefte und Hardcore. Schnaps hätte ich gemeldet, so habe ich einen Deal ausgehandelt."

Er zwinkert mir zu und geht weg.

16

Am Samstag wache ich mit einem merkwürdigen Gefühl in der unteren Bauchgegend auf. Diagnose: totale Flatter. Morgen schon soll ich mir also so ein albernes Gewand überziehen, eine dämliche Mütze aufsetzen, einen Rauschebart ankleben und nichts ahnende Leute verarschen – das geht mir gewaltig gegen den Strich. Natürlich sind Gewand und Mütze an sich nicht albern, wenn es die Richtigen tragen, aber wenn ich da stehe, vor oder hinter dem Stand, wenn ich Glück habe mit einem Flyer in der Hand, wenn ich Pech habe mit dem Koran, der mir genauso fremd ist wie die Gesetzgebung der Mongolei, dann werde ich mir vorkommen wie an Karneval oder bei einem Junggesellen-abschied der allleruntersten Kategorie.

Auch wenn Yussuf mir den Koran eintätowiert, werde ich in den Gesprächen vor Karstadt eine jämmerliche Figur abgeben. Erstens bin ich ein grandios schlechter Schauspieler, und zweitens wird nur Müll aus meinem Mund kommen, egal, was ich heute Nachmittag noch zu hören kriege. Ein, zwei harte und kritische Fragen von Passanten, und ich werde mir nichts sehnlicher wünschen als ein paar Meter weiter unten mit den Kanalratten im Abwasser zu planschen.

Aus der Küche duftet es nach Kaffee, und ich höre leises Gemurmel und Mädchen-Gekicher. Vermutlich stellt Likke meiner Schwester gerade ihre neuesten Shoppingerfolge von gestern Abend vor, oder sie zeigt ihr Fotos von coolen Typen, mit denen sie mal gerne was anfangen würde. Ich gehe pinkeln, ziehe mir T-Shirt und kurze Hose an und folge dem Kaffeeduft. Als ich die Küchentür aufmache, schreien Jenny und Likke im Duett. Jenny, weil sie sich erschrocken hat, und Likke, weil sie mit nacktem Oberkörper vor Jenny sitzt. Blitzschnell wendet sie mir ihren Rücken zu, in den Händen hält sie je zwei BHs, die sie jetzt eng an ihren Körper drückt, um so viel wie möglich von ihm vor mir zu verbergen. Natürlich kreischt sie dabei in einer Tour weiter. Mezzosopran, würde ich sagen. Einen Moment überlege ich, ob ich Gentleman spielen und mich zurückziehen soll, aber dann denke ich: Scheiß drauf, schließlich ist das meine Küche, sollen sie doch in Jennys Zimmer ihre Modenschau veranstalten.

„Hau ab, du Idiot", zischt Jenny wütend und übertönt sogar Likkes Gequieke. Ich gehe ruhig und grinsend zur Kaffeemaschine und schenke mir eine Tasse ein, setze mich Jenny gegenüber und starre auf Likkes BHs.

„Warum braucht sie vier?"

„Geht dich gar nix an", faucht Likke.

„Gehen die so schnell kaputt?"

„Arschloch."

Ich schaue kurz zu meiner Schwester und sehe, dass sie grinst. Auch das ist Jenny: Wenn sie eine Situation komisch findet, dann lacht sie, selbst wenn es auf Kosten von Freunden, von uns oder sogar von ihr selbst geht.

Likke funkelt mich giftig an und steht auf. „Ihr seid beide total blöd." Dann knallt sie die Tür von außen zu.

Jenny prustet laut los und wendet sich dann übergangslos ihrem Handy zu, ich greife nach der Zeitung und blättere sie lustlos durch, samstags besteht sie sowieso zu achtzig Prozent aus Auto- und Immobilienanzeigen.

Und dann sehe ich sie! Auf der ersten Seite im Lokalsport. Auf einem riesigen Foto. Als Porträt. Mir wird schlecht, ich habe das Gefühl, jemand drückt meine Gurgel ein und tritt mir mit voller Wucht in den Bauch. Hoffentlich bekommt Jenny nichts mit, aber ein unauffälliges Hinüberschielen zu ihr verrät mir, dass ihr Handy heute Morgen wieder mein Freund ist.

Langsam ziehe ich die Zeitung zu mir herüber und betrachte das Foto von Anna. Sie trägt ein ärmelloses, grünes Trikot, hat den Basketball zwischen die Hände geklemmt und fixiert mit ihren großen blauen Augen den Korb. Ihre kräftigen Armmuskeln sind angespannt, ein leichter Schweißfilm überzieht ihre Schultern, ihr Blick drückt Ehrgeiz und Entschlossenheit aus. Die langen Haare hat sie (oder wer auch immer) zu zwei Zöpfen geflochten.

„Spielführerin Anna Lund will ihre Mannschaft in die nächste Pokalrunde werfen", heißt es in der Bildunterzeile. Da muss ich also erst Zeitung lesen, um zu erfahren, wie die Frau heißt, die mein Leben endlich in Fahrt bringen soll.

Anna Lund. Klingt schwedisch. Einen Akzent habe ich aber bei ihr nicht herausgehört, und schwarze Haare hat sie auch, vielleicht ja gefärbt oder getönt, wobei mir der Unterschied nicht ganz klar ist. Vielleicht ist die Mutter Spanierin oder der Vater Italiener, vielleicht gibt es wirklich schwarzhaarige Schwedinnen, die akzentfrei Deutsch sprechen. Oder Anna Lund ist eine ganz normale Deutsche, ausgeschlossen ist auch das nicht. Je länger ich sie anstarre beziehungsweise ihr Foto, desto mehr Möglichkeiten fallen mir ein. Als ich schließlich bei dem portugiesischen Großvater angelangt bin, der sich im frühen zwanzigsten Jahrhundert nach Lappland aufgemacht hat, um Rentierzüchter zu werden, und dort die Liebe seines Lebens gefunden hat, beschließe ich, diese absurden Gedanken kurz beiseitezuschieben und mich dem Artikel zu widmen.

Ich überspringe das langweilige Geschwätz und suche die Stelle, an der Anna etwas sagt. In der zweiten Spalte, fast am Ende, kommt sie endlich zu Wort: *Spielführerin Anna Lund, die erfolgreichste Korbjägerin der Liga, betont auf ihre bekannte Art: „Wenn ich auf den Platz rolle, will ich gewinnen, und es ist mir scheißegal gegen wen."*

In einem kleinen Infokästchen am Schluss des Textes finde ich Ort und Zeit des Spiels. Heute um siebzehn Uhr ist Anwurf in der Willy-Brandt-Schule. Großartig, dann habe ich noch ein paar Stunden Zeit, kann 'ne Runde Fahrrad fahren, vielleicht baden gehen.

Siebzehn Uhr? Ich starre erst aus dem Fenster, dann zu Jenny, die ein zweites Paar Augen unter ihren Haaren verborgen hat und zurückstarrt. „Was'n?"

„Scheiße, da kann ich ja gar nicht."

Jenny glotzt mich an, als hätte ich gerade verkündet, Likke heiraten zu wollen.

„Was kannst du gar nicht, großer, wilder Bruder?"

Über meine Salafisten weiß Jenny zwar Bescheid, aber das mit Anna werde ich ihr jetzt bestimmt noch nicht auf die Nase binden. Mein beschränkter Horizont hat nicht die Kraft sich vorzustellen, was passieren könnte, wenn Jenny oder ihre Entourage Likke von der Frau im Rollstuhl Wind bekommen und ich es dann aus irgendwelchen Gründen versemmle. In der Küche kann ich mich dann jedenfalls nicht mehr blicken lassen.

Faris und Yussuf wollen mir um fünf die Einführung in die wahre Welt des Islam geben, anders haben sie keine Zeit, sagen sie. Keine Ahnung, wie sie das anstellen wollen, aber mein Entschluss steht fest: Ich fahr zu den Rollis. Der Islam-Unterricht muss mangels Schüler ausfallen.

Ich seufze tief, ganz laut und ganz tief, weil mir bewusst ist, dass ich mit dieser Entscheidung vielleicht meine Kumpels im Stich und sie womöglich in den Tod ziehen lasse.

„Probleme?" Jenny wirft ihr Handy auf den Tisch und streckt sich. Dann wirft sie neugierig einen Blick auf die aufgeschlagene Zeitung. „Du interessierst dich für Rollstuhl-Basketball? Brauchst du das für die Uni?"

Gute Idee. Wäre ich gerne selber drauf gekommen. Egal, Hauptsache, sie schöpft keinen Verdacht.

„Oder bist du in die Frau da verknallt?"

Ich starre Jenny an, und das ist mein Fehler.

„Du bist verknallt." Jenny schlägt mit der Hand auf den Tisch und grinst, bis ihre Mundwinkel die Ohren berühren. „Echt jetzt? Das ist ja … der Hammer." Sie reißt mir die Zeitung weg und betrachtet das Foto. „Anna Lund. Cooler Name. Du kennst sie?"

„'n bisschen", nuschle ich. Die Farbe in meinem Gesicht müsste jetzt tomatenrot erreicht haben. Mir wird kochend heiß, die Hände fangen an zu zittern. Langsam stelle ich die Kaffeetasse ab und vergrabe die Hände unter meinem Hintern.

„Wie *'n bisschen*? Kennst du sie oder kennst du sie nicht?" Jenny guckt abwechselnd zu mir und wieder zum Foto, das Grinsen verschwindet langsam und wird zu einem gutmütigen Lächeln. „Sie ist hübsch, verdammt hübsch. Wo hast du die aufgetan?"

„Ich hab sie nicht aufgetan."

„Stimmt, sie hat dich aufgetan, oder?" Sie schiebt mir die Zeitung wieder rüber, steht auf und klopft mir kumpelhaft auf die Schulter. „Ich bin gespannt, Bruder. Halt mich auf dem Laufenden."

Ich fühle mich völlig überrumpelt. Oder ertappt, was weiß ich. Den einzigen klaren Gedanken, den ich gerade fassen kann, ist der, dass Jenny hoffentlich die Klappe hält. Ist natürlich verdammt viel verlangt und relativ unwahrscheinlich, so wie ich vorhin mit ihrer Busenfreundin umgegangen bin. Und deren BHs.

„Jenny?"

Sie dreht sich an der Tür noch mal um und grinst mich an. „Mein Bruder ist verliebt. Ich fass es echt nicht."

„Jenny? Kannst du das noch ein paar Tage bitte für dich behalten? Bitte! Ich meine, Mirko interessiert das sowieso nicht, und Likke braucht es ja auch nicht gleich zu erfahren."

Sie holt tief Luft, macht ein nachdenkliches Gesicht, wie ich es in den letzten zehn Jahren nicht mehr bei ihr gesehen habe, nickt dann kurz und zwinkert mir zu. „Ausnahmsweise." Und bevor sie endgültig verschwunden ist, steckt sie noch einmal den Kopf durch die Tür. „Sie ist cool." Dann höre ich sie im Flur pfeifen, und ich sitze nun allein in der Küche und bin platt.

Meine kleine Schwester. Gleich zweimal hat sie mich gerade überrascht. Einmal, weil sie die Sache mit Anna tatsächlich nicht verraten will, aber noch erstaunter bin ich eigentlich, dass sie Annas Behinderung mit keinem Wort erwähnt hat. Das hätte ich ihr nicht zugetraut, und mein Respekt ihr gegenüber ist mit einem Schlag in die Höhe geschnellt. Ich könnte sie augenblicklich knutschen. Aber sie ist ja nicht mehr in der Küche, weshalb ich das Risiko nicht eingehen muss.

Noch einmal lese ich den bescheuerten Artikel, aber meine Augen fliegen immer wieder zu dem großen Foto. Ich falte die Zeitung ordentlich zusammen und gehe in mein Zimmer, um in Ruhe zu telefonieren. Yussuf werde ich nicht anrufen, weil er wahrscheinlich echt sauer sein und mich überreden wird, doch zu kommen. Faris wird da entspannter sein, hoffe ich. Ich verstehe seine Sprache auch besser, weil er nicht so ein blumiges Zeug quatscht, sondern einfach sagt, was Sache ist.

Das Problem ist: Was sage ich Faris?

Ich kann ihm ja wohl schlecht erzählen, dass ich mir lieber ein Spiel der Rollstuhlbasketballerinnen anschaue als mich auf meinen Auftritt als Islamist vorzubereiten, um ihm und Yussuf den Weg zu einem wahren Muslim zu ebnen. Noch weniger kann ich ihm auf die Nase binden, dass ich eigentlich wegen einer einzigen Frau dahin gehe und nicht wegen Basketball, weil er nämlich glaubt, dass ich Basketball sterbenslangweilig finde.

Also, was sage ich ihm jetzt?

Nach einigen Minuten ergebnislosen Nachdenkens schnappe ich mir mein Studienbuch und blättere es durch. Die Wahrscheinlichkeit, dass ausgerechnet heute um siebzehn Uhr ein Workshop, Kurs oder Seminar angeboten wird, ist äußerst gering, und noch geringer ist die Chance, dass Faris es mir abnimmt, wenn ich einen Yogakurs zur Tiefenentspannung ins Rennen schicke. Aber ich habe tatsächlich Glück. Um sechzehn Uhr soll in der Halle ein dreistündiger Einführungskurs "Handball in der Grundschule" stattfinden. Handball finde ich gut, es gibt keine Schwalben auf dem Platz, und Faris weiß, dass ich Handball gut finde. Ja, das könnte klappen.

Es gibt Situationen im Leben, da ärgert man sich im Nachhinein schwarz über seine eigene Blödheit und denkt sich: Warum habe ich mir bloß so einen Kopf gemacht? Das Telefongespräch mit Faris war so eine Situation.

Ich habe Faris also vorgelogen, dass ich diesen Handballkurs völlig vergessen hätte, die drei Stunden aber enorm wichtig seien für meinen Teilbereich Didaktik. Ohne Handball kein Schein, ohne Schein keine Zulassung zur Semesterabschlussprüfung. Außerdem würde mich Handball ja auch wirklich interessieren, und da ich …

An dieser Stelle hat Faris mich unterbrochen und gesagt, dass alles gut sei, Allah sei ja gütig und barmherzig, so dass ich getrost zu diesem Kurs gehen könne, und darüber hinaus könnte ich ihm ja auch sonst was vom Pferd erzählen, weil er vom Studieren sowieso keine Ahnung habe. Aber er mache mir einen Vorschlag: Er schickt mir per Mail ein paar Seiten mit den wichtigsten Fragen und Antworten zum Thema Islam, und ich verspreche ihm hoch und heilig und beim Barte des Propheten, dass ich mir die Seiten vernünftig reinziehe und morgen ohne Wenn und Aber zum Treffpunkt komme. Vierzehn Uhr im Park, ich bräuchte ja noch Zeit zum Umziehen und Zurechtmachen.

„Zurechtmachen?", habe ich irritiert gefragt.

„Ja, klar, Mann. Den Bart ankleben und Mütze aufsetzen und so was. Und Lenny?"

„Ja?"

„Wenn du nicht kommst oder du morgen Scheiße baust, sind wir einmal Freunde gewesen. Ich schwöre!"

Ein paar Minuten später hab ich eine Mail von Yussuf im Postfach. Klar, dass Faris sich aus dem theoretischen Geschwafel raushält, seine Stärke ist die Physis, nicht der Kopf. Im Betreff steht: *„Allah ist groß"*; im Textfeld nur: „Lenny, wir verlassen uns auf dich." Kein Wort zum Inhalt, der da gleich auf mich zukommt.

Ich öffne den Anhang und überfliege die eng bedruckten vier Seiten.

Spontan fällt mir auf, dass sich da jemand verdammt viel Mühe gegeben hat mit diesem Papier. Der Verfasser – ich nehme jetzt einfach mal an, dass es dieser ominöse Omar ist – hat den Text in vier große Bereiche eingeteilt: Gewalt, Frauen, Reichtum und Politik. Aus dem Bauch heraus glaube ich, dass die ersten beiden völlig ausgereicht hätten, die Haltung des Islam zu Reichtum und Politik interessiert auf der Straße keine Sau. Dagegen sind die Themen Gewalt und Frauen umso beliebter, und am beliebtesten ist die Verschmelzung aus beiden zu Gewalt gegen Frauen. Ich muss zugeben, dass auch ich da ordentliche Defizite habe, was die Haltung des Islam zu diesem Thema angeht, und suche mir fix ein Beispiel, um einen ersten Eindruck davon zu erhaschen, wie Omar argumentiert und auf was ich mich morgen einstellen muss.

Ich lasse Word das Wort „Frauen" suchen und bleibe bei der Koransure 34:4 hängen.

„Die Männer stehen über den Frauen, weil Gott sie ausgezeichnet hat und wegen der Ausgaben, die sie von ihrem Vermögen gemacht haben. Und wenn ihr fürchtet, dass Frauen sich auflehnen, dann vermahnt sie, meidet sie im Ehebett und schlagt sie! Wenn Sie euch gehorchen, dann unternehmt nichts gegen sie! Gott ist erhaben und groß."

Oha, denke ich, das geht ja gut los. Männer sind also besser als Frauen, weil sie die Kohle ranschaffen und weil Allah es so bestimmt hat. Und wenn den Frauen das nicht passt und sie stur bleiben, kriegen sie eins übergezogen. Ein hervorragender Ausgangspunkt für eine lebhafte Diskussion, so viel ist schon mal klar.

Dann aber fängt Omar an, von einem zeitlichen Kontext zu reden, aus dem dieser Vers stammt, und von zahlreichen Übersetzungsfehlern und -varianten. Ich überlese die detaillierten Interpretationsversuche, die aus dem Wort „schlagen" einen „leichten Klaps auf den Po geben" machen oder gar nur ein „verbales Schlagen". Für meine Begriffe ist „schlagen" ziemlich eindeutig, und von einem „verbalen Schlagen" habe ich noch nie etwas gehört. Aber nun gut.

Die Zusammenfassung am Schluss dieses Abschnitts erweckt dann beinahe den Eindruck, dass der Koran der theoretische Unterbau des modernen Feminismus sei: „Nur derjenige ist ein wahrhaft gläubiger Moslem, der seine Frauen gut behandelt." Schreibt Omar, und ich muss also den feministischen Unterbau sofort zurücknehmen, weil gleichberechtigte Frauen nicht behandelt werden, sondern selbst behandeln. Und wie der Kerl vom eigentlichen Ausgangspunkt der Sure, also dass Männer über den Frauen stehen, zu dieser geläuterten Schlussfolgerung kommt, bleibt mir zunächst auch noch ein Rätsel. Im Grunde genommen kann man dann doch jeden umstrittenen Gedanken des Korans mit Hilfe von zeitgenössischen Zwängen und schlechten Übersetzern so zurechtbiegen, dass man sich am Ende fragen muss, warum über solch eine Lappalie überhaupt so kontrovers diskutiert wird.

Ich überfliege die anderen Gefahrenabschnitte und stelle erleichtert fest, dass Omar dort nicht viel anders argumentiert. Wahrscheinlich reicht es also, wenn ich mir die Seiten morgen früh einmal in Ruhe durchlese. Vorher ist mein Kopf ja sowieso woanders.

In der Willy-Brandt-Schulsporthalle.

17

Um halb fünf fahre ich los, die Korangeschichte habe ich durch einen anstrengenden Jogginglauf und ein kleines Schläfchen anschließend völlig ausgeblendet. Aber ich bin so nervös wie vor der mündlichen Abiturprüfung vor zwei Jahren.

Die Halle ist halbvoll, etwa hundert Zuschauer sitzen auf der Tribüne. Auf dem Spielfeld machen sich die Spielerinnen warm, und ich beschließe, die ersten Eindrücke aus einer blicksicheren Position zu sammeln und sie in Ruhe zu verarbeiten. Ich verstecke mich also mit Cap und Sonnenbrille neben einem wuchtigen Mann, der abwechselnd Cola trinkt und in einer Fachzeitschrift für Modellbau blättert. Wenn es kritisch wird und ich merke, dass Anna zu oft herüberschaut, werde ich mal fragen, ob ich mir das Blatt ausleihen kann.

Aber Anna schaut nicht zu mir herüber. Sie schaut überhaupt nicht zur Tribüne, sondern hat nur Augen für den Ball und für den Korb. Immer wieder nimmt sie Anlauf, fängt den Ball und versenkt ihn sicher, und das in einem unglaublichen Tempo. Wenn sie zur Mittellinie zurückrollt, macht sie irre Dreh- und Ausfallübungen, ihre Zöpfe fliegen ihr um die Ohren. Ich denke jedes Mal, dass sie umkippt, aber sie bewegt sich sicher und scheint ihr Gefährt im Griff zu haben, wie übrigens alle Spielerinnen auf dem Feld. Ab und zu krachen zwei Rollis zusammen, aber es passiert nichts weiter, es kracht einfach, und dann fahren die Spielerinnen grinsend weiter. Offensichtlich wissen sie genau, was sie können.

Ich beschließe, die gesamte erste Halbzeit im Schatten des Modellbaufans sitzen zu bleiben, um in Ruhe das Spiel zu beobachten, vor allem aber, um Anna anstarren zu können, wenn mir danach ist. Und mir ist oft danach. Umso verärgerter bin ich, dass der Schiedsrichter schon nach zehn Minuten abpfeift. Eine Halbzeit nur zehn Minuten? Beim Hallenfußball der G-Jugend, klar, aber bei Erwachsenen? Ich frage Mister Modellbau und erhalte die freundliche Antwort, dass es im Basketball vier Viertel gibt, à zehn Minuten, nach zwei Vierteln gibt's eine längere Pause, also ist dann sozusagen Halbzeit. Auch gut, dann hab ich noch länger Zeit zum Starren.

Das Spiel ist schnell, beide Mannschaften treffen fast immer, und zur Halbzeit, also nach zwanzig Minuten, führt Annas Mannschaft nur mit zwei Punkten Vorsprung. Die Spielerinnen rollen in die Kabine, während ich die Pause nutze, um zur Sicherheit noch mal aufs Klo zu gehen, um nachher nicht was zu verpassen. Die Hälfte der Zeit ist bereits verstrichen, und ich bin noch keinen Deut näher an Anna herangerückt, aber so war nun mal mein Plan: Erst nur ein bisschen gucken und das Schwierige schön bis zum Ende aufschieben. Jetzt hab ich den Salat.

Als die Spielerinnen aus der Kabine kommen, haue ich mir kräftig auf die Oberschenkel, um mir Mut einzuimpfen. „Jetzt aber!", zische ich mir zu und mache eine entschlossene und todernste Miene. Der Mann neben mir wischt sich die Cola vom Arm, die er soeben darauf verschüttet hat.

„Mein Gott, Sie haben mich vielleicht erschreckt." Er blickt mich verständnislos an. „Was meinen Sie mit ‚Jetzt aber'? RBC führt doch, was wollen Sie denn?"

Ich nuschle eine Entschuldigung und gehe nach unten in die erste Reihe, direkt hinter die Ersatzbank. Natürlich steht da keine wirkliche Bank, denn die Spielerinnen sitzen ja im Rollstuhl, aber Trainer und Betreuer haben sich da ein paar Stühle hingestellt, und genau dahinter sitze ich jetzt und zittere wie Espenlaub. Der Trainer scherzt gerade mit einer Spielerin und gibt ihrem Rollstuhl einen kräftigen Anschub, so dass er sich ein paarmal um die eigene Achse dreht. Die Frau kreischt vergnügt und rammt dem Trainer mit gespielter Entrüstung ihren Ellbogen in die Rippen. Die Stimmung im Team scheint auf jeden Fall zu stimmen.

Und dann sehe ich eine Mauer aus Rädern und Metall auf mich zurollen, geschätzte zehn Rollstühle überqueren das Spielfeld und fahren direkt auf mich beziehungsweise die Trainerstühle zu. Weil alle Zuschauer in diesem Moment aufstehen und den Akteurinnen applaudieren, stehe ich auch auf und klatsche.

Und da erblickt sie mich.

Anna stutzt einen Moment, als würde sie überlegen, woher sie mein Gesicht kennt. Sie stoppt ihren Rollstuhl kurz vor den Trainerstühlen, lehnt sich zurück und legt ihren Kopf schief. Ihre Miene ist ernst, konzentriert, nichts deutet darauf hin, dass sie mir gleich überschwänglich um den Hals fallen wird, was ja auch praktisch ziemlich schwierig werden dürfte. Aber eben dieser Gedanke spukt mir just in diesem Augenblick durch mein verwirrtes Hirn, und als mir das Sekunden später klar wird, wünsche ich mir nichts sehnlicher, als dass sich direkt unter mir eine Falltür öffnet und ich durch einen unterirdischen Gang wieder in mein sicheres Zimmer flüchten kann.

Ich weiß nicht mehr, wo ich hinsehen soll, die Modellbauzeitschrift liegt ja ein paar Reihen weiter oben. Das Bild vom Spielfeld verschwimmt plötzlich vor meinen Augen, und ich habe keine andere Wahl mehr als mich schnell wieder hinzusetzen und auf meine Füße zu starren, wenn ich nicht gleich ohnmächtig zusammenbrechen will.

„Hi."

Ich hebe langsam den Kopf. Anna sitzt direkt vor mir und lächelt mich an. Ich versuche auch zu lächeln und bin froh, dass ich mein Spiegelbild jetzt nicht sehen muss.

Sie beugt sich zu mir herüber, so dass sich unsere Köpfe fast berühren. Sie riecht leicht nach Schweiß, aber an ihr ist das wie Lavendel oder Rosenwasser. Mir wird schwindelig, ich brauche einen Arzt. „Bist du etwa wegen mir hier?", fragt sie keck.

„Grmmmppphh."

Sie lacht. „Oder hast du dich auf dem Weg zum Logopäden verlaufen."

Reiß dich zusammen, Lenny.

„Du spielst toll, Anna."

Mehr schaffe ich erst mal nicht, aber für den Anfang war das ja schon gar nicht schlecht, finde ich. Anna zieht ihren Kopf ein Stück zurück und mustert mich. „Die anderen spielen auch toll.

Wir müssen auch toll spielen, das ist die höchste Liga hier. Statistisch gesehen treffen wir besser als die Fußgänger."

„Fußgänger?"

„Na ja, die Gesunden, die, die noch laufen können. Die heißen bei uns Fußgänger."

„Und ihr trefft besser? Obwohl ihr von viel weiter unten werfen müsst?"

„Yes, so ist es." Sie blickt mich an und erkennt sofort, dass ich über diese für meine Begriffe unwahrscheinliche Behauptung ernsthaft nachdenke. „Natürlich zählen nicht alle Wurfarten. Die wenigsten Rollis sind in der Lage, einen Dunking zu machen. Du weißt, was das ist?"

Ich nicke. „Klar. Ich finde Basketball ja auch …" Zum Glück bewahrt mich der Schiedsrichter mit seinem Pfiff zur zweiten Halbzeit vor der Gefahr, von meinem großen Interesse zu diesem Sport zu schwafeln.

„Sorry, ich muss wieder los", sagt sie und schaut mich prüfend an. Eine Hand spielt mit dem Zopf, die andere liegt entspannt auf den Beinen. Die entscheidende Sekunde ist jetzt also gekommen. Sicher ist, dass Anna eine Reaktion von mir erwartet, fragt sich bloß welche.

„Ich bin gleich noch da", sage ich und schenke ihr mein erstes bewusstes Lächeln. „Vielleicht können wir dann weiterquatschen."

Okay, großes episches Kino war das nicht gerade, aber man muss das alles in seiner Verhältnismäßigkeit sehen, finde ich. In meiner Realität, die sich zurzeit am Rande des Machbaren und darüber hinaus abspielt, muss ich ehrlich und ganz unbescheiden urteilen: *Wirklich, Lenny, so elegant hast du so etwas bisher noch nie hingekriegt.*

Anna lächelt zurück und zwinkert mir zu. „Quatschen – aha." Dann dreht sie ihren Rollstuhl mit einer abrupten Bewegung um hundertachtzig Grad und rollt zurück aufs Spielfeld. Ich bin nicht sicher, ob meine Offensive damit erfolgreich war, aber ich bin durchaus zufrieden mit mir und meiner Mutquote.

Ich gehe wieder nach oben und setze mich neben den Mann mit der Cola, der mich misstrauisch anschaut und demonstrativ etwas zur Seite rückt, wahrscheinlich, weil er Angst um seine Hose hat. Das Spiel geht flott weiter, tatsächlich gewinnen die RBC-Frauen mit sechs Punkten Vorsprung. Entsprechend ausgelassen ist die Stimmung in der Halle, und der Applaus für die Mannschaften dröhnt bestimmt bis nach draußen.

Während ich wieder nach unten gehe, klatschen sich die Rollis ab, auch die Verlierer werden sportlich fair mit einbezogen. Anna wird gerade nacheinander vom Trainer, zwei Betreuern und ein paar enthusiastischen Fans geherzt, Küsschen rechts, Küsschen links, und mir wird schon wieder flau in der Magengegend. Anscheinend spielt sie nicht nur erfolgreich Basketball, sondern ist auch noch sehr beliebt. Aber müssen deswegen alle sie unbedingt küssen?

High Noon für Lenny Baumeister.

Als ich einen Meter vor ihr stehe, breitet sie die Arme aus und grinst mich an. Obwohl sie ganz und gar nicht schielt, drehe ich vorsichtshalber meinen Kopf zur Seite, um auszuschließen, dass sich hinter mir noch ein stattlicher Recke befindet, für den ihre Arme und ihr Strahlen eigentlich gedacht sind. Aber da ist weit und breit kein Recke, also bin ich wohl gemeint.

Und in diesem Moment macht es *Klick* bei mir. Es klickt so laut, dass es dröhnt. Scheiß egal, denke ich plötzlich. Was kann dir eigentlich noch Schlimmeres passieren im Leben als jetzt zu versagen, indem ich nichts tue?

Ich beuge mich zu Anna hinunter und umarme sie vorsichtig. Natürlich habe ich Angst, ihr wehzutun, obwohl bekanntermaßen nur ihre Beine gelähmt sind, und selbst denen könnte ich nicht wehtun, weil sie ja eben gelähmt sind. Vermutlich wird es allen so ergehen, die zum ersten Mal in ihrem Leben so engen Kontakt mit Querschnittsgelähmten haben, man denkt, sie sind so zerbrechlich wie diese furchtbaren hohen Sektgläser.

Auch Anna umarmt mich, aber ihr Griff ist fester. Sie riecht jetzt noch mehr nach Schweiß, klar, aber das macht mir nichts aus. Im Gegenteil, ich muss mich bremsen, um nicht ein paar

Tropfen von ihrem Hals abzulecken. Um Gottes willen! Was mache ich da bloß? Zum Glück löst sie sich nach einer Weile und sieht mir fest in die Augen.

„Herzlichen Glückwunsch", sage ich, und diesmal kann ich ihrem Blick standhalten. „Toll gespielt. Eine super Mannschaft hast du."

„Das ist nicht meine Mannschaft."

„Nee, klar, natürlich nicht … ich meine, ihr seid eine tolle Mannschaft."

Sie nickt. Erst jetzt merke ich, dass sie doch ein wenig erschöpft und müde wirkt. Sie lässt sich nach hinten gegen die Lehne fallen. „Ich bin groggy und muss jetzt duschen. Bist du danach immer noch da?" Sie lächelt matt. „Wir könnten was trinken gehen. Wenn du willst, natürlich, und wenn du das mit dem *gehen* nicht so wörtlich nimmst."

Natürlich war mir das gar nicht aufgefallen, diese Sensibilität habe ich noch nicht. Anna weiß das offensichtlich, und ich bilde mir ein, dass sie mir mit dieser Bemerkung einen entsprechenden Horizont schaffen will. Das wäre ein umwerfendes Signal, aber wie gesagt, das bilde ich mir bloß ein. Könnte genauso gut ein Running Gag unter Rollis sein.

„Klar, gerne. Ich kann dich schieben."

Sie schüttelt den Kopf. „Das mach ich alleine. Du darfst neben mir hergehen, okay? Aber jetzt muss ich echt duschen, ich stinke wie 'ne Bisamratte. Du wartest vor der Halle, in Ordnung?"

Und wie in Ordnung das ist. Ich nicke ihr lächelnd zu.

Anna rollt erschöpft in die Kabine, und wenn ich jetzt zwei und zwei richtig zusammenzähle, habe ich gerade ein Date mit ihr klargemacht. Auch wenn eher, wie meine Mutter sagen würde, *passiv*. Ich gehe mit einer Frau ein Bier oder was auch immer trinken, und zwar nur wir beide und nicht noch ein ganzer Haufen anderer Leute. Nur Anna und ich, das ist es, was zählt.

Ich warte etwa eine halbe Stunde vor der Halle und versuche dabei, meinen Puls einigermaßen auf Normalwert zu halten.

Wenn ich rauchen würde, hätte ich in der Zeit bestimmt eine ganze Packung weggequalmt, aber auch das hätte mir bis auf den Nikotingestank nichts gebracht. Also laufe ich nur auf und ab wie ein Tiger im Zoo, beobachte die Leute, die aus der Halle kommen oder in sie hineingehen. Dann endlich geht die Tür auf, und die ganze RBC-Mannschaft kommt herausgerollt. Das dauert eine Weile, denn der Ausgang ist ziemlich schmal und die meisten Rollstühle verheddern sich an der Doppeltür, die sich nicht öffnen lässt. Aber die Spielerinnen nehmen es alle mit Humor.

Anna kommt zum Schluss. Ein Betreuer hält ihr noch die Tür auf, verabschiedet sich dann aber schnell von ihr und geht forsch zu seinem Motorrad. Ich starre ihm ungläubig hinterher. Krass finde ich das. Wie muss sich das für Menschen, die auf einen Rollstuhl angewiesen sind, anfühlen, wenn sie fast jeden Tag sehen, wie sich ihre Helfer bewegen können. Mit einem Motorrad! Ich finde das fast schon geschmacklos, aber die Frauen scheinen da ganz locker mit umzugehen.

„Kannst du Motorrad fahren?", fragt Anna. Sie hat eine Flasche Wasser in der einen und eine Zigarette in der anderen Hand. Sie nimmt einen tiefen Zug und bläst genüsslich den Rauch in den Himmel. „Hast du 'ne Maschine?"

Ich setze mich auf eine kleine Mauer, damit wir auf Augenhöhe sind, und schaue sie an. Ihre Haare trägt sie wieder offen, sie sind noch klitschnass vom Duschen. Eine Frau, die sich nicht föhnt. Das finde ich umwerfend. Wie alles an ihr.

„Ja und nein. Ich hab einen Führerschein, aber kein Motorrad."

„Warum nicht?"

Ich zucke mit den Schultern. „Weiß nicht. Zu teuer vielleicht, aber ich brauch auch keins in der Stadt. Ich hab mein Fahrrad, damit komme ich überall hin."

„Klar." Anna seufzt. „Ein Motorrad ist aber keine Frage des Brauchens oder Nichtbrauchens, ein Motorrad hat man, weil man es haben will. Freiheit, verstehst du?"

Ich bin nicht sicher, ob ich verstehe, und bei Anna bin ich auf der Hut, da will ich nicht einfach losnicken, ohne es zu meinen.

Das hat mir bei unserer ersten Begegnung schon eine peinliche Situation eingebracht, das möchte ich nicht unbedingt wiederholen.

„Du bist mit dem Motorrad verunglückt?"

Sie nickt. „Jep! Mit hundertachtzig Sachen aus der Kurve geflogen. Bei James Bond geht so was immer gut."

Jetzt nicke ich betroffen, drehe aber meinen Kopf zur Seite, damit Anna meine Miene nicht sehen kann. Ich möchte gern das Thema wechseln, aber mir fällt nichts ein, bis ich mich wieder umdrehe und ihre nassen Haare betrachte.

„Ist jetzt bestimmt 'ne ganz blöde Frage, aber wie duschst du eigentlich?"

Sie schmunzelt und trinkt einen Schluck Wasser. „Ganz einfach: Ich lass mich auf den Boden fallen und mich berieseln. Das ist schön, man kommt sich vor wie am Felsenstrand in Griechenland. Kannst du dir das vorstellen: Sechs nackte Frauen liegen auf dem Boden, kichern, robben und kriechen herum und lassen sich abbrausen. Ein irres Bild, was?"

Ich kneife die Augen zusammen. Auch in meinem ziemlich unzurechnungsfähigen Zustand muss ich ja nicht alles glauben. „Nee, oder?"

„Quatsch. Wir haben Duschhocker, da setzen wir uns drauf und werden festgehalten. Es gibt auch Dusch-Rollstühle, aber die sind in einer Sporthalle zu sperrig."

„Und wer seift euch ein? Der Trainer?"

Anna mustert mich. „Fragst du das im Ernst?"

Ich zucke mit den Schultern. „Ja, wieso?"

Sie schüttelt den Kopf. „Eigentlich dürfte dir nicht entgangen sein, dass meine Beine gelähmt sind und nicht meine Arme. Sonst hätte ich nämlich gewisse Probleme beim Basketball. Nein, das mach ich selbst. Für alles, was wir nicht mehr können, haben wir nette Menschen, die uns helfen. Aber Einseifen gehört definitiv nicht dazu."

Dann ist's ja gut, hätte ich am liebsten gesagt, aber natürlich halte ich die Klappe. Beim ersten Treffen schon Anzeichen von

Eifersucht zu zeigen, geht ja gar nicht. Weiter cool und lässig bleiben ist angesagt, also will ich lieber das probieren.

„Wo gehen wir hin ... äh, entschuldige, wo fahren wir hin, meinte ich natürlich?" Ich schicke einen Stoßseufzer in den Himmel, und bete, dass es nicht jetzt schon wieder vorbei ist, bevor es richtig angefangen hat.

Anna sieht mich streng an. „Erste Regel: Behandle mich wie einen Fußgänger. Das sind übrigens auch die Regeln zwei bis neunundneunzig. Wenn etwas nicht geht, wirst du es schon merken. Du bist zwar sehr schüchtern, aber doof scheinst du ja nicht zu sein."

Na gut, ein richtiges Kompliment hört sich anders an, aber für den Moment und angesichts der Umstände kann ich mit ihrer Kurzcharakterisierung meiner Person gut leben.

„Und, Lenny?"

„Ja?"

„Das sage ich nur ein einziges Mal."

„Was?"

„Wie du mich behandeln sollst. Und wenn du weiter so fragst, nehm ich sofort zurück, dass du nicht doof bist."

„Klar", sage ich und nicke zur Unterstützung ganz wichtig.

„Was, klar?"

„Na ja, klar bist du ein Fußgänger ... Fußgängerin. Kein Problem, no way."

Anna prustet los.

„Entschuldige", gluckst sie, „natürlich kannst du das alles nicht wissen, aber es macht mir halt Spaß, Fußgänger zu kitzeln. Ich bin immer sehr gespannt auf die Reaktionen, sie sagen viel über den Menschen aus. Viel mehr, als wenn sie meinen, lange Monologe darüber halten zu müssen, wie tolerant und aufgeschlossen sie gegenüber Rollis und Behinderten im Allgemeinen sind. Du glaubst gar nicht, wie viele Leute dann auf einmal schon mit welchen gearbeitet oder sogar einen Freund haben, der auch im Rollstuhl sitzt."

Im nächsten Moment wird ihr Gesicht ernst, ihr Blick eine Spur trauriger. „Das ist auch meine Art, hiermit fertigzuwerden."

Sie rollt leicht gegen meine Beine und schlägt mir mit der Hand auf den Oberschenkel. „So, jetzt will ich ein Bier. Fahren wir zum Biergarten unten am Fluss? Da sitzt man so nett."

Ich klapse tatsächlich auf ihre Beine zurück, was Anna mit einem Lächeln quittiert, dann nicke ich und stehe auf, zum Zeichen, dass wir los können.

Ich kenne das Lokal, es ist nicht weit und wirklich sehr schön dort. Das Publikum ist bunt gemischt, das Personal auf lockere Weise freundlich, man sitzt an langen Biertischen, schaut auf die untergehende Sonne am Fluss und kann zwischen dreißig Biersorten auswählen. Was will man mehr im Leben?

Normalerweise wenig bis nichts, aber an diesem Abend kann ich mir diese Frage gar nicht stellen, so viel und so viel Unklares spukt mir im Kopf herum. Wann bin ich zum letzten Mal ein Bier trinken gegangen? Keine Ahnung, vor Monaten wahrscheinlich mit meinen Kommilitonen, dir mir nichts bedeuten. Schon nach einem Glas habe ich auf die Uhr geschaut und gehofft, es wäre schon ein paar Stunden später.

Anna und ich trinken ein Bier nach dem anderen, immer eine andere Sorte. Sie qualmt wie ein Schlot, ab und zu nehme ich auch einen Zug von ihr, weil ich das Gefühl haben will, etwas mit ihr zu teilen. Wir tauschen unsere Nummern aus, und dann reden wir. Sie erzählt von sich, von ihrem Elternhaus und ein paar Sätze zum Unfall, ich stelle ihr meine verkorkste Familie vor. Das einzige Thema, dass ich ihr komplett verschweige, sind meine beiden Salafisten. Irgendwann sagt sie mir, dass sie jetzt besoffen genug und auch müde sei, und wenn ich Lust hätte, könnte ich sie noch nach Hause begleiten. Klar hab ich Lust.

Wir rollen beziehungsweise fahren meist schweigend nebeneinander her, ich spüre, wie sie manchmal zu mir blickt. Von mir aus könnte der Weg noch tausend Kilometer so weitergehen, wir beide nebeneinander, ohne viele Worte, aber nach einer halben Stunde sind wir am Ziel. Anna wohnt noch bei ihren Eltern in einem schlichten Einfamilienhaus am Stadtrand. Während ich mein Fahrrad neben der Haustür abstelle, dreht sie sich zu mir um und starrt mich an. Die Augen sind in der Tat ziemlich glasig, ihr Oberkörper schwankt gefährlich. Wenn ihr Vater in dem Moment aus der Tür käme, in dem ich seine aus dem Rollstuhl gefallene Tochter wieder in das Gefährt bugsiere, dann wäre der Abend perfekt. Aber Anna hält sich wacker, zieht mich am T-Shirt zu sich hinunter und gibt mir einen langen Kuss auf den Mund.

„Ein bischen üben müssest du schon noch", nuschelt sie. „Aber isch bin da ganz optimischtisch."

In diesem Moment ist mir die ganze Welt scheißegal, Allah und diese verdammten Terroristen eingeschlossen.

Was kann es denn Schöneres geben als einen Kuss von Anna? Eindeutig nichts!

18

Als ich am Sonntag aufwache, sehe ich erst die weiße Zimmerdecke, dann meine noch weißere Bettwäsche und denke sofort: Jesus, ich bin im Himmel. Im Paradies. Im Garten Eden. Aber wer oder was in Gottes Namen hat mich hierhergebracht? ALS oder ein Selbstmordattentäter? Und dann erreichen die ersten Nervenzellen überfallartig einen sensiblen Punkt in meinem Gehirn, und ich fühle mich wieder so richtig irdisch beschissen.

Einige Minuten lang starre ich auf die merkwürdigen schwarzen Striche auf dem modernen Multifunktionswecker, aber sie sagen mir nichts, es sind einfach zu viele für heute Morgen und darüber hinaus völlig durcheinander angeordnet, eine Art Uhrzeit kann ich nirgends entdecken. Aber diese Minuten geben mir Gelegenheit, mich daran zu erinnern, was gestern passiert ist. Oder besser: was passiert sein könnte. Denn an alles kann ich mich nicht mehr so genau entsinnen.

Das Letzte, was in meinem Hirn hängen geblieben ist, ist der Kuss von Anna, danach bricht die Verbindung zur Außenwelt abrupt ab. Kann sein, dass ihre Eltern noch herauskamen und mich begrüßt haben, es könnte aber auch durchaus sein, dass es wildfremde Leute an einer Ampel waren, mit denen ich später gesprochen habe. Peinlich. Hoffentlich wird Anna mich nicht danach fragen, oder, noch schlimmer, ihre Eltern, wenn sie tatsächlich mit mir geredet haben sollten. Als erste Konsequenz nehme ich mir fest vor, Jenny alles zu verzeihen, sollte sie jemals einen besoffenen Kerl anschleppen, der nicht mehr weiß, wie er heißt oder wo oben und unten ist. Ich bin jetzt sozusagen geläutert.

Was die Sache mit Anna angeht: Ich weiß, dass der Abend mit ihr ein einschneidendes Ereignis in meinem Leben war und dass es sich durchaus lohnt, einmal in Ruhe nachzudenken, wenn man eine Nacht darüber geschlafen hat. Aber die Nacht, die ich gerade hinter mir habe, zählt nicht. Also verschiebe ich das Nachdenken lieber auf die Zeit, in der mein Kopf wieder ordnungsgemäß funktioniert. Vorher wäre zwecklos.

Mit Mühe greife ich mir die Flasche Mineralwasser, die immer an meinem Bett steht, und trinke ein paar kleine Schlucke. Mein Magen bedankt sich mit einem herzhaften Aufstoßen, und für einen Augenblick habe ich das Gefühl, mich übergeben zu müssen. Ich traue mich nicht, auch nur einen Körperteil zu bewegen, jede kleinste Erschütterung könnte das Fass beziehungsweise die Galle zum Überlaufen bringen. Also liege ich stockstcif im Bett, rühre mich nicht, denke nicht nach und mache einfach gar nichts, was dazu führt, dass ich schließlich wieder einschlafe. Im Grunde genommen das Beste, was mir passieren kann.

Ich wache schließlich davon auf, dass mir jemand einen nassen Waschlappen ins Gesicht knallt. Das ist sozusagen die Artillerie. Die Infanterie folgt in Gestalt von Jenny und Likke, die breit grinsend vor mir stehen und „I love it" von Icona Pop grölen, kräftig unterstützt vom Original aus Jennys Anlage. Das muss Likkes BH-Rache sein.

„Hört sofort auf! Raus hier!", krächze ich, schmeiße Likke den Waschlappen an ihre Leggins und ziehe mir die Bettdecke über den Kopf. Der Lärm wird erträglicher, aber die Mädchen ziehen mit solcher Gewalt am Plümo, dass ich es nicht mehr halten kann und ich schließlich nur mit der Unterhose bekleidet vor ihnen liege. Likke kreischt immer wilder und wirft den Waschlappen zurück und genau auf mein Gemächt. Die hellblaue Hose färbt sich sofort dunkelblau, die Kälte ist widerlich. Ich hasse Likke.

Ich lehne mich erschöpft an die Wand hinter meinem Bett und lege meine Hände artig gefaltet in meinen Schoß. „Was wollt ihr? Könnt ihr mich nicht einfach in Frieden lassen?"

Während Likke endlich abschwirrt, um die Anlage auszumachen, setzt sich Jenny zu mir aufs Bett. „Faris hat angerufen. Er lässt fragen, ob alles dabei bleibt heute. Er ruft gleich nochmal an, weil ich ihm gesagt habe, dass du noch pennst."

Faris! Die Salafisten! Der Infostand! Große Scheiße, das hab ich total vergessen. „Wie spät?"

„Gleich eins."

„Gleich eins? Scheiße, Mann. Die Mail, die muss ich doch noch lesen."

„Welche Mail?"

„Egal." Ich stehe auf, setze mich an den Schreibtisch und schnapp mir den Ausdruck. Meine Hände zittern, mein Kopf brummt, ich habe Durst, und in dieser Verfassung soll ich gleich das Werk Mohammeds verkünden, von dem ich nichts verstehe. Gute Nacht, Islam.

„Welche Mail, großer Bruder?"

Jenny steht hinter mir und schaut mir über die Schulter. „Der wahre Islam. Fragen und Antworten zu den wichtigsten Themen", liest sie laut vor. „Sag mal, was gibt das denn jetzt? Bist du etwa konvertiert oder wie das heißt?"

„Quatsch!" Ich schüttle den Kopf, habe überhaupt keine Lust, Jenny alles zu erzählen. Später vielleicht, aber nicht ausgerechnet jetzt.

„Hat das was mit deinen Kumpels zu tun?"

Ich seufze ganz tief, so tief, dass selbst Jenny merken müsste, dass mich ihre Anwesenheit gerade stört. „Ja, hat es, aber du würdest mir wirklich einen großen Gefallen tun, wenn du mich jetzt in Ruhe lassen könntest. Mir geht's nicht besonders, und ich habe gleich einen wichtigen Termin. Ich erzähl es dir später, ja? Bitte?" Bei den letzten Worten fasse ich sie an den Händen und drücke sie leicht, um meinem Wunsch nach Einsamkeit noch etwas mehr Nachdruck zu verleihen. Jenny schaut mich völlig irritiert an.

„Upps, du bittest mich und fasst mich an? Was geht denn hier ab? Mein Gott, ist es was Ernstes? Brauchst du Hilfe? Soll ich Likke holen?"

„Um Gottes willen, lass sie bloß, wo sie ist."

„Ich bin hier. Was geht ab?"

Likke steht in der Tür und streckt mir das Telefon entgegen. Ihre Miene ist unergründlich, vielleicht eine Mischung aus nachtragender Wut und Häme. „Faris ist dran", sagt sie kurz angebunden. „Bist du wach?"

Nein, hätte ich ihr am liebsten entgegengeschleudert, ich schlafe fest und träume davon, dass du vier BHs auf einmal trägst. „Gib her, und dann raus mit euch."

Jenny sieht mich ungewohnt ernst an. „Mach keinen Scheiß, Lenny." Dann schiebt sie Likke aus meinem Zimmer und knallt die Tür von außen zu. *Ruummmms!* In diesem Augenblick fällt mir ein, dass ich sie eigentlich um ein paar Kopfschmerztabletten bitten wollte, aber ich fürchte, dass sich ihre Hilfsbereitschaft jetzt in Grenzen halten wird. Also muss ich noch ein paar Minuten durchhalten.

Ich lehne mich zurück und versuche, so entspannt wie möglich zu klingen. „Faris, was gibt's?", frage ich munter. „Fällt der Infostand etwa aus?"

Die Stille am anderen Ende der Leitung ist Antwort genug. „Hättest du wohl gerne, was?" Faris klingt nicht besonders amüsiert über meinen kleinen Joke. „Du kommst gleich in Park." Das ist eindeutig ein Befehl, keine freundliche Erinnerung.

„Ja klar, Mann, natürlich. War doch so abgemacht." Ich versuche, einen Hauch von Verwunderung in die Stimme zu legen, um Faris zu beruhigen, vielleicht auch, um ihm ein schlechtes Gewissen zu machen, weil er angerufen hat.

„Du schläfst nie so lange", sagt er stattdessen. „Hast du gefeiert gestern?"

„Bisschen. Aber nicht so richtig gefeiert, eher lange gequatscht."

„Mit wem? Kenn ich den?"

Faris' Fragen zeigen mir zwei Dinge sehr deutlich: Er ist in höchstem Grade misstrauisch geworden, und er traut mir kein Date mit einer Frau zu. Letzteres ist mir nicht neu, und für den Moment soll er auch weiterhin daran glauben, dass ich mit Frauen nichts anfangen kann. Aber neugieriger Argwohn passt nicht zu Faris, diesem ehrlichen und schlichten Gemüt, der sich offenbar innerhalb kürzester Zeit vom gut gelaunten und Bier trinkenden Muckibudengast zu einem skeptischen und vorsichtigen Salafisten-Anwärter entwickelt hat. Das darf ich nicht unterschätzen, ich muss mir ab sofort immer vor Augen halten, dass es nicht mehr meine Freunde Faris und Yussuf sind, mit denen ich rede, sondern umgedrehte, fremde Moslems, die sich nicht mehr für mich interessieren, sondern nur noch für sich selbst.

„Nee, kennst du nicht. Einer aus dem Studium, wir mussten was wegen einer Seminararbeit besprechen."

„An einem Samstagabend?" Faris' Stimme klingt düster, voller Zweifel.

„Ja, warum denn nicht? Faris, ich bin um zwei im Park, ich schwöre. Bis dahin muss ich mir aber noch euren wahren Islam reinziehen, also lass mich jetzt gefälligst in Frieden, okay?"

Genervt lege ich auf, ohne eine Antwort abzuwarten, die werde ich spätestens in einer Stunde kriegen. Ein paar Sekunden lang denke ich ernsthaft darüber nach, ob Faris jetzt wohl Nachforschungen bezüglich meiner Behauptung anstellt. Habe ich Anna etwa mit meiner Gesellschaft in Gefahr gebracht?

Mir wird wieder übel, diesmal ist es ernst. Ich renne wie der Teufel ins Bad und erreiche gerade noch rechtzeitig das Klo. Als ich den Kopf wieder von der Schüssel hebe, lasse ich mich erschöpft hinter der Badewanne nieder, um mir kräftesparend die Zähne zu putzen, ziehe quasi als Abschottung zur Außenwelt den Duschvorhang zu und kann endlich durchschnaufen.

Ich bin dankbar für die Ruhe, die in der Wohnung allgemein und speziell im Badezimmer herrscht. Der frische Mint-geschmack der Zahnpasta tut mir gut, ich beginne mich zu entspannen. Wie lange ich dort sitze und putze, weiß ich nicht, aber irgendwann kommt Likke rein, weil sie pinkeln muss, und dann ist die Ruhe vorbei.

Zunächst merkt sie gar nicht, dass ich hinter der Wanne hocke. Ich halte die Zahnbürste und den Atem an, bewege mich keinen Millimeter und bete, dass ich keinen Hustenanfall oder so was kriege. Eine Minute geht es gut, und ich höre nur Likkes erleichtertes Stöhnen und ihren anhaltenden Urinstrahl, aber irgendwann kann ich ein Hüsteln nicht mehr unterdrücken, und augenblicklich bricht die Hölle los!

Likke schreit auf wie am Spieß. Noch auf dem Klo sitzend, reißt sie den Vorhang beiseite und starrt den blassen Geist an, der mit dem Kopf über dem Wannenrand hervorlugt und sich nichts mehr wünscht, als dass der Himmel ihm sofort auf den Kopf fallen möge. Wieder reißt Likke den Mund auf und stößt einen ohrenbetäubenden Schrei aus, aber statt den Vorhang einfach wieder zuzuziehen und ihr Geschäft ohne Publikum zu Ende zu bringen, springt sie vom Klo auf und streckt mir ihren Hintern entgegen, damit ich ihr vorne nichts weggucken kann, Tanga und Jeansrock hängen ihr noch auf den Knöcheln.

„Du Schwein!", brüllt sie. „Was machst du hier? Guck weg!"

„Likke", brülle ich zurück, „ich guck doch gar nicht hin. Ich musste eben nur ein bisschen kotzen, das ist alles. Du kannst ruhig weitermachen." Leider mache ich in diesem Moment den großen Fehler und stehe auf, um schnellstmöglich hier abzuhauen, aber Likke interpretiert diese Bewegung völlig falsch.

„Ahhhhh! Bleib! Wo! Du! Bist!", keift sie, reißt ihren rosa Tanga hoch und verlässt fluchtartig das Bad, in dem nun wieder Ruhe einkehrt.

Ich betätige für sie die Klospülung und klatsche mir am Waschbecken literweise kaltes Wasser ins Gesicht. Im Medizinschrank finde ich Aspirin und nehme gleich drei Tabletten. Ich bin normalerweise kein Freund des unmäßigen Medikamentenkonsums, aber heute ist alles anders, und sicher ist sicher. An der Tür lausche ich, ob Likke mir im Flur auflauert, aber ich höre ihre schrille Stimme aus der Küche, wo sie Jenny gerade alles brühwarm erzählt. Meinetwegen, so wie ich Jenny kenne, wird sie sich nur schlapplachen.

Ich ziehe mir eine bequeme kurze Hose und ein T-Shirt an und setzte mich an den Schreibtisch, um Omars Anleitung noch einmal durchzugehen. Viel Zeit bleibt mir nicht mehr, in einer halben Stunde erwarten mich Yussuf und Faris im Park, also muss ich die Zusammenfassungen noch einmal zusammenfassen.

Kein Wunder, dass kaum etwas Handfestes übrig bleibt, aber vielleicht ist das ja gar nicht so schlecht. Ich habe dann sozusagen die Essenz jedes Themas in zwei Zeilen auf dem Zettel, und wenn den Standbesuchern das nicht reicht, werde ich sie einfach darauf hinweisen, dass die Übersetzer damals Mist gebaut haben, und – leider, leider – könne man die nicht mehr zur Rechenschaft ziehen, weil sie sich seit geraumer Zeit im Paradies befänden. Ich finde, das ist eine geniale Strategie, und genau so werde ich es machen.

Ich packe eine Flasche Wasser und die Kurzfassung des Pamphlets in meinen Rucksack und gehe zur Wohnungstür. Ich habe keine große Lust, mich zu verabschieden, weil ich keine bohrenden Fragen gebrauchen kann, am wenigsten noch ein Schlussgezicke von Likke. Einfach schnell weg hier und auf dem Rad noch ein paar Minuten Ruhe tanken. Dann sehe ich einen Briefumschlag auf dem Boden liegen, den jemand gerade unter der Tür durchgeschoben haben muss. Er ist an mich adressiert, und für den Bruchteil einer Sekunde habe ich die Hoffnung, dass dies ein Bekennerschreiben von Faris und Yussuf ist, in dem sie zugeben, dass das alles nur ein lustiger Scherz war und sie sich entschuldigen. Aber die Hoffnung stirbt diesmal zuerst.

Immerhin ist es eine Botschaft von Simon Ulmann, meinem heimlichen und einzig aktiven Verbündeten. Er hat mir Adresse und Telefonnummer von zwei Beratungsstellen zukommen lassen. Die „Beratungsstelle Radikalisierung" sei vom Bundesamt für Migration und daher, wie Simon schreibt, wohl nicht verdächtig, in Wahrheit die Radikalisierung zu unterstützen. Die andere Organisation, die offenbar sein Vertrauen genießt, heißt „Hayat", was auf Türkisch und Arabisch „Leben" bedeute. In Klammern dahinter steht: „ZDK Gesellschaft Demokratische Kultur GmbH".

Hoffentlich sind die so seriös, wie sie klingen, denke ich, stopfe den Brief in den Rucksack und fahre los.

Die Sonne scheint warm, kein Lüftchen regt sich, also hervorragendes Wetter für einen Ausflug aus der Stadt raus, finde ich, und absolut keines für einen Besuch eines Salafistenstandes in der Innenstadt. Innerlich und frohen Mutes gehe ich jetzt davon aus, dass ich mit Faris und Yussuf mehr oder weniger alleine am Stand stehe und Wasser oder Kaffee trinke. Wenn doch mal ein Besucher kommt, der sonst keine Idee hat, wie er sinnvoller seinen schönen Sonntagnachmittag verbringen kann, sollen die ihn doch übernehmen. Wer will denn hier ein wahrer Moslem werden? Ich ganz bestimmt nicht.

Ich bin Punkt 14 Uhr an der Bank im Park. Überall grillen Familien, liegen auf großen Picknickdecken, Kinder tollen herum und schreien. Der Geruch von gebratenem Fleisch liegt in der Luft, etwa fünfzig Meter neben mir sehe ich zwei türkisch oder arabisch aussehende Männer, die sich gerade eine Dose Bier aufmachen und zu einem Gangsta-Rap tanzen, der aus ihrem Ghettoblaster dröhnt. Alkohol und westlich-dekadente Musik: Wenn das Faris und Yussuf sehen!

Wie aus dem Nichts sind sie plötzlich da, vermutlich haben sie sich durchs Gebüsch geschlichen, um nicht aufzufallen. Beide tragen ein weites Gewand und eine Kopfbedeckung. Das verpasst der entspannten Parkatmosphäre sofort einen Dämpfer, es wird mir schlagartig klar, dass vor mir nicht mehr meine besten Freunde stehen, sondern zwei fremde Menschen, die mich benutzen wollen oder müssen, um ein Ziel zu erreichen, ihr Ziel, und ich will dies verhindern, indem ich ihnen helfe. Wie absurd das ist! Schon die Begrüßung ist so furchtbar, dass ich am liebsten schreiend weglaufen würde. Statt mich wie sonst abzuklatschen und „Ey, Digger, was geht?" zu sagen, nickt Faris nur kurz und lässt ein sachlich-nüchternes „Bist du bereit, Bruder?" folgen. Yussuf sagt gar nichts, er starrt mich misstrauisch und düster an und zuppelt an seinem Gewand herum. Ich balle die Fäuste, gehe noch einmal kurz in mich und beschließe endgültig, diesen Mist jetzt durchzuziehen. Eine andere Option sehe ich nicht, und ich habe jetzt auch nicht die Zeit, mir eine auszudenken.

„Bereit? Na ja, sagen wir mal so: Ich mach das jetzt für euch. Wenn du das meinst."

„Wir meinen, ob du bereit bist, uns zu helfen, den wahren Glauben leben zu können."

„Ja, sag ich doch. Ich mach das." Ich habe keinerlei Lust auf eine Diskussion mit ihnen, ich will mich nicht schon vorher streiten und werde jetzt zu allem Ja und Amen sagen beziehungsweise *Allahu akbar*.

„Gut." Faris holt einen kleinen Koffer, öffnet ihn und holt ein paar Sachen heraus. „Zieh das an!", befiehlt er und legt ein schlicht weißes Gewand und eine rote Mütze auf die Bank. Eine kleine Tüte behält er noch in der Hand. „Das kommt zum Schluss."

„Was ist das?"

„Wirst du sehen, Bruder. Zieh das jetzt an!"

Ich seufze tief und streife mir das Gewand über. Es sitzt gut, aber was das Beste ist: Es riecht herrlich frisch nach Weichspüler mit Blumenduft. Yussuf registriert meine Miene. „Hab ich gestern extra noch gewaschen, weil es so unfassbar nach Schweiß gestunken hat. Ich hoffe, das macht es dir etwas erträglicher."

Ich lächle ihn müde an. „Besten Dank auch. Jetzt kann eigentlich nichts mehr schiefgehen." Ich setzte mir die Mütze auf. Faris hält mir einen Spiegel hin, aber ich winke ab. Ich will mich nicht so sehen, ist mir scheißegal, wie ich aussehe. Faris zuckt nur mit den Schultern und holt aus der Plastiktüte etwas heraus, was auf den ersten Blick wie eine kleine Perücke aussieht. Aber wozu sollte die gut sein, ich hab doch eine Mütze.

„Setz dich und halt still!" Faris hat ein Fläschchen und einen Pinsel in der Hand und beginnt, mein Gesicht zu bearbeiten.

„Was ist das?"

„Halt still, hab ich gesagt, sonst hält der Bart nicht."

Gütiger Gott, den Bart hab ich völlig vergessen, das heißt, ich hab ihn verdrängt, weil ich nicht ernsthaft daran geglaubt habe, dass sie mir wirklich falsche Haare ins Gesicht kleben. „Muss das echt sein?"

„Ja, das war abgemacht."

„Ja klar, das war abgemacht, sicher, aber kann es denn nicht zufällig doch rechtschaffene Moslems geben, die keinen Bart haben? Es gibt doch auch gläubige Christen ohne Bart, guck mich an."

Yussuf setzt sich neben mich und tätschelt mir beruhigend die Hand. „Lenny, mein Bruder, du bist doch gar nicht gläubig, oder?" Er wirft einen verachtenden Blick auf die beiden Gangsta-Rapper, die sich mittlerweile ihre dritte Dose Bier reinkippen und anfangen, freche Sprüche an umliegende Frauen und Mädchen zu verteilen. „Genau so wenig wie diese beiden Brüder, die vom richtigen Weg abgekommen sind."

„Aber die haben auch einen Bart."

Yussuf seufzt. „Der Bart alleine sagt noch nichts aus über den Zustand der Seele, aber wer den wahren Weg zu Allah gefunden hat, der braucht ihn."

„Wen?"

„Den Bart."

„Sagt wer?"

„Sagt Mohammed, sein Prophet."

„Kannst du endlich mal stillhalten?", schaltet Faris sich ein, „sonst pinsel ich dir gleich den Mund zu, dann hältst du endlich die Klappe."

Ich sitze auf der Bank und will mir das Gesicht reiben, aber Faris reißt mir die Hände runter. „Lass das, da ist schon Kleber drauf."

Ich schaue auf die Uhr, halb drei. Wenn heute alles einigermaßen über die Bühne geht, habe ich das Schlimmste in zwei oder drei Stunden überstanden. Vor der geplanten Überfallsimulation habe ich eigentlich keinen großen Bammel. Ich finde die Aktion als solche vollkommen bescheuert, aber wenn ich das richtig verstanden habe und wenn Omar und seine Hilfskräfte keine Vollidioten sind, wird das Ganze ja unter Ausschluss der Öffentlichkeit stattfinden, das heißt, ich werde mit Yussuf und Faris durchs Gelände kriechen, mit Platzpatronen durch die Gegend ballern und vermutlich einen Bollerwagen überfallen. Was soll da schon groß passieren? Wenn ich es genauer betrachte und diesen gesamten religiösen Hintergrund mal beiseitelasse, kann es eigentlich sogar ganz lustig werden.

Diese Aussichten geben schließlich den Ausschlag.

„Okay", sage ich und atme tief durch. „Ich bin jetzt ganz bei euch."

Yussuf lächelt mich an, aber Faris beäugt mich immer noch misstrauisch.

„Danke, Bruder", sagt Yussuf lächelnd.

„No problem, wir sind ja schließlich Freunde, die sich gegenseitig helfen."

Eine Weile schweigen wir alle drei. Dann steht Yussuf auf und fängt an, vor der Bank hin und her zu laufen und leise vor sich hin zu murmeln, ich nehme an, dass er betet oder Koranverse aufsagt. Faris hat sich zurückgelehnt und die Arme entspannt auf der Rücklehne der Bank abgelegt. Aus den Augenwinkeln sehe ich, dass er eine junge Frau in einem knappen Bikini beobachtet, die sich auf ihrer Decke mit Sonnenmilch einreibt. Er presst die Lippen zusammen, seine Augen werden kleiner, insgesamt würde ich sagen, dass er innerlich ein wenig unruhiger wird.

„Faris?"

Er zuckt zusammen und schaut mich an. In seinen Augen meine ich Angst zu erkennen, dass ich ihn durchschaut haben könnte, aber vielleicht bilde ich mir das auch nur ein.

„Was?"

„Der Bart." Ich zeige auf die falschen Haare. „Du musst ihn mir noch ankleben. Ich kann das nicht."

Schweigend nimmt Faris den Bart und hält ihn mir vorsichtig ans Gesicht. „Ganz stillhalten jetzt."

Für ein paar Sekunden sind unsere Augen nur Zentimeter voneinander entfernt, und was ich da zu sehen glaube, ist eine unheilvolle Mischung aus Furcht, Verzweiflung und Traurigkeit, keineswegs aber die Stärke und Entschlossenheit, die ich eigentlich erwartet habe. Was geht bloß in Faris vor, frage ich mich wieder. Zweifelt er doch an seiner Mission? Hat er doch Angst vor dem, was ihn in Syrien erwartet? Oder fürchtet er sich vor der Ungewissheit, was ihm die nahe Zukunft bringen könnte?

Faris drückt mir vorsichtig den Bart an, zieht ihn zurecht und streicht zum Schluss noch einmal fest darüber. „So, er sitzt perfekt." Zum ersten Mal lächelt er heute, und ich lächle müde zurück.

„Wie sehe ich aus?", frage ich zögernd, weil ich nicht weiß, ob ich eine Antwort überhaupt hören möchte. In normalen Zeiten hätte Faris die Augen verdreht und gesagt: „Wie Abraham Lincoln, nur nicht ganz so alt." Aber heute nickt er nur kurz, er scheint recht zufrieden mit dem Ergebnis und ruft Yussuf herbei, der gerade hinter einem Baum steht und pinkelt.

Es ist ein komisches Gefühl, einen Bart im Gesicht kleben zu haben. Zu Karneval hatte ich schon öfter mal Perücken auf, knallrote oder blaue mit langen Haaren, aber die habe ich kaum gespürt und im Laufe des jeweiligen Abends komplett vergessen. Dass ich in den nächsten Stunden mal eine Sekunde nicht an den Klebebart denke, erscheint mir dagegen völlig ausgeschlossen.

Yussuf hat sich vor mir aufgebaut und beäugt mich kritisch. „Großartig, Bruder", sagt er. „Ich denke, es wird Zeit aufzubrechen."

Schweigend packen wir unsere Sachen. Yussuf und Faris sind zu Fuß gekommen, was sich jetzt als ganz praktisch herausstellt, denn mit einem langen Gewand kann man schlecht Fahrrad fahren, das sehe ich ein. Außerdem: Wie sähe das denn aus?

Auch auf dem Weg zu Karstadt reden wir kaum ein Wort miteinander, ein paar Worte über das Wetter, über den Verkehr und andere nichtige Dinge. Ich versuche, irgendetwas Sinnvolles zu denken, aber es geht nicht. Vielleicht etwas Schönes?

Anna!

Nein, Anna will ich hier raushalten, auf jeden Fall. Bevor ihr Bild vor meinem inneren Auge Kinoleinwandgröße einnimmt, erreichen wir den Platz vor Karstadt, und ich erblicke den bereits aufgebauten Infostand.

Meine Richtstätte, sozusagen.

19

Der Platz ist fast menschenleer, und ich müsste Meister Omar insgeheim dankbar dafür sein, dass er sich als Wochentag einen Sonntag und als Ort die Fußgängerzone in der Shoppingmeile ausgesucht hat. Die Geschäfte sind alle zu, wer sich jetzt hierher verirrt, hat entweder den Überblick über die Wochentage verloren oder ist so fremd in der Stadt, dass er keine besseren Strecken für einen Spaziergang kennt. Die Meile ist nicht schön, ein Geschäft neben dem anderen, alles furchtbare und langweilige Architektur, keine begrünten Plätze mit kleinen Brunnen, wo Straßenmusiker oder Jongleure auftreten könnten. Wenn man hierher kommt, erwartet man nichts, die Straße ist rein funktional und öde. Ich gehe davon aus, dass die Obersalafisten dies auch wissen und den Stand mit Absicht hier und jetzt platziert haben, um eine unnötige Eskalation zu vermeiden. Ein Indiz, dass sie wirklich wissen wollen, wie Yussuf und Faris sich verhalten.

Der Stand besteht aus zwei Tapeziertischen, die mit einem weißen Tuch bedeckt sind, zwei Sonnenschirme sollen gegen die pralle Sonne schützen. Auf dem Tisch liegen lose Blätter, Flyer und Bücher. Auf den ersten Blick ist nicht zu erkennen, wer der Veranstalter hier sein könnte, kein Logo auf den Schirmen, keine Transparente vor den Tischen, keine Stellwände mit Plakaten. Nichts, gar nichts. Es könnten also auch die Zeugen Jehovas sein oder eine Drückerkolonne, die arglose Passanten melken will. Das Einzige, was den Stand von anderen unterscheidet, ist die Musik-Anlage, die aus einem kompliziert aussehenden Mischpult und zwei Boxen auf Ständern besteht. Meines Wissens arbeiten die anderen Organisationen ohne akustische Untermalung, aber wenn ich es mir recht überlege, ist das eigentlich keine schlechte Idee. Ich könnte mir vorstellen, dass eine Multimediashow zum Thema Robbenschlachten einen enormen Eindruck hinterlassen und Greenpeace einen großen Zulauf bringen würde. Ich bin gespannt, was gleich hier aus den Lautsprechern dröhnen wird.

Ich schließe mein Fahrrad bei Karstadt ab und gehe langsam hinter den Stand. Yussuf und Faris ziehen Klappstühle unter dem Tisch hervor und packen ihre Sachen darauf. Noch immer ist kein Mensch zu sehen, aber ich bin sicher, dass wir schon in diesem Moment beobachtet werden und es nur noch eine Frage von Minuten sein wird, bis die Hölle über mich hereinbricht.

Ich setzte mich auf einen Stuhl und zeige aufs Mischpult. „Kommt gleich noch ein DJ oder was?"

Faris verdreht die Augen. „Wir spielen Koran-Rezitate."

„Rezitate? Was heißt das?"

„Um es kurz zu machen: gesungene Koranverse."

„Aha, und wer singt die?"

„Gelehrte, Imame, Gläubige mit einer guten Stimme."

Da ich so etwas noch nie gehört habe, schweige ich erst einmal. Ich kenne gesungene Gebete noch aus der Zeit, als mich meine Eltern zu einem Kirchgänger machen wollten und ich noch zahlendes Mitglied der katholischen Kirche war. Die Gesänge waren – gelinde gesagt – durchweg grauenvoll, in meinen Ohren wie von einem gelangweilten Priester dahingeleiert, und mit Sicherheit hatte der eine oder andere Hirte vorher zu viel Messwein in sich hineingekippt.

„Aber ich nehme nicht den ersten Passanten", erkläre ich meinen Mitstreitern. „Ich möchte erst sehen, wie ihr das so macht. Okay?"

Faris nickt. Dann trinkt er einen Schluck Wasser und sortiert Bücher und Flyer. Er wirkt ganz ruhig, auch Yussuf sitzt gelassen auf einem Stuhl und liest, bis er plötzlich aufsteht und einen älteren Mann mit grauem Schnurrbart und weißem Turban auf Arabisch begrüßt. Küsschen rechts, Küsschen links, ich kenne das nur bei Promis, aber dann fällt mir ein, dass diese Begrüßung auch in der arabischen Welt unter Männern sehr verbreitet ist. Vermutlich muss man da auch sehr viele Dinge beachten, um nicht in einen großen Fettnapf zu treten, zum Beispiel, ob man erst links küsst und dann rechts oder doch besser umgekehrt. Man weiß es einfach nicht, und als durchschnittlich freundlich und normal veranlagter Europäer sollte man sich also tunlichst aus so einer Zeremonie heraushalten, um Irritationen oder böses Blut zu vermeiden.

„Das ist Zahit", stellt Yussuf ihn kurz vor, setzt sich wieder und liest weiter.

Aha, und was will der hier?, frage ich mich.

Ich nicke Zahit freundlich zu, aber der verzieht keine Miene, verschränkt die Arme vor der Brust und bleibt neben dem Tisch stehen. Er hat tiefe Falten im Gesicht, aber seine Augen funkeln hell und wach. Seine drohende Körperhaltung zusammen mit dem scharfen Blick lassen eigentlich keinen Zweifel daran, dass er der von Omar entsandte Aufpasser ist, der darauf achten soll, ob Yussuf und Faris sich an die Vereinbarungen halten, und vor allem, wie sie sich schlagen.

Ich zucke kurz mit den Schultern, um meine Gelassenheit zu demonstrieren, und wende mich den Büchern zu. Ein Blick auf den Titel zeigt mir, dass die Werke Koranausgaben sind, logisch, zum Glück deutsche Übersetzungen. Sie haben ein hübsches Cover, und weil ich noch nie einen Koran in der Hand hatte, nehme ich mir einen, schlage irgendeine Seite auf und lese:

„Im Namen Allahs, des Allerbarmers, des Barmherzigen!
Sprich: Gott ist Einer,
Ein ewig reiner,
hat nicht gezeugt und ihn gezeugt hat keiner,
und nicht ihm gleich ist einer."

Ich stutze. So etwas habe ich nicht erwartet, eher Sätze wie: *Wer ein Ungläubiger ist, den sucht solange, bis ihr ihn endlich habt, und steinigt ihn.* Ich nehme zwar an, dass sich solche Stellen – vielleicht dezenter formuliert – auch finden lassen, aber dies hier ist ja wirklich nur ein harmloses Gedicht. Ja, im Gegensatz zur Bibel ist das in der Tat richtige Poesie, und es gefällt mir regelrecht, weil es so friedlich ist. Wenn es so weitergeht, werde ich gleich keine Probleme haben.

Ein älteres Ehepaar um die siebzig kommt langsam auf uns zu, die ersten Kunden. Etwa zwanzig Meter vor dem Stand flüstert die Frau ihrem Mann etwas zu. Der nickt kurz, flüstert zurück und schüttelt dann den Kopf. Warum die beiden flüstern, ist mir ein Rätsel, weit und breit könnte sie kein Mensch hören. Noch ein paarmal geht das Tuscheln hin und her, dann kommt das Paar zum Stand und nickt Faris freundlich zu, der als Einziger das Signal sendet, ansprechbar zu sein. Yussuf liest weiter, und ich tue so, als ob ich fleißig Bücher umpacke.

„Machen Sie Reklame für diese Moslems?", fragt der Mann und nimmt einen Flyer in die Hand. „Elly, hast du mal meine Lesebrille? Das ist viel zu klein geschrieben hier, wie das Kleingedruckte in Verträgen. Haben Sie denn auch was zu verbergen so wie die Telefongesellschaften?"

Faris räuspert sich und will zur Antwort ansetzen, aber die Frau kommt ihm zuvor. „Einen Moment, junger Mann, wir müssen das doch erst lesen." Sie kramt in ihrer Handtasche und gibt ihrem Mann die Brille. „Hier, Edgar. Lies mir mal vor."

Edgar schaut sie entrüstet an. „Vorlesen? Hier, auf offener Straße? Nee, das mach ich nicht. Du kannst das selbst lesen, du brauchst doch keine Brille."

Er setzt sich die Brille auf und liest, Elly scheint hingegen etwas beleidigt. Sie wendet sich ab und betrachtet die Herbstjacken im Karstadt-Schaufenster.

„Wir machen keine Reklame, sondern werben um Verständnis für unsere Religion", beginnt Faris ruhig seinen Vortrag. Ich nehme brav einen Koran in die Hände und stelle mich neben Faris. Zu seiner Unterstützung, und weil ich ja durchaus etwas lernen will.

Einen Moment herrscht völlige Stille, vielleicht weil Faris seine Worte noch überdenken muss oder weil er bei Meister Omar gelernt hat, bedeutungsvolle Pausen zwischen allen, ebenso bedeutungsvollen Sätzen zu machen, keine Ahnung. Auf jeden Fall empfinde ich diese Ruhe als eher unangenehm und peinlich, und ich habe gerade eine geniale Idee, wie ich diese Ruhe abstellen kann. Drei Knöpfe gedrückt, und schon tönt ein fremdartiger Singsang aus den Boxen.

„Wir wissen, dass unsere Religion in Deutschland zurzeit einen schlechten Ruf hat", fährt gerade Faris fort. „Das möchten wir gerne ändern."

„Wie denn?", fragt die Frau, die trotz verlockender Herbstangebote und Koran-Rezitaten offenbar gut zugehört hat. Sie dreht sich wieder um und betrachtet interessiert die Bücher. „Sind das hier die Moslembibeln?"

Faris nickt gütig. „Ja, das ist der Koran."

„Ja, richtig, entschuldigen Sie. Der Koran, natürlich. Hübsch sieht er aus. Wie Ihre Gewänder."

„Finde ich auch", mische ich mich ein. „Und sehr poetisch, also der Koran. Oder, Bruder?" Ich sehe Faris an und grinse. Einen perfekten Start habe ich da hingelegt, glaube ich. Inhaltlich vertiefend, und dennoch mit einer dezenten Leichtigkeit. Aber Faris bleibt todernst, wahrscheinlich findet er meine Lockerheit eher fehl am Platz. Er wendet sich der Frau zu.

„Der Koran ist die Grundlage unseres Glaubens. Hier steht alles drin, was wir für ein Zusammenleben brauchen."

„Hier in Deutschland ist das aber das Grundgesetz", erwidert Edgar und blickt Faris streng an. „Wo kämen wir denn hin, wenn wir uns nach der Bibel richten würden?"

„Ja, genau", pflichtet Elly ihm bei. „Haben Sie denn gar kein Grundgesetz oder so was Ähnliches?"

Faris schaut erst Zahit an und dann mich. Zahit hat sich seit seiner Ankunft noch keinen Millimeter bewegt, weder mit seinen Füßen noch in seinem Gesicht, und vermutlich hat er auch nicht vor, das in den nächsten Stunden zu ändern. Seine Miene sagt gar nichts, weder Wohlwollen noch Missfallen, er ist also ganz Mensch gewordene Videokamera. Auch ich bin nicht sicher, was Faris mir jetzt sagen möchte. Ich weiß, dass er von politischer Theorie keine Ahnung hat, und ich glaube auch nicht, dass Omar ihm in seinen Sitzungen die Bedeutung unserer parlamentarischen Demokratie nähergebracht hat. Demzufolge müsste er jetzt eigentlich hoffen, dass Yussuf oder ich ihm beistehen. Aber Yussuf liest immer noch, meine ich zumindest, es kann jedoch auch sein, dass er hinter seiner Sonnenbrille eingeschlafen ist. Also muss ich in die Bresche springen.

„Das Grundgesetz gilt selbstverständlich auch für uns, werte Frau. Hier, in Deutschland. Aber dort, wo wir unseren Gottesstaat errichten, gilt nur das Wort Allahs."

Yussuf springt auf, als hätte ihn eine Schlange gebissen, und drängt mich ein Stück beiseite. „Spinnst du", raunt er mir zu, „hier unnötig vom Gottesstaat zu faseln."

„Wieso denn nicht? Was ist denn falsch daran?"

Yussuf schüttelt fassungslos den Kopf. „Setz dich!", befiehlt er leise und stellt sich neben Faris.

„Gottesstaat?", fragt Elly gerade mit spitzer Stimme. „Meinen Sie damit etwa die Gebiete in Syrien und Irak, wo die Terroristen gerade unschuldige Menschen ermorden? Wissen Sie, junger Mann, wir sind ja schon etwas älter, aber wir gucken auch Tagesschau und das Heute-Journal. Glauben Sie, dass unsere Fernsehleute lügen?"

„Die bringen sogar auch andere Moslems um", fügt Edgar hinzu, ohne von dem Flyer aufzusehen. „Moslems, die das mit Allah nicht ganz so streng nehmen, wahrscheinlich."

Ich muss tief durchatmen und trete noch einen Schritt zusätzlich beiseite. Das geht ja schon ordentlich zur Sache, von null auf hundert, sozusagen. Mit diesen Fragen konnte man zwar rechnen, aber vielleicht nicht sofort am Anfang. Ich habe mir vorgestellt, dass die Leute sich mehr über den Koran als Buch des Glaubens oder so informieren möchten, aber das war wahrscheinlich naiv und weltfremd.

Die Nachrichten sind in den letzten Tagen voll vom Krieg um Kobane, von der Einkesselung der Jesiden in einem Gebirge, von Vergewaltigungen und grausamen Hinrichtungen westlicher Geiseln. Natürlich wollen die Menschen hier wissen, ob der Koran den Verbrechern da unten irgendeine Art von Handlungsanweisung gibt. Wenn ich als Passant zu einem Salafistenstand käme, würde ich auch wissen wollen, ob im Koran wirklich steht, dass man alle Ungläubigen einfach abmurksen soll. Wer sind die denn, die Ungläubigen? Juden, Christen, Hindus,

Buddhisten, Atheisten? Ich würde wissen wollen, ob gläubige Frauen sich permanent bis auf die Augenschlitze verhüllen müssen und – wenn sie nicht demütig genug gegenüber ihrem Mann waren – den Schlitz vielleicht auch noch zunähen müssen. Steht da wirklich, dass man einen Monat lang tagsüber zwar nichts essen, aber sobald die Sonne untergegangen ist, sich den Bauch vollschlagen darf, bis einem schlecht ist? Dürfen gläubige Moslems wirklich kein Schweinefleisch essen und Alkohol trinken? Und wenn ja, warum denn nicht? Wer ist mehr wert, Mann oder Frau? Steht da etwas drüber im Koran? Das sind die Fragen, die die Menschen interessieren, das wird mir jetzt wieder ganz klar, und ob eine Koranausgabe ein hübsches Cover hat und in Versform geschrieben ist oder als Comic, das ist im Grunde doch scheißegal.

Yussuf ist mittlerweile um den Stand und Zahit herumgegangen und steht neben Edgar und Elly. Er hat seine Hand auf Edgars Unterarm gelegt und redet auf ihn ein.

„Sagen Sie mir, vertrauen Sie unserer Regierung?"

„Meinen Sie Frau Merkel?", fragt Elly. „Ja, die ist doch ganz vernünftig, der vertraue ich."

Yussuf schüttelt den Kopf und lächelt. „Nein, die meine ich eigentlich nicht. Wie in fast allen Staaten sind es auch in Deutschland nicht die Politiker, die letztendlich entscheiden."

„Aha", macht Edgar interessiert. „Wer denn dann?"

„Die Geheimdienste." Yussuf sagt es fast feierlich, so, als ob er gerade ein großes Staatsgeheimnis ausgeplaudert hätte."

Edgar schüttelt den Kopf. „Entschuldigen Sie, junger Mann, aber Sie wollen doch nicht allen Ernstes behaupten, dass der BND Frau Merkel vorschreibt, was sie zu tun oder zu lassen hat. Das ist doch absurd."

„Ganz so einfach läuft das ja auch nicht ab", erklärt Yussuf. „Die Geheimdienste geben offiziell natürlich nur Empfehlungen an die Regierungen, aber je nach Tendenz und Dringlichkeit können die Politiker wohl schlecht Nein sagen, wenn ein Dokument empfiehlt, dieses oder jenes zu tun."

„Und was wollen Sie uns jetzt damit sagen?", fragt Elly. „Das verstehe ich nicht ganz."

„Ich will Ihnen damit sagen, dass es Ihnen nichts nützt, wenn Sie zum Beispiel Frau Merkel vertrauen, weil sie im Grunde nur ein Handlanger der Geheimdienste ist, genau so wie auch die Chefs der anderen westlichen Mächte. Und so etwas – und darum stehen wir auch hier – gibt es nicht in einem Staat Allahs. Wir richten uns nur nach Allah, seinen Geboten …"

„ … und seinen Strafen, was?"

Alle fünf Köpfe fliegen in die Richtung, aus der die tiefe Stimme kommt. Ein Mann Mitte dreißig stellt gerade sein quietschgelbes Fahrrad ab und kommt an den Stand. Er ist braungebrannt und locker gekleidet, Sneakers ohne Socken, olivfarbene Dreiviertel-Hose und kurzärmeliges Hemd. Sein Haar ist schwarz und dicht, die Sonnenbrille hochgeschoben. Er ist glattrasiert, hat kantige Gesichtszüge und extrem dunkelgrüne Augen. Sein Mund und die Nase erinnern mich ganz stark an einen Menschen, den ich gut kenne, aber mir fällt dieser Mensch im Moment partout nicht ein. Ein attraktiver, interessanter Mann, würde ich insgesamt sagen, und vermutlich nicht ängstlich. Es könnte also sein, dass es gleich ordentlich zur Sache geht. Ich strecke die Schultern, schnaufe einmal durch und gebe Faris einen unauffälligen Wink, zu mir zu kommen. Er tuschelt kurz mit Zahit, der daraufhin kurz den Kopf schüttelt. Die erste Bewegung, ein sicheres Zeichen, dass er noch nicht im Stehen verstorben ist.

„Was meinen Sie denn mit Strafen?", frage ich den Radler freundlich und schaue ihm fest in Augen. Der Mann erwidert den Blick und zwinkert mir leicht zu. Wahrscheinlich hat er 'ne kleine Macke, warum sollte er mir sonst zuzwinkern? Ich kenne ihn definitiv nicht.

„Steinigen, verbrennen, Kehle durchschneiden. Was ihr wollt, steht alles im Koran. Müsstet ihr doch wissen, ihr habt doch genug davon hier rumliegen." Der Mann nimmt sich eine Ausgabe und blättert. „Wenn ich nur fünf Minuten suche, hab ich eine Stelle, wetten?"

Faris tritt einen Schritt auf ihn zu, vielleicht möchte er ihn mit seiner stattlichen Erscheinung ein wenig einschüchtern. „Das ist doch das populistische Gerede, das so gerne gebraucht wird, um uns in den Dreck zu ziehen", sagt er scharf. „In der Bibel stehen auch genug Stellen mit barbarischen Strafen. Da sagt keiner was." Typisch Faris, dass er in dieser Situation schon leicht aufbraust. Das gibt Ärger, fürchte ich.

„Ja, im Alten Testament", erwidert der Mann ruhig. „Aber das kümmert glücklicherweise auch keinen vernünftigen Menschen mehr. Das ist Geschwätz der Steinzeit, und die ist Gott sei Dank schon seit einigen Jahren vorbei. Außerdem gibt euch doch die Tatsache, dass in anderen Religionen zu Gewalt aufgerufen wird, nicht automatisch das Recht, es auch zu tun. Oder, Mann, was denkst du darüber?"

Wieder schaut er mich an und zwinkert. Wenn es tatsächlich eine Macke ist, dann hat sie wohl auch was mit mir zu tun, denn bei den anderen bleibt sein Auge ruhig. Noch einmal mustere ich ihn genau, aber ich muss dabei bleiben, dass ich ihn noch nie gesehen habe. Was will er mir bloß sagen? Noch weiß ich es nicht, aber ich weiß, dass ich jetzt etwas sagen muss. Etwas ganz Kluges. Ich denke an die Mail von Yussuf und Omars Geschwafel über Interpretationen und historischen Kontext. Hoffentlich kriege ich das noch einigermaßen auf die Reihe.

„Du hast völlig recht. Man muss das alles im Zusammenhang sehen ..."

„Richtig", pflichtet mir der Mann bei.

„ ... und darf die Verse nicht automatisch auf die heutige Zeit übertragen."

„Auch richtig. Sehr vernünftig."

Ich stutze und zögere mit meinen weiteren Ausführungen. So toll war meine Analyse ja wahrlich auch nicht, dass dieser Typ sofort einknickt und nur noch Ja sagt. Irgendetwas stimmt mit dem nicht, ich werde mir immer sicherer. Aber was, verflucht noch mal?

Edgar meldet sich zu Wort. „Ich habe ja vorhin schon gesagt, dass wir uns hier in Deutschland nicht auf die Bibel beziehen, ich meine, was das Zusammenleben betrifft. Dasselbe sollte doch eigentlich für alle Länder gelten. Staat ist Staat, und Religion ist Religion. Das sind zwei verschiedene Paar Schuhe."

„Vollkommen richtig", sagt Yussuf. „Aber wir möchten einen Staat, in dem wir als Moslems eben nur Allah unterworfen sind und keinem korrupten Präsidenten oder Kanzler."

„Merkel ist nicht korrupt", widerspricht Elly heftig. „Wie kommen Sie denn darauf?"

„Ich meine ja auch nicht Merkel", beruhigt Yussuf sie, „sondern die arabischen Führer im Nahen Osten, zum Beispiel. Die Ölscheichs, Assad und so weiter."

„Und Allah ist bei euch der alleinige Gesetzgeber?", fragt der Mann.

„So ist es."

„Also wird es auch nie Gesetzesänderungen geben?"

„Wieso?"

„Weil Allah ja Mohammed schon alle Gesetze diktiert hat. Und der ist doch bereits tot, oder?"

„Natürlich. Nein, Änderungen sind nicht nötig. Das Wort Allahs gilt immer und ewig."

„Du meinst das Wort Mohammeds."

„Nein, Allahs."

„Woher willst du wissen, dass Mohammed sich nicht verhört oder nur das aufgeschrieben hat, was ihm gerade gepasst hat? Das wäre doch auch gut möglich."

Ich glaube, es ist wieder an der Zeit, einen weisen Einwurf zu machen und die Wogen zu glätten. Wenn die Emotionen hier weiter so kochen, wird es gleich knallen, und das wäre für meine Zwecke mehr als schädlich. Aber noch bevor ich etwas sagen kann, fasst Elly mich am Arm.

„Sagen Sie, könnten Sie vielleicht für einen Moment dieses schreckliche Gedudel abstellen. Ich werde ganz …"

„Das ist kein Gedudel", herrscht Faris sie an. „Das sind die Worte Allahs."

Elly zuckt zusammen. „Schon gut, junger Mann, aber meine Nerven machen das nicht mehr mit. Sonst gehen wir eben, nicht, Edgar?"

Edgar nickt, aber ich bin schon auf dem Weg zur Anlage und stelle die Rezitate aus. „Kein Problem. Wir wollen doch mit Ihnen reden."

Faris und Yussuf sehen mich scharf an. Offensichtlich verdächtigen sie mich, gerade wieder die Seiten gewechselt zu haben, also muss ich ihnen und Zahit beweisen, dass dies nicht der Fall ist. Wenigstens nicht nach außen hin. Demonstrativ wende ich mich den Rentnern zu und weiche dem Blick des jungen Mannes aus.

„Sehen Sie, der Koran ist ja in der historischen Wirklichkeit nicht in einer Nacht entstanden, so als Diktat von Allah an Mohammed, das ist natürlich Quatsch, sondern er ist das Ergebnis vieler Überlegungen von islamischen Gelehrten und Herrschern aus mehreren Jahrhunderten."

„Was redest du da?", fragt Yussuf irritiert. „Der Koran ist das Wort Allahs."

Ich gebe ihm Zeichen, er möge bitte, bitte für einen Moment noch still sein. In meinen Gehirnzellen haben sich nämlich in den letzten Minuten einige Gedanken versammelt, die durchaus in der Lage sein könnten, erstens auf alle Zuhörer mäßigend einzuwirken, zweitens dennoch kein hohles Zeug zu schwafeln und drittens somit meinem Ziel ein gutes Stück näher zu kommen. Aber alles wird davon abhängen, ob Faris sich weiterhin einigermaßen zurückhalten kann, Yussuf meine Hilfestellung auch ausreichend genug ist und Aufpasser Zahit sich am besten weiter so regungslos und scheinbar unbeteiligt verhält. Das würde mir alles sehr helfen, aber besonders bei Faris und Yussuf habe ich da so meine Zweifel.

Der Mann mit dem Rad hat sich in der Zwischenzeit einen Kaffeebecher aus seiner Satteltasche geholt und schlürft geräuschvoll. „Rede weiter, ich bin gespannt", sagt er. Wieder zwinkert er, was mich ein bisschen aus der Bahn wirft. Soll ich ihn vielleicht jetzt vor all den anderen fragen, warum er mir dauernd zuzwinkert? Nein, unmöglich. Wenn es wirklich einen triftigen Grund geben sollte, wird er mir den nicht verraten, ansonsten hätte er sich ja auch gleich mit Namen und Anschrift vorstellen können. Ich nehme mir aber vor, ihn zu fragen, wenn er den Stand verlässt.

Der Platz wird belebter, klar, die Mittagszeit ist vorüber, aber Gott sei Dank scheinen nur die wenigsten Leute an einem Stand der Salafisten interessiert zu sein. Viele gucken misstrauisch, manche feindselig oder sogar hasserfüllt, andere würdigen uns keines Blickes. Ein paar Neugierige gehen langsam auf uns zu, mustern uns kurz, tuscheln miteinander, schütteln verständnislos den Kopf und gehen dann weiter. In Ordnung, finde ich, geht ruhig alle weiter, je weniger Kundschaft, desto weniger Fehler kann ich machen. Denn wer nichts tut, macht auch keine Fehler, wie mein Vater immer gesagt hat. Er meinte das zwar mehr als Ansporn, endlich mal meinen Hintern hochzukriegen, aber der Inhalt des Satzes stimmt so oder so. Allerdings habe ich ja bereits ein paar Zuhörer, und die kann ich jetzt nicht länger zappeln lassen. Besonders nicht meinen Zwinkerfreund.

„Der Koran ist doch genau wie die Bibel oder der Tanach eine Sache des Glaubens", beginne ich vorsichtig meinen Vortrag und schiele zu Zahit, der sich erwartungsgemäß nicht rührt. Dafür aber der junge Mann, der abrupt seinen Kaffeebecher absetzt.

„Ah, jetzt bringst du auch noch die Religion von Abraham und Simon ins Spiel", sagt er offenbar positiv überrascht. Eigentlich hat ein Simon doch in der jüdischen Schrift keinen besonderen Stellenwert, soviel ich gelernt habe, aber ich weiß über den Tanach nicht viel, eigentlich gar nichts außer den Namen, und deshalb mache ich ungerührt weiter.

„Und das bedeutet doch, dass jeder Mensch das glauben kann, was ihm in den Schriften wichtig ist, egal ob es Nächstenliebe, der Glaube an einen Gott oder auch Anweisungen sind, wie man sich zu kleiden hat oder was man essen darf. Andersherum bedeutet das aber doch nicht, dass jemand ein schlechter Christ, Jude oder Moslem ist, wenn er den einen oder anderen Punkt nicht so wichtig findet für sein Leben."

„Vollkommen richtig", sagt der Mann mit dem Kaffee. „Man kann auch ein gläubiger Jude sein, ohne beschnitten zu sein. Das sagte damals schon Simon."

Jemand zupft an meinem Gewand. „Komm mal kurz mit", flüstert Yussuf mir zu. Er kneift die Augen verdächtig streng zusammen, ich nehme an, dass mich jetzt ein Donnerwetter erwartet. Er schiebt mich hinter einen Boxenständer, wo uns keiner hören kann.

„Sag mal, auf welcher Seite stehst du eigentlich?", herrscht er mich an.

„Wieso?"

„Wieso, wieso, frag nicht so dämlich! Du faselst hier die ganze Zeit davon, dass jeder das glauben kann, was er will, und so'n Zeug. Aber das ist nicht dein Job, Lenny. Du sollst uns unterstützen und verbreiten, dass der Koran die einzig wahre Religion ist und wir hier in Deutschland unseren Glauben nicht ausleben dürfen. Hast du das immer noch nicht kapiert?"

Ich starre ihn an, aber lange kann ich seinem Blick nicht standhalten. Meine Augen schweifen zu Faris, der sich gerade bemüht, Edgar irgendetwas zu erklären, dann zu Elly, die sich kopfschüttelnd abwendet, und schließlich zum Kaffee trinkenden Mann, der scheinbar gelangweilt in die Sonne blinzelt. Zahit spare ich mir, eine Säule bleibt eine Säule.

„Was soll ich sagen?"

„Du sollst sagen, dass der Islam die einzig wahre Religion ist, und das bitteschön erklären. Wozu bist du denn sonst hier?"

Ich starre ihn weiter an. „Das kann ich nicht. Yussuf."

„Du hast es versprochen."

Ich schüttle den Kopf. „Ich habe versprochen, dass ich mit euch hier den Stand mache. Ich habe nicht versprochen, dass ich gegen das Christentum und Judentum hetze, Yussuf. Das geht nicht, das kann ich nicht. Ich kann weder sagen, dass die Christen Ungläubige sind, noch, dass ihr hier keine Moslems sein dürft. Das ist doch alles totaler Unsinn, Yussuf."

„Das ist kein Unsinn", zischt Yussuf wütend. „Das ist die Wahrheit. Und wenn du dich nicht ab sofort an unsere Abmachung hältst, dann war es das mit uns. Und ich werde dafür sorgen, dass dein verkorkstes Leben in Zukunft nicht unbedingt leichter werden wird."

Der Satz ist ein Schlag in den Magen. Ich weiß, wozu Idioten fähig sein können, und ich bekomme wahnsinnige Angst. Nicht nur um mich, vor allem um die Menschen, die mir nahestehen und die mir etwas bedeuten. Meine Mutter, Jenny, Mirko, besonders natürlich Anna. Ich zweifle nicht daran, dass Yussuf alles herauskriegen wird, wenn er es will. Und er wird es wollen, wenn ich ihn hier weiter verärgere. Die Frage ist nur, ob ich jetzt überhaupt noch weitermache mit dem Theater hier. Einer meiner besten Freunde hat mir gedroht, mir das Leben zur Hölle zu machen, wenn auch nicht in exakt diesen Worten, aber unterschwellig deutlich genug. Warum soll ich ihm eigentlich noch helfen? Yussuf ist es doch gar nicht mehr wert, vor sich selbst beschützt zu werden. Soll er sich doch in Syrien oder wo auch immer in die Luft sprengen, ist mir doch egal, solange er keine anderen Menschen mitnimmt. Und genau hier, das sehe ich jetzt, liegt die Crux.

Wenn er geht, wird auch er andere Menschen töten. Was für mich bedeutet, dass ich jetzt nachgeben muss, auch wenn mein primäres Ziel ab sofort nicht mehr heißt, Yussuf hier zu halten, sondern, andere Menschen vor ihm zu beschützen. Ich werde also einknicken, aber ich werde mich so teuer wie möglich verkaufen. Ich schwöre!

„Du drohst mir, Yussuf?" Ich will absolut sicher sein, dass ich wenigstens jetzt alles richtig verstehe, ich will keine Missverständnisse mehr. „Das meinst du nicht im Ernst, oder?"

Er schweigt, aber seine Augen sagen mir, dass er das alles vollkommen ernst meint. Ein Anflug von Resignation erreicht mich. „Okay, wenn du es so willst."

Ohne ein weiteres Wort wende ich mich von ihm ab und gehe wieder zur Diskussionsrunde, die mittlerweile weiteren Zulauf bekommen hat. Ein Mann um die zwanzig in einem Trikot von

Galatasaray Istanbul steht neben Faris. Er trägt diese schreckliche Inselfrisur und kaut so heftig Kaugummi, dass mir angst und bange um seine Kiefernknochen wird. Auf den ersten Blick nicht unbedingt ein Sympathieträger, aber ich hoffe, dass mich meine Bewertung nach dem Äußeren Lügen straft. Gerade jetzt könnte ich das gut gebrauchen.

„Bist du ein gläubiger Muslim, Bruder?", fragt ihn Faris gerade freundlich.

Der Mann kaut, denkt eine Weile nach und schüttelt dann den Kopf. „Nee."

„Aber du bist Muslim?", hakt Faris nach.

„Muss ich ja wohl, meine Eltern sind es ja auch."

„Und du glaubst nicht an Allah?"

„Nee. Warum?"

„Weil nur Allah uns den Weg zeigt."

„Wohin?"

„Ins Paradies."

Oh no! Ich schließe die Augen, kneife sie fest zusammen. Das geht nicht gut, Faris. Warum erzählst du jungen Leuten was vom Paradies, du Idiot?

„Und wenn ich da gar nicht hinwill?", fragt der Fußballfan spöttisch. „Ich meine, jetzt noch nicht? Vielleicht in siebzig Jahren, aber da hab ich doch noch Zeit, oder?"

Yussuf tritt einen Schritt vor. „Betest du manchmal?"

Der Mann grinst. „Ja, Mann, im Stadion, aber sonst ..." Er macht eine wegwerfende Handbewegung. Kein Zweifel, er provoziert jetzt, bei diesem Typen werden Yussuf und Faris auf Granit beißen, bei dem ist nichts zu holen. Auch mit zweiundsiebzig Jungfrauen werden sie nicht weit kommen. Dieser Mann gehört definitiv nicht zur salafistischen Zielgruppe. Er scheint Spaß am Leben zu haben und weiß, wo er hingehört. Religion ist ihm egal, das Thema Islam und Allah für ihn völlig unwichtig, genauso unwichtig wie für mich die katholische Kirche und Gott. Insofern haben wir sogar etwas gemeinsam, auch wenn ich mich innerlich etwas dagegen sperre.

Yussuf scheint die Sackgasse auch erkannt zu haben. Er wirkt unschlüssig, offenbar überlegt er gerade, wie er den Kerl am schnellsten wieder loswird, ohne ihn ausdrücklich darum zu bitten. Ich räuspere mich wichtig und stelle mich mutig in die Mitte der Runde. Zur Untermalung meiner Worte hebe und senke ich die Arme leicht, je nach Bedeutung, so wie ich es früher in der Kirche bei den Priestern gesehen habe. Das hat auf mich immer einen enormen Eindruck hinterlassen.

„Also, ich möchte noch einmal auf die Gleichheit der Religionen zu sprechen kommen", beginne ich vorsichtig. Sofort spüre ich einen Schlag in die Niere. Yussuf scheint damit nicht einverstanden, natürlich nicht. Wie können Religionen gleichwertig sein, wenn der Islam die einzig wahre ist? Logisch! Jetzt muss ich den Dreh noch kriegen, oder Yussuf flippt völlig aus.

„In Deutschland hat jeder das Recht, seine Religion frei auszuüben, das steht im Grundgesetz, und ..."

„Was mein Bruder damit sagen will", unterbricht mich Yussuf, „ist, dass wir Moslems das als Einzige nicht können."

„Und warum nicht?", fragt der Mann mit dem Kaffee. „Das ist doch Quatsch, was du da sagst. Wer hindert dich daran?"

„Der Staat, das habe ich doch eben schon erwähnt. Wo sind denn unsere Muezzins, die uns zum Gebet rufen? Es gibt sie kaum. Die christlichen Kirchen lassen ihre Glocken teilweise jede Viertelstunde läuten."

„Das ist dann aber eine Zeitansage", widerspricht Edgar. „So oft beten die Christen nun auch wieder nicht."

„Aber am Wochenende ..."

„Ja und? Wir sind ja auch ein christliches Land", höre ich eine energische Frauenstimme hinter Edgar.

Mir wird übel, als ich aufblicke. Mittlerweile hat sich eine ganze Traube von Menschen am Stand versammelt und scheint uns genau zuzuhören. Männer, Frauen, Pärchen, zwei Girls um die sechzehn mit kurzen Röcken und Bauchfrei-Tops, alles dabei. Einige schmökern im Koran oder in den Flyern, andere haben sich direkt hinter uns gestellt, ohne dass wir was gemerkt haben.

157

Yussufs Augen suchen die Frau, die ihm widersprochen hat. Sie baut sich vor ihm auf, eine Businessfrau mit schwarzem Hosenanzug und Laptop unterm Arm. Am Sonntag und bei diesem Wetter, das muss man sich mal vorstellen. Solche Menschen wollen einfach keine Freizeit und Entspannung.

„Wo kommst du her, Junge?", fragt sie ihn wie eine Oberstufenlehrerin aus den fünfziger Jahren.

Yussuf scheint ein wenig eingeschüchtert von ihrer Erscheinung. „Meinen Sie heute?"

Sie schüttelt ungeduldig den Kopf. „Unsinn. Woher stammen deine Eltern?"

„Jordanien."

„Und, darf man da katholische Kirchen bauen?"

„Ja, darf man."

„Und, darf man in Jordanien als Moslem ein Katholik werden, wenn man konvertieren will?"

„Ja … äh, nein, ich glaube nicht."

„Es ist streng verboten. Und, darf man das hier in Deutschland?"

Yussufs Stimme wird leiser. „Ja, natürlich."

Die Frau drückt ihm den Koran in die Hand, in dem sie vorher kurz geblättert hatte. „Bitte schön. Da hast du deine freie Religionswahl, Junge. Natürlich ist das nämlich überhaupt nicht, wie du siehst. Nächstes Mal überlege dir vorher, für was du auf die Straße gehst. Irgendwann gerätst du an die falschen Leute, und die werden dir nicht den Koran in die Hand drücken, sondern dich einfach nur verprügeln."

Sie rückt ihren schicken Blazer zurecht, dreht sich um und schiebt sich wieder durch die Leute, einfach so. Weg ist sie. Ich würde schätzen, dass ihr unplanmäßiges Zeitfenster an unserem Stand etwa drei Minuten in Anspruch genommen hat, höchstens. Ich glaube auch, dass sie diese Aktion bei ihrem nächsten Meeting schon wieder vergessen haben wird. Aber auf Yussuf hat sie einen enormen Eindruck gemacht, er steht sprachlos wie ein begossener Pudel neben Faris und zuckt mit den Schultern. Seine Augen suchen Zahit die Säule, aber der macht dem Namen, dem ich ihm verpasst habe, weiterhin alle Ehre und rührt sich nicht vom Fleck. Insgesamt eine äußerst kritische Situation, finde ich, für uns alle drei. Ich würde jetzt alles darum geben, zu Hause am Küchentisch zu sitzen und mit Jenny zu quatschen oder noch lieber mit Anna durch den Wald spazieren zu gehen beziehungsweise zu fahren. Aber dieser Wunsch scheint gerade unerfüllbar.

Elly tritt plötzlich auf mich zu und mustert mich irritiert.

„Ihr Bart, junger Mann."

„Mein Bart? Was ist damit?"

„Er hängt schief."

„Bitte?"

„Ihr Bart hängt schief. Das heißt, er hängt eigentlich nur noch an einer Wange. Ist der gar nicht echt?"

Meine Hand schnellt in mein Gesicht, ich fühle meine heißen Wangen und weiß sofort, dass Elly recht hat. An der rechten Seite hat sich der Bart gelöst und hängt runter. Supergau! Alles im Arsch! Ende! Fini! Das war's!

Ich renne panisch hinter den Stand, packe meinen Rucksack und laufe vorbei an Zahit, der mich mit ausdrucksloser Miene anstarrt, wie auch sonst. Ich schnappe mir mein Fahrrad und fahre wie eine besengte Sau weg von diesem verdammten Ort, der wahrscheinlich das Ende einer Freundschaft bedeutet. Was Yussuf und Faris jetzt machen, interessiert mich nicht.

Nach mir die Sintflut.

20

Ich weiß nicht, wie lange ich kreuz und quer durch die Stadt gefahren bin, aber als ich wieder einigermaßen zur Besinnung komme, sitze ich auf der Bank, auf der ich Anna kennengelernt habe. Das muss ein Zeichen sein, ich weiß bloß nicht, wofür.

Ich vergrabe mein Gesicht in den Händen und versuche, einen klaren Gedanken zu fassen. Aber mir schießen nur tausend Fragen durch den Kopf, auf die ich keine Antworten habe. Hab ich eben wirklich alles vergeigt? Hab ich soeben Faris und Yussuf in den Tod geschickt und dazu noch andere Menschen? Habe ich sogar Anna in Gefahr gebracht?

Ich weiß gar nichts mehr. Ich fühle mich wie ein Versager, leer, ausgepumpt, verzweifelt, der ganze Dreck. Alles scheiße. Ich kann nicht mehr, ich will nicht mehr.

Mir ist absolut schleierhaft, welche Folgen mein verrutschter Bart haben könnte. Vielleicht müssen deswegen Menschen sterben. Wahnsinn! Das darf nicht sein, nicht, weil auf meiner glatten Haut kein falscher Bart hält. Warum kann der Idiot Faris nicht ordentlich kleben? Kriegt der eigentlich überhaupt irgendwas auf die Reihe?

Ich habe Durst und durchwühle meinen Rucksack nach Mineralwasser. Außer der Flasche fühle ich noch einen Briefumschlag, aber ich kann mich auf die Schnelle und wegen der Leere im Kopf nicht erinnern, was der in meinem Rucksack zu suchen hat. Das kalte Wasser tut gut.

Als ich den an mich adressierten Umschlag sehe, fällt mir sofort wieder ein, dass er von Simon Ulmann kommt und ich ihn erst vor wenigen Stunden eingesteckt habe.

Simon! Siiimooon!

Ich Schwachkopf! Ich Riesenvolltrottel! Natürlich war der Rad fahrende Kaffeetrinker von Simon geschickt, dafür könnte ich jetzt wetten. Der Mann sollte mich unterstützen und Schadensbegrenzung betreiben, was er ja auch die ganze Zeit und immer wieder versucht hat. Außerdem, so stelle ich mir weiter vor, hat Simon ihm aufgetragen, meine beiden Salafisten mal in Augenschein zu nehmen, damit er sich aus seriöser Quelle ein Bild von dem ganzen Schlamassel machen kann.

Ich kann nicht anders, ich muss Gewissheit haben. Außerdem bin ich neugierig, was Simons Kumpel von der ganzen Sache hält. Ich fische mein Handy aus dem Rucksack und wähle die Nummer auf dem Zettel. Gebe Gott, dass es auch Simons Nummer ist.

„Ulmann", meldet er sich nach dem fünften Klingeln. Ziemlich verärgert und atemlos, finde ich, wahrscheinlich hechelt dieser Supersportler wieder irgendwo durch den Wald

„T'schuldigung, hier ist Lenny."

Kurze Pause. „Lenny? Welcher Lenny?"

„Salafisten-Lenny."

Wieder eine Pause am anderen Ende. Dann bricht Simon in schallendes Gelächter aus und kriegt sich gar nicht wieder ein. „Lenny! Du bist es, ach so. Weißt du, wie sich das gerade angehört hat, Salafisten-Lenny?"

„Nein, keine Ahnung."

„Wie Konzentrationslager-Erhardt aus einem alten amerikanischen Film. 'Sein oder Nichtsein' von Ernst Lubitsch, eine Persiflage auf die Nazis, aber du wirst den Film nicht kennen, nehme ich an."

„Nee."

Simon beruhigt sich nach einer Weile, aber er gluckst noch vergnügt, als er sich nach dem Grund für meinen Anruf erkundigt. „Was gibt's, mein Junge?"

„Ich … ich wollte mal fragen, ob dein Freund schon was gesagt hat. Du hast doch einen Mann zum Stand geschickt, oder? So einen dunkelhaarigen."

„Du meinst David? Ja, den habe ich geschickt. Hast du ihn enttarnt?" Simon grunzt immer noch. „Salafisten-Lenny. Herrlich."

„Na ja, ... nicht wirklich. Ich hab mich ein bisschen gewundert, weil er so oft *Simon* gesagt hat, aber ich hatte wohl zu viel Adrenalin im Blut, um es zu schnallen. Was sagt er denn?"

„Nichts."

„Wie, nichts?"

„Er hat sich noch nicht gemeldet, es ist doch erst kurz nach vier. Wo bist du denn? Ist euer Stand schon vorbei?"

„Weiß nicht, ich bin abgehauen."

„Du bist abgehauen?"

Dann erzähle ich Simon in aller Kürze von den letzten Stunden. Von Säulen-Zahit und dem großen Missverständnis und auch vom verrutschen Bart. Wenn er mir schon hilft, soll er auch alles wissen.

Simon hört sich alles an und unterbricht mich nicht ein einziges Mal.

„Noch was?", fragt er ruhig, als mir nichts mehr einfällt.

„Nee, ich glaub, das war's."

Er schlägt vor, dass er Davids Anruf abwartet und sich mit ihm berät. Dann will er mich anrufen. Noch vor dem *Tatort*, und der sei ihm heilig, sagt er. Dann legt er auf.

Ich schätze, dass ich mindestens zehn Minuten auf der Bank gesessen habe, ohne auch nur meinen kleinen Zeh zu bewegen. Wenn mein Herz nicht von selbst schlagen würde, wäre ich jetzt mausetot. Auf der anderen Seite des Radwegs steht ein schöner Baum, ich glaube, ein Ahorn, und diesem Baum habe ich ein richtiges Loch in den Stamm gestarrt, so kommt es mir vor.

Aus der Ferne höre ich eine Polizeisirene. Normalerweise nichts Ungewöhnliches, aber sofort bin ich gedanklich wieder am Salafistenstand und stelle mir vor, dass die Situation dort mittlerweile eskaliert ist. In Hamburg sind vor einiger Zeit mit Dönerspießen bewaffnete Islamisten auf Kurden losgegangen und haben sie grölend durch die Straßen getrieben. Dann ist die Polizei gekommen, und das Ganze ging wieder in die andere Richtung. Religionskrieg mitten in Deutschland, obwohl das mit Religion ja nicht das Geringste zu tun hat, aber das war schon immer so in der Geschichte. Die Menschen brauchen einen

Vorwand, um sich die Köpfe einzuschlagen, ob das nun Religion ist oder nicht.

Soll ich noch mal hinfahren und nachschauen? Ich beantworte meine Frage, indem ich mich sofort erhebe und losgehe.

Der Platz ist tatsächlich leer. Das heißt, natürlich laufen noch ein paar Menschen herum, aber vom Infostand ist nichts mehr zu sehen, ebenso wenig von Yussuf, Faris und Zahit. Okay, hier gibt es nichts mehr zu tun für mich, wahrscheinlich ist es das Beste, ich lege mich zu Hause ins Bett und warte auf Simons Anruf. Etwas anderes fällt mir spontan nicht ein. Als ich am Eingang von Karstadt vorbeigehe, legt sich von hinten plötzlich eine Hand auf meine Schulter. Ich sterbe fast vor Schreck, drehe mich um und bin so erleichtert wie selten in meinem Leben.

„Mensch, hast du mich erschreckt."

„T'schuldigung, Lenny, aber ich musste sichergehen, dass keiner von den Typen mehr in der Nähe ist."

Ich lächle David müde an. Klar hat er recht, es wär schön blöd, wenn Omar, Zahit oder seine Helfer uns jetzt zusammen sehen würden.

„Komm, wir gehen ein Stück zu deinem Fahrrad."

„Du weißt, wo mein Rad steht?"

„Klar." David lacht. „So einen Abgang wie deinen vorhin muss man erst mal hinkriegen. Zum Schießen."

Ich verziehe den Mund. „So lustig fand ich das gar nicht. Ich hab echt Panik gehabt."

„Ich weiß", beruhigt mich David. „Alles halb so schlimm."

„Halb so schlimm? Ich weiß nicht. Die werden stinksauer auf mich sein. Keine Ahnung, was jetzt passiert."

„Was soll schon groß passieren? Sie werden sich bei dir melden, um dir zu sagen, wann du wo sein sollst, um im Wald ein bisschen rumzuballern. That's it."

Ich bin skeptisch. „Yussuf hat was anderes von mir erwartet. Er hat gedacht, ich verkünde den wahren Islam als die einzig gültige Religion oder so was. Das kann ich aber nicht, das hab ich auch anders verstanden. Scheiße. Wahrscheinlich hauen die jetzt sofort ab nach Syrien."

Wir stehen mittlerweile vor meinem Fahrrad. Davids steht gleich daneben, aber er macht noch keine Anstalten, es aufzuschließen. Er setzt sich auf seinen Gepäckträger und erzählt mir, dass er als freier Autor für Wissenschafts- und Reisemagazine sein Geld verdient und in letzter Zeit viel in den Nahen Osten gereist ist, Israel, Jordanien, Irak, auch um selbst zu überprüfen, wie es mit dem Miteinander von Juden, Christen und Moslems so klappt.

„Es geht dort so gut und so schlecht wie woanders auch. Wenn die Leute sich lange kennen und schätzen, ist alles okay, egal ob Christ oder Moslem. Wenn nicht, gibt's Ärger. Und was den Islam als wahre Religion angeht, nutzen die Terroristen leider die, sagen wir mal schöpferische Vielfalt des Koran für ihre Zwecke aus."

Ich starre ihn an. „Vielfalt? Was meinst du damit?"

David holt tief Luft und denkt kurz nach. „Also, nehmen wir einfach mal die Themen Frauen, Alkohol und Ungläubige, um die Sache so richtig deutlich zu machen. Okay?"

Ich nicke wichtig. „Klar. Okay."

„Gut. Für alle diese Themen wirst du im Koran gewisse Anweisungen finden. Aber – und das ist ein ganz großes Aber – du findest dort auch das jeweils genaue Gegenteil von diesen Geboten. Irre, was? Alkohol geht gar nicht, steht dann da, aber es gibt auch Verse, die preisen den Rotwein. Die Frau soll dir gehorchen, und gleichzeitig ist die Frau an anderer Stelle gleichberechtigt. Irgendwo werden alle wahren Moslems aufgefordert, gegen Ungläubige vorzugehen, dann steht im Koran aber auch, dass es keinen Zwang zum Glauben gibt. Zu jedem 'Du darfst nicht' gibt es sozusagen ein 'Du darfst' oder gar ein 'Du sollst'." Er lächelt. „Schöne Scheiße, was?"

Ich nicke. „Und was meinst du, wie geht es jetzt weiter?"

„Simon hat mir von euerm Gespräch erzählt, und zusammen mit dem, was ich heute gesehen und gehört habe, muss ich sagen,

dass man diese Typen um Omar und diesen Aufpasser da vorhin
…"

„Zahit."

„… Zahit, also, diese Typen muss man sehr, sehr ernst
nehmen. Sie sind gefährlich. Deine Freunde sind Kanonenfutter,
bestenfalls werden sie benutzt, um loyale Islamisten für den IS-
Staat zu werden, mit allem, was dazugehört. Schlimmstenfalls
steckt man sie als Söldner auf Armeelaster und hetzt sie gegen die
Feinde des IS. Dann ist es nur noch eine Frage der Zeit, wann sie
sterben."

So etwas in der Art habe ich erwartet, aber es tut gut, aus
kompetentem Mund eine Bestätigung zu bekommen.
„Verstanden", nicke ich betroffen. „Und jetzt?"

David erhebt sich und schließt sein Rad auf. Er zuckt mit den
Schultern.

„Mal sehen. Wenn sie Bescheid sagen, ruf Simon wieder an.
Und mach unbedingt mit! Vielleicht gibt Omar ihnen ja noch eine
zweite Chance, falls er beziehungsweise Zahit der Meinung ist, sie
hätten es vorhin vergurkt. Warte einfach ab, sie werden sich
melden. Und wenn nicht, dann ist es eben so."

Wieder nicke ich artig. „Okay."

Ich sehe ihm zu, wie er seine Sachen zurechtpackt und sich
auf den Sattel setzt.

„David, warum, glaubst du, sind Yussuf und Faris da
hineingeraten? Ich meine, sie sind zwar keine Deutschen so wie
wir beiden, aber sie könnten doch hier genau das gleiche Leben
wie wir führen, wenn sie wollten. Niemand hindert sie daran. Ich
verstehe das nicht."

Er legt mir eine Hand auf die Schulter.

„Über dieses Thema gibt es hundert Fachbücher, und es
werden jeden Tag zehn mehr", sagt er und schiebt sich die
Sonnenbrille über die Augen. „Es wäre Quatsch, es dir hier vor
Karstadt in fünf Minuten erklären zu wollen. Abgesehen davon,
dass ich gar nicht weiß, ob ich es vernünftig könnte. Aber in
einem Punkt hast du völlig recht."

„In welchem?"

„Auch wenn du kein Deutscher bist, kannst du hier ein Leben führen, wie du es dir vorstellst, wenn du ein paar Regeln einhältst. Guck mich doch an."

Ich brauche ein paar Sekunden, um zu begreifen, was er mir damit sagen will. „Du bist kein Deutscher?"

„Nein."

„Sondern?"

„Grieche. David Spiridonis. Vielleicht hast du den Namen ja schon einmal gehört."

Dann tritt er in die Pedale und saust los. Und ich stehe wieder so belämmert da, wie ich es von mir so gut kenne. Aus den Zeiten, als es weder Salafisten noch Anna und somit eine Perspektive für mich gab.

Andere Zeiten eben.

21

David Spiridonis. Wenn mich die ganze Geschichte nicht völlig meschugge gemacht hat, kann es eigentlich nur Antonias Bruder sein. Erwähnt hat Antonia ihn nie, aber warum sollte sie auch ihr Familienleben vor ihren Studenten ausbreiten?

Ich schließe mein Rad auf und schiebe es durch Nebenstraßen nach Hause, so habe ich noch Zeit, etwas nachzudenken, bevor Simon mich gleich anrufen wird.

An einer ruhigen Straßenecke sehe ich eine Eisdiele. Weil draußen noch ein kleiner Tisch am Rand und im Schatten frei ist, verordne ich mir eine Pause und bestelle bei einem Kellner mit gegelten Haaren und freundlichem Lächeln einen großen Bananensplit mit Sahne. Während ich auf das Eis warte, beobachte ich die anderen Cafégäste. Der Lärmpegel ist enorm, vor allem, weil ein paar Meter weiter eine Fußballtruppe von zwölfjährigen Jungs sitzt, die von ihrem Spiel offenbar noch nicht ausgepowert sind. Aber heute stört mich das nicht, im Gegenteil, je lauter meine Umgebung, desto weniger werde ich beachtet.

Noch bevor das Eis da ist, ruft mich Faris an und lässt zunächst mein Herz in die Hose rutschen. Aber mein Angstgefühl scheint unberechtigt.

„Bruder", sagt Faris ganz ruhig. „Gut gemacht!"

Ich brauche ein paar Sekunden, um mich zu sortieren. „Gut gemacht? Ich? Spinnst du?"

Faris bleibt ruhig und freundlich. „Wir sind ein gutes Team. Zahit hat nicht gemerkt, dass du kein Moslem bist. Yussufs Verdienst."

Ist Zahit nicht nur bewegungsunfähig, sondern auch noch komplett blind?

„Und der Bart?", frage ich völlig baff. „Er muss doch was gesagt haben."

Faris erzählt mir, dass Yussuf Zahit erklärt hat, dass ich schon lange unter starken Minderwertigkeitskomplexen leide, weil mir kein Bart wächst, und das als gläubiger Moslem.

„Du gehst zwar regelmäßig zum Psychologen deswegen, aber so richtig angeschlagen hat die Therapie noch nicht. Und manchmal … na ja … drehst du halt durch, weil dir das doch zu viel wird. Das macht zwar keinen besonders guten Eindruck auf die Passanten, aber es ist halt so. Yussuf hat ihm auch noch gesagt, dass der Kleber diesmal schuld war und Djamal …"

„Wer ist Djamal?", frage ich, aber ich fürchte, ich kenne die Antwort bereits.

Faris kichert. Durch das Handy hört sich das etwas blechern an, aber ich sehe Faris vor mir, wie er seine strahlend weißen Zähne zeigt und in diesem kurzen Augenblick wirklich Spaß hat.

„Na, du natürlich, Mann. Du brauchst doch einen Namen. Weißt du, was Djamal übersetzt heißt? … Haaatschii."

Natürlich weiß ich das nicht.

„Der Schöne." Ich höre, wie er sich kräftig schnäuzt. „War auch Yussufs Idee. Geil, was?"

„Total geil", sage ich ohne Begeisterung, weil ich mein Durchschnittsgesicht schon oft genug im Spiegel gesehen habe.

„Warum ausgerechnet Djamal?", frage ich misstrauisch.

Faris schweigt.

„Das war doch nicht der erstbeste Name, der ihm zufällig eingefallen ist, oder?", bohre ich nach.

Faris zögert. „Nein", sagt er dann vorsichtig. „Das nicht. Aber ich weiß nicht so genau, ob ich …" Wieder explodiert sein Satz in einem Nieser.

„Gesundheit."

„Danke. Scheiß Heuschnupfen."

„Los, sag schon!"

Der Kellner kommt und bringt mir das Eis. Ich schaufle mir den ersten Löffel in den Mund und stelle fest, dass es herrlich erfrischend schmeckt. Sofort spüre ich eine Gemütsveränderung bei mir, der ganze Salafistenmist löst sich quasi in der Sahne auf. Ich sehe nur noch die Sonne und höre freundliche Stimmen, sitze mitten zwischen fröhlichen und unbeschwerten Menschen und esse leckeres Eis. Da kann es mir doch echt egal sein, warum ich Djamal heiße.

Faris schnäuzt sich noch einmal. Dann räuspert er sich feierlich.

„Yussuf hat eine Cousine." Mehr sagt er nicht, vermutlich hofft er, dass ich jetzt bereits weiß, worauf das ganze hinausläuft. Weiß ich mittlerweile ja auch, ich bin ja nicht blöd, aber ich will, dass Faris es mir sagt. Wenn auch nicht ins Gesicht, dann wenigstens am Handy.

„Ich hab auch eine", sage ich, schon etwas gereizt, muss ich zugeben. „Sie heißt Sabine und ist fett wie 'ne Tonne. Geht das in die Richtung?"

Ich muss wohl eine ganze Ecke lauter gesprochen haben, denn am Nachbartisch drehen sich zwei ältere Frauen um, blicken mich entrüstet an und schütteln verständnislos den Kopf.

„Sabine stopft sich jeden Tag ein großes Stück Kuchen mit Sahne rein", rufe ich lauter als nötig ins Handy und tue so, als ob ich die Frauen nicht bemerke. „Die ist so widerlich fett, du ahnst es nicht …"

„Ist ja schon gut, Lenny, ich glaub's dir ja." Faris scheint sich zu wundern, warum ich so auf dem Thema Körperfülle herumreite. „Und taub bin ich übrigens auch nicht. Also, Djamal gehört … zu deiner Legende, du sollst ja für Zahit glaubwürdig rüberkommen, und gleichzeitig wollte Yussuf etwas für seine Familie tun. Das passte eben super. Und Zahit ist voll drauf abgefahren."

Ich überlege kurz, wie es aussehen könnte, wenn eine Säule auf irgendetwas voll abfährt.

„Worauf ist er abgefahren, verdammt noch mal? Faris, hast du Angst, es mir zu sagen? Oder etwa ein schlechtes Gewissen? Los, spuck's aus!"

Ich höre einen abgrundtiefen Seufzer. „Yussuf meinte, man könnte Zahit noch erzählen, dass du seine Cousine … na ja … bald heiratest. Dann würde er vielleicht thematisch abgelenkt von deinem Bart. Hat ja auch super geklappt, finde ich."

169

Gegen meinen Willen muss ich grinsen. Genau das habe ich mir mir gedacht, aber weil ja ich weiß, dass es nie dazu kommen wird, finde ich diesen absurden Quatsch relativ amüsant.

„Hat Yussuf denn überhaupt eine Cousine?"

Faris schweigt.

„Hat Yussuf eine Cousine?" Ich ahne Fürchterliches. „Okay, wie heißt sie?"

„Asifa", murmelt Faris.

„Asifa, aha. Und wo ist diese Asifa? Ich hoffe doch sehr, irgendwo weit weg in der jordanischen Wüste."

Faris räuspert sich. „Ja klar."

„Na also."

„Noch."

„Noch? Was heißt das: noch? Steigt sie morgen in den Flieger nach Deutschland oder was?"

„Was weiß ich denn, verdammte Scheiße noch mal." Faris fühlt sich jetzt offenbar überfordert, was ich ganz gut verstehen kann, aber darauf kann ich beim besten Willen keine Rücksicht nehmen. Schließlich bin ich hier das Opfer.

„Und jetzt?", frage ich schnippisch. „Wie stellt ihr euch das denn vor? Du weißt genau, dass ich diese Asifa niemals heiraten werde, und Yussuf weiß das auch. Wie wollt ihr aus dieser Nummer wieder raus? Ihr seid so bescheuert, wisst ihr das?"

„Bleib cool, Mann", antwortet Faris, der sich offensichtlich wieder gefangen hat. „Das ist doch alles bloß zum Schein, deine Legende, hab ich dir doch eben erklärt. Bis die hier ist, haben wir alles hinter uns. Du bist uns los und kannst wieder ein ungläubiger Christ sein. Jetzt hör zu." Seine Stimme wird leiser, bei Faris ein eindeutiger Indikator dafür, dass es konspirativ wird. „Wir treffen uns morgen um zehn am Eingang vom Wald. Nicht am Parkplatz direkt an der Straße, da sind zu viele Leute, sondern den kleinen Weg links rein an der kleinen Schutzhütte. Du kennst die, wir haben da schon ein paarmal Bier getrunken. Yussuf hat Zahit schon angekündigt, dass du diesmal deinen Ersatzbart zu Hause lässt, damit er dich nicht stört. Gut, ne?"

„Super. Muss ich sonst was mitbringen. Gasmaske oder so?"

„Nein, nichts. Wir haben alles dabei. Wieso hast du denn eine Gasmaske?"

„Ich habe keine Gasmaske. Das war ein Scherz. Passt die Säule auch wieder auf, ob wir alles richtig machen?"

„Säule?"

„Euer Zahit, dieser Bewegungsbolschewist. Mir scheint, er hat Rheuma, Gicht und Arthritis gleichzeitig an allen Knochen, Gelenken und Muskeln. Er sollte mal zum Arzt. Ich kenne einen guten, aber der ist leider Gottes Jude. Da wird er wohl nicht hingehen, oder?"

Faris schweigt wieder.

„Zahit hat viel erlebt", schnaubt er dann ärgerlich. „Er war zehn Jahre in einem israelischen Gefängnis. Das war voll das Grauen, sagt er."

Mit Faris kann ich keine Diskussion über die Lage im Nahen Osten führen, das ist mir klar, abgesehen davon will ich das auch jetzt nicht. Einen Moment lang starre ich auf eine Wespe, die einen Anflug auf mein Eis wagt, und überlege, wie ich sie am unauffälligsten erledige.

„Lenny? Bist du noch dran?"

„Natürlich. Was hast du gerade noch mal gesagt?"

„Dass Zahit in einem israelischen Höllenknast gesessen hat."

„Schlimmer als in einem syrischen oder iranischen wird es dort wohl auch nicht gewesen sein, oder? Was hat er denn getan?"

„Nichts. Sagt er."

„Nichts? Und das glaubst du ihm? Wie naiv bist du eigentlich?"

„Ich bin nicht ... Egal, ich mach jetzt Schluss, Lenny, bringt ja nix mit dir. Ich muss noch Sachen erledigen, wir sehen uns morgen."

Ich bin erleichtert, als er endlich auflegt, will gerade aufstehen und gehen, als Simon mich anruft. Er lässt sich von mir den neuesten Stand der Dinge durchgeben und gibt mir grünes Licht für morgen. Auf jeden Fall, so sagt er, solle ich bitteschön morgen nach außen hin so tun, als wäre die von Yussuf angedachte Hochzeit mit Asifa überhaupt kein Problem für mich. Das würde Zahit weiter besänftigen und meinen Willen untermauern, meinen Kumpels bis zum Äußersten zu helfen. Etwas Besseres hätte mir doch gar nicht passieren können, das hätte Yussuf schon ganz clever gemacht, findet er. „David ist der Meinung, dass dieser Zahit ein durchtriebener Fuchs ist. Du musst ihn auf deiner Seite haben, dann wird schon nichts schiefgehen. Den Stand hast du ja auch heil überstanden."

„Der Bart", werfe ich zaghaft ein. „Hat David dir nichts vom Bart erzählt?"

Ich höre ihn lachen. „Doch, hat er. Ist doch lustig. Und völlig egal, weil Zahit die Geschichte mit deiner Psyche glaubt."

Er nennt mir noch einmal die Adresse der Beratungsstelle und wünscht mir viel Spaß beim Rumballern. Vielleicht sei das ja schon die vorgezogene Junggesellenabschiedsparty. Witzbold. Ist das jüdischer Humor?

Ich fahre noch einmal zur Bank, an der ich Anna kennengelernt habe, und setze mich. Ich schreibe ihr eine SMS, dass ich den Abend sehr schön fand und ich sie gerne wiedersehen will. Mein Bauch will gern weiterplappern und ihr meine Liebe gestehen, aber mein Kopf behält glücklicherweise den Überblick. Kein Grund, irgendwas zu überstürzen. Schon gar nicht, bevor die Geschichte mit Yussuf und Faris ausgestanden ist.

Ich drücke also ohne mein Liebesbekenntnis auf SENDEN und starre anschließend auf das Display, als hinge mein Leben davon ab, ob eine Botschaft erscheint und, wenn ja, welche. Ich warte zwei Minuten, dann stopfe ich das Handy in die Tasche.

Erschöpft fahre ich nach Hause, lege mich mit Klamotten aufs Bett und schlafe auf der Stelle ein. Gegen Mitternacht wache ich auf, als Mirko polternd und laut fluchend sein Nachtbier sucht und offenbar nicht findet. Ein paar Sekunden denke ich darüber nach, die Gelegenheit zu nutzen, mich auszuziehen und mir die Zähne zu putzen, aber dazu fehlt mir die Kraft.

Also drehe ich mich um und schlafe weiter.

22

Mein erster Blick am anderen Morgen gilt, natürlich, meinem Handy. Hab ich eine SMS? Hab ich tatsächlich – aber nicht von Anna, sondern von Yussuf, der mich an den Termin um zehn erinnert und fragt, was mein Vater von Beruf war.

Donnerwetter! Ich muss feststellen, dass arabische Mühlen verdammt schnell mahlen. Viel zu schnell für meinen Geschmack, aber ich hätte es wissen müssen. Ich stelle mir das in etwa so vor: Asifas Vater, der wahrscheinlich Achmeds oder Dunjas Bruder ist, kriegt einen Anruf von seinem Neffen, also Yussuf, der ihm fröhlich mitteilt, dass er nun endlich in Deutschland einen passenden Gatten für Asifa gefunden hat, einen guten Freund und gläubigen Moslem. Der Vater, hellauf begeistert und nicht faul, setzt auf der Stelle die Ich-verheirate-meine-Tochter-Maschinerie in Gang, mit allem, was dazugehört, also auch die Erkundigungen über die Familie des künftigen Schwiegersohnes.

Die Frage ist, ob ich Yussuf die eigentliche Tätigkeit meines Vaters schreiben soll oder das, was ihn tagtäglich voll ausgefüllt hat. Im ersten Fall wäre es das Wort Hausmeister, im zweiten Alkoholiker. Wenn ich also wahrheitsgemäß schreibe, dass mein Vater eine Lampen reparierende Schnapsdrossel gewesen ist, hätte sich Asifa mit einem Schlag für mich erledigt. Einerseits gut für meine Psyche, andererseits wäre das Risiko einfach zu hoch, dass meine so sorgfältig aufgebaute Legende zerstört würde. Außerdem hole ich mir ja keinen Rat von Simon und David, um ihn anschließend wieder in den Wind zu schlagen. Also simse ich Yussuf schlicht und einfach das Wort Hausmeister. Wenn Papa Asifa das reicht, gut, wenn nicht, umso besser.

Ich öffne leise meine Zimmertür und horche, ob mich jemand eventuell bei meinen Kriegsspielvorbereitungen stören wird, aber es ist alles ruhig. Mutter ist schon auf dem Weg zu Karstadt, Jenny ausnahmsweise in der Schule, weil sie eine Arbeit schreiben muss, und Mirko pennt seinen Rausch aus. Auf meinem Platz am Küchentisch liegt ein Zettel von meiner Mutter: "Lieber Lenny, vergiss nicht zu trinken beim Sport. Es wird heiß heute." Meine Mutter, meine ewige Mutter, ich liebe sie. Nicht nur, dass sie stets um meine Gesundheit besorgt ist, nein, sie erinnert mich auch ungewollt – oder gewollt? – daran, dass ich heute eigentlich zur Uni muss. Schlagball-Technik steht am Vormittag auf dem Programm, oder übersetzt: Wie bringe ich Kindern bei, einen kleinen Ball weiter als fünf Meter zu werfen, ohne dass ihn ein anderes Kind, das seitlich und unbeteiligt daneben steht, an den Kopf kriegt?

Nach kurzem Nachdenken schreibe ich Antonia Spiridonis eine Mail, dass ich heute nicht kommen kann, weil ich meine ALS-Geschichte noch einmal von einem Arzt überprüfen lassen will. Wenn sie sich zu Hause darüber aufregt oder lustig macht, wird Simon ihr hoffentlich eine besänftigende Antwort geben.

Um halb zehn mache ich mich mit dem Rad auf den Weg in den Wald. Ich fahre sehr langsam, weil ich immer noch hoffe, dass bis zehn Uhr ein Wunder passiert. Aber im Grunde gäbe es nur zwei Arten von Wundern, die meinen Waffengang noch verhindern könnten: Ein Auto holt mich vom Rad, so dass ich ins Krankenhaus muss, oder Anna ruft mich an und will mich sofort sehen. Beides ist mehr oder weniger unrealistisch, und als ich um zehn vor zehn den Wald erreiche, weiß ich, dass es kein Entrinnen mehr gibt.

Ich fahre weiter zur Schutzhütte, wo Faris und Yussuf schon warten. Mein Magen beginnt zu rebellieren, und ich schaue mich schon mal um, wo man hier ins Gebüsch treten kann.

Faris nickt nur kurz, ohne eine Miene zu verziehen, Yussuf rückt seine dicke Brille zurecht und strahlt mich an.

„Lenny! Du bist echt gekommen. Danke, Bruder!"

Ich will etwas Freundliches erwidern, zum Beispiel, dass er mich mit seinem Bruder mal am Arsch lecken kann, aber ihr Anblick schnürt mir einen Moment lang die Kehle zu. Die beiden sind komplett in oliv-braun gefleckten Tarnanzügen und Kampfstiefeln angetreten. Um den Kopf haben sie ein schwarzes

Tuch gebunden, am Gürtel hängen unzählige Munitions-Magazine, Messer und all so 'n Zeug, so genau will ich das gar nicht wissen. Fehlt eigentlich noch die Kriegsbemalung. Faris hat sogar einen Klappspaten, nur ein Gewehr sehe ich nicht.

„Muss ich mich auch so verkleiden?" Ich zeige mit dem Finger auf sie und hoffe, dass mein Gesichtsausdruck nicht ganz so verächtlich aussieht, wie er eigentlich gemeint ist.

Faris blickt genervt und kopfschüttelnd auf mein Kriegsdress: kurze Hose, T-Shirt, Sneakers ohne Socken. Dann holt er einen Seesack und gibt mir alte Bundeswehrklamotten, nicht ganz so schick wie die modernen Tarnanzüge, aber immerhin olivgrün und nicht ganz so grell wie mein rotes Shirt.

„Zieh dies an!", sagt er ernst und wirft mir die Uniform herüber. „Das da geht gar nicht, Mann. Und beeil dich."

Die Sachen sind viel zu groß, zwei bis drei Nummern, schätze ich, und ich muss darin aussehen wie ein Sack Kartoffeln. Erst will ich die Sachen wütend wieder ausziehen, aber dann rede ich mir schließlich ein, dass ich eine positive und entspannte Einstellung brauche, um das hier ohne psychischen Schaden durchzustehen.

Als ich alles angezogen habe, gehe ich mit meinem künstlichen Elan zu ihnen. Wir mustern uns gegenseitig und schauen uns in die Augen. Bei beiden meine ich Unsicherheit und Verzweiflung zu erkennen, aber vielleicht will ich das auch nur sehen. Was sie sehen, weiß ich nicht, vielleicht sehen sie gar nichts, denn ich spiele ja nur Theater und habe auch meine Augen dazu angehalten, ordentlich mitzumachen. Sollten Yussuf und Faris also eine gewisse Lässigkeit und Entschlossenheit erblicken, werden sie das nicht glauben können und ziemlich verwirrt sein.

„Sieht scheiße aus", sagt Faris kühl. „Aber egal, wir müssen los."

„Wo sind denn die anderen?", frage ich. „Oder bleiben wir unter uns?"

„Später", sagt Faris, setzt sich einen Rucksack auf und schiebt mich vor sich her. Auch Yussuf trägt einen Rucksack. Nur ich bin, Gott sei Dank, vom Marschgepäck befreit.

Wir gehen tiefer in den Wald, die beiden vorneweg, ich hinterher, gesprochen wird nicht. Die Wege werden enger, Äste schlagen mir ins Gesicht. Auch ohne ALS habe ich Schwierigkeiten, mit den beiden Schritt zu halten, weil die viel zu große Hose mich beim Gehen stört und die Jacke mir immer wieder von der Schulter rutscht, aber ich lasse mir nichts anmerken. Wenn sie sich umdrehen, lächle ich sie freundlich an und versuche, ihnen den Eindruck zu vermitteln, als ob es eines meiner liebsten Hobbys wäre, in einem Kartoffelsack durch den Wald zu stapfen. Simon wäre stolz auf mich, wenn er mich jetzt sehen könnte, da bin ich mir sicher.

Nach einer halben Stunde strammen Marschierens kommen wir zu einer kleinen Lichtung. Diese Ecke des Waldes kenne ich nicht, sie liegt weit abseits der üblichen Jogging- und Wanderstrecken. Die Pfade sind eng und dicht mit Gebüsch bewachsen, der Untergrund mit dicken Wurzeln übersät, für Jogger reinstes Gift, für Radler unpassierbar. Faris und Yussuf setzen die Rucksäcke ab und blicken so gleichzeitig auf ihre Uhren, als ob sie diesen Bewegungsablauf schon hundertmal eingeübt hätten. Faris nickt Yussuf zu, dann verschwindet er zehn Meter weiter hinter einem Baum und fängt mit seinem Klappspaten an zu buddeln.

„Was soll das denn werden, wenn's fertig ist? Habt ihr hier 'ne Leiche verbuddelt oder was?"

Yussuf schüttelt langsam den Kopf, sagt aber nichts. Ich will mich auf einen dicken Eichenstamm setzen, der am Rande der Lichtung liegt, aber Yussuf hält mich zurück.

„Warte!"

„Warum? Ich will mal sitzen."

„Bleib einfach hier stehen. Er müsste gleich wieder erscheinen."

„Erscheinen? Sprichst du von euerm Propheten?"

Er schaut mich giftig an. „Du wirst schon sehen."

176

Ich habe es gar nicht gehässig gemeint, wie es bei Yussuf offenbar angekommen ist, ich wollte einfach nur die Stimmung etwas auflockern.

„Und sonst so?"

Langsam nervt mich dieses blöde Herumgestehe und Warten. Keiner sagt was, alles ist still, ich sehe noch nicht einmal einen am Boden scharrenden Vogel oder ein Eichhörnchen, das auf einen Baum klettert. Nichts, alles wie tot oder wie ein Ölbild. Zwei Männer auf einer Lichtung, so könnte man es nennen. Oder genauer: Mann und Kartoffelsack auf einer Lichtung. Ich stupse Yussuf an, weil ich diese Stille nicht mehr ertrage.

„Ich hab da noch eine Frage", flüstere ich. „Warum …"

Aber er schüttelt wieder den Kopf. „Pst! Er kommt wieder."

Faris trägt einen länglichen Gegenstand vor der Brust, vorne und hinten eingewickelt in Aldi-Tüten. Vor dem Baumstamm legt er ihn aufs trockene Moos und zieht die Tüten weg. Mir stockt der Atem, als ich den Inhalt erkenne.

Drei alte G3-Sturmgewehre der Bundeswehr. Ich erkenne sie, weil Mirko beim Bund war und mir einmal stolz ein Foto gezeigt hat, wie er mit seinem G3 vor einer zerschossenen Zielscheibe posiert.

Gewehre in Aldi-Tüten, das muss man sich mal vorstellen. Heilige Maria und Josef, jetzt wird's ernst! Wenn ich bis zu dieser Sekunde nicht wirklich daran geglaubt habe, dass diese Aktion mir ernsthaft Sorgen bereiten wird, so gibt es jetzt für mich keinen Zweifel mehr. Das Bild, das sich mir gerade bietet, ist für mich so unglaublich irreal und absurd, dass es eigentlich nur ein fehlgeleiteter Traum sein kann. Ich werde also gleich zusammen mit Faris und Yussuf mit einer geklauten Knarre durch den Wald laufen und auf was weiß ich schießen. Nein, das darf einfach nicht wahr sein.

Aber es ist tatsächlich so, Faris hat drei Gewehre in der Hand, die er jetzt auf den Boden legt und nacheinander wieder aufnimmt, um sie durchzuchecken. Er entnimmt jeder Waffe das Magazin, drückt jede einzelne Patrone raus und wieder rein, prüft, ob sich schon eine Kugel im Lauf befindet, und schiebt das

Magazin anschließend wieder rein. Er macht das alles mit einer solchen Routine und Ruhe, dass ich ihn mit offenem Mund anstarre und nicht glauben kann, dass es mein Kumpel Faris ist, der sich so fachmännisch mit einem G3-Sturmgewehr beschäftigt wie die Sprechstundenhilfen von Simon Ulmann mit ihren Röntgengeräten. In meiner Gegenwart hat Faris sich bislang noch nie als Waffenexperte geoutet, aber wer weiß, vielleicht besitzt er die Kenntnisse ja auch erst seit seinem komischen Seminar bei Omar.

Als er mit der Prüfung fertig ist, gibt er Yussuf ein Gewehr, dann kommt er zu mir und drückt mir auch eins in die Hand. Seine Miene ist fast feierlich, als ob ich mir die Knarre gerade durch einen hart umkämpften Sieg im Fünfzig-Kilometer-Gepäckmarsch verdient hätte. Und das ohne Gepäck.

„Hier", sagt er tonlos. „Halt fest."

Gute Idee, möchte ich ihm am liebsten sagen. Besser, als wenn mir geschätzte vier Kilo Metall auf die Füße fallen.

„Und jetzt? Ich hab keine Ahnung von der Kanone hier."

„Du brauchst nicht viel zu wissen", erklärt Faris und nimmt mir die Waffe wieder aus der Hand. „Du hast zwanzig Schuss, mehr brauchst du nicht. Das Gewehr ist durchgeladen, das heißt, es ist schon eine Kugel im Lauf. Der kleine Hebel hier an der Seite regelt die Sicherung. So wie jetzt ist es gesichert, es kann also kein Schuss abgefeuert werden. Siehst du?"

Er hält das G3 nach oben und zieht am Abzug, aber es tut sich nichts. „Wenn ich den Hebel so verstelle, könnte ich schießen, mach ich jetzt aber nicht. Alles verstanden? Das war's schon, eigentlich kinderleicht." Er drückt mir das Gewehr in die Hand. „Und erschreck dich gleich nicht, es wird laut." Dann geht er zu seinem Seesack und kramt ein bisschen darin herum. Yussuf gesellt sich zu ihm und flüstert ihm was ins Ohr. Wahrscheinlich besprechen sie noch kurz ihre Angriffstaktik.

Faris' Handy klingelt. Er nickt ein paarmal, sagt ebenso oft „Okay" und legt dann auf.

„Es geht los, Lenny", sagt er. „Komm her."

Mir wird flau im Magen. Ich hasse es, nicht zu wissen, was in den nächsten Minuten auf mich zukommt. Ich brauche immer die Gewissheit, dass ich in der Lage bin, meine Aufgabe zu meistern, ohne mich zu blamieren.

„Du und Yussuf werdet mich gleich suchen und versuchen, mich unschädlich zu machen", erklärt Faris das geplante Szenario. „Ich gehe ein Stück dort in den Wald rein und verstecke mich. Aber nicht so, dass ihr mich nicht finden könnt, darauf kommt es nicht an. Es ist wichtig, dass Yussuf den Mut aufbringt, auf mich zu schießen. Er soll beweisen, dass er auf Befehl auf jeden schießen könnte. Du sollst ihn dabei unterstützen. Ich werde mich natürlich wehren, auch ohne Waffen, wenn nötig. So weit kapiert?"

„Glaub schon … Also soll ich dich auch erschießen?"

„Wenn Yussuf es nicht schafft, ja."

„Und wenn er es doch schafft?"

„Dann nicht mehr, du Idiot. Ich bin dann ja schon tot."

„Schon klar. Aber was mache ich dann?"

„Nichts mehr. Dann ist die Übung zu Ende."

„Und was machst du?"

„Ich? Ich kann dann doch nichts mehr machen, ich bin tot, hast du nicht verstanden? Erschossen."

„Also sollen wir dich dann nicht köpfen?"

Faris starrt mich fassungslos an. „Wieso köpfen? Spinnst du?"

„Spielst du gar keine westliche Geisel?"

Yussuf packt mich von hinten und zieht mich ein Stück von Faris weg. Vermutlich hat er Angst, dass Faris mir gleich eine reinhaut, und diese Angst scheint mir auch gar nicht so unberechtigt.

„Hör mal zu, Lenny", zischt Yussuf mich an. „Wir bringen das jetzt ganz schnell hinter uns, okay? Wir spüren Faris auf, ballern ein paarmal auf ihn und hauen wieder ab. Das war's, mehr nicht. Ohne blöde Kommentare. Geht das in dein kleines Hirn?"

Ich hebe abwehrend die Arme. „Schon gut. Ich hab nur gedacht, wenn du beweisen sollst, dass du auf Befehl alles machst, könnte es ja auch sein, dass du köpfen oder abfackeln sollst. Vor ein paar Tagen stand nämlich in der Zeitung …"

„Ich weiß, was in der Zeitung stand. Das interessiert mich nicht, weil es sowieso gelogen ist. Wir machen genau das, was ich dir eben gesagt habe. Mehr nicht. Kapiert?"

„Ay ay Sir!" Zackig schlage ich die Hacken zusammen. „Entschuldige, das wollte ich nicht."

Yussuf schüttelt verärgert den Kopf und schiebt mich zu Faris.

„Wir wären dann so weit", erklärt Yussuf, und sein Ton hört sich schon wieder etwas versöhnlicher an, aber Faris kann seinen Schalter nicht so schnell umlegen. Er ist gerne und oft und vor allen Dingen lange beleidigt und nachtragend. Wenn Blicke töten könnten, hätte er mich jetzt kaltblütig ermordet. Er sagt kein Wort, sondern lädt mit viel martialischem Getue sein Gewehr durch, während er mir in die Augen sieht, als wolle er mir sagen: „So, Bürschchen, Showdown, wollen mal sehen, wer hier gleich noch Witze reißen kann." Dann dreht er sich um und rennt in den Wald.

Nach ein paar Sekunden sehe und höre ich nichts mehr von ihm. Und auf einmal kommt mir die kleine Lichtung so herrlich still und friedlich vor. Eine Oase der Ruhe, umgeben vom Wald, wo das Böse irgendwo lauert.

Ich setze mich auf den Baumstamm, schließe die Augen und halte mein Gesicht in die Sonne, das G3 werfe ich achtlos ins Moos. Weil Yussuf auch nichts sagt, ist es absolut still, nur ein leichter Wind rauscht durch die Blätter. Für einen Augenblick bin ich ganz woanders, weit weg von diesem verfluchten Brei aus Salafisten, Terroristen und G3-Gewehren. Ich sitze mit Anna in einem Biergarten, wir trinken, lachen und küssen uns, die Sonne scheint, hippe Musik schallt aus Boxen, alle Menschen um uns herum sind fröhlich und …

„Lenny? Bist du eingeschlafen?"

Yussuf schüttelt mich sanft. Er sitzt neben mir und liest in einem kleinen Buch. Natürlich der Koran, ist mein erster

Gedanke, aber ich kann den Namen Ludwig Feuerbach entziffern und irgendwas mit philosophisch.

„Ja", antworte ich so ruhig und tonlos ich kann. „Kannst du mich nicht weiterschlafen lassen? Es ist gerade so schön ruhig hier."

Yussuf rückt seine Brille zurecht und lächelt mich an. Ich spüre, dass er eine Ahnung davon hat, was ich denke und fühle. Aber unglücklicherweise kann er auch verdammt stur und rücksichtslos sein, wenn er glaubt, dass sich ihm jemand in den Weg stellen will. Rücksichtslos nicht im Sinne von gewalttätig, sondern eher geistig. Er rückt näher zu mir und legt mir einen Arm um die Schulter.

„Lenny, ich weiß, dass du das alles hier total scheiße findest, und du kannst mir glauben, dass Faris und ich dir das sehr hoch anrechnen, was du für uns tust. Aber es gibt für uns leider keinen anderen Weg mehr, es gibt kein Zurück. Wir werden bald da unten im Irak sein und helfen, einen Gottesstaat aufzubauen, egal, was hier gleich passiert, aber wenn du uns nur noch ein paar Minuten unterstützt, erleichterst du uns den Weg dorthin unheimlich. Zahit und Omar sind hier irgendwo und beobachten uns, also mach bitte mit. Noch ein paar Minuten. Denk an unsere Freundschaft, Lenny."

Mir liegen spontan zwei Fragen auf der Zunge: Was er konkret unter dem Begriff Freundschaft versteht und ob er sich an unsere Vereinbarung erinnert.

„Und die Beratung hast du wohl schon ganz abgeschrieben, oder?"

„Wir werden kommen", sagt er und presst die Lippen fest zusammen. „Aber es wird nichts mehr bringen."

„Aha", mache ich leise. Natürlich ist mir schon lange klar, dass die Beratung höchstwahrscheinlich für'n Arsch ist, aber ich will Yussuf in diesem Moment einfach klarmachen, dass er mich damit enttäuscht. Ich will sehen, ob sein Geschwafel von Freundschaft nicht doch einen klitzekleinen Anteil an Ehrlichkeit hat, aber besonders optimistisch bin ich nicht. Er schaut mich tatsächlich relativ liebenswürdig an und will gerade etwas erwidern, als ein lauter Schuss die urromantische Stille des Waldes zerreißt.

Noch nie in meinem Leben habe ich live einen Schuss gehört, und ich muss sagen, dass es überhaupt kein Vergleich zu den Ballereien im Fernsehen oder Kino ist. Obwohl es hoffentlich wirklich nur Übungsmunition ist, war dieser Knall für mich furchtbar und hat mir Angst eingeflößt. Wenn ich mir jetzt vorstelle, gleich selber zu feuern, und dass das ganz nahe an meinem Ohr passiert, wird mir echt anders. Eigentlich weiß ich jetzt nicht mehr, ob ich das überhaupt durchstehe.

„Das war das Zeichen", sagt Yussuf. „Wir müssen los."

Er steht auf, nimmt sein Gewehr, lädt es durch und winkt mir zu, ihm zu folgen. „Deine Waffe ist schon durchgeladen, du musst sie nur noch entsichern."

„Jetzt?"

„Jetzt! Und bitte noch nicht schießen."

„Keine Bange. Ist mir viel zu laut."

Ich schiebe den kleinen Hebel nach unten und hänge mir die Knarre schräg über den Rücken, so dass ich erst mal gar nicht Gefahr laufe, aus Versehen an den Abzug zu kommen. Aber das passt wohl nicht so richtig in Yussufs Angriffsstrategie.

„Nimm sie in die Hand, sonst dauert das gleich zu lange."

Also nehme ich das Gewehr wieder in die Hand und trotte hinter Yussuf her. Er wählt einen kleinen Pfad, links und rechts stehen Kiefern, so dicht, dass man kaum zwischen ihnen hindurch und nach zehn Metern nichts mehr sehen könnte.

„Wie lange laufen wir noch?", frage ich nach etwa fünf Minuten. „Nicht, dass ich nicht mehr kann. Nur so aus Interesse, weil, wenn man weiß, wie weit es noch ist, dann …"

„Pst", zischt Yussuf, ohne sich umzudrehen. „Halt den Mund, wir sind gleich da."

„Wo?"

„Pst, hab ich gesagt."

Wieder füge ich mich und marschiere schweigend weiter. Das Tempo ist recht flott für den kleinen Weg, und ich überlege bereits, ob es sein könnte, dass wir uns schon verlaufen haben beziehungsweise an Faris vorbeigegangen sind.

„Yussuf."

„Was'n jetzt?"

„Ich muss mal."

Er dreht sich schnell um und sieht mich total genervt an. „Willst du mich nur ärgern oder was?"

„Nein, ich muss echt pinkeln. Ehrlich. Du kannst ja zugucken, wenn du mir nicht glaubst."

„Verzichte. Mach da vorne hinter dem Baum. Ich warte."

Er lehnt an einem Baum, als ich wieder zu ihm komme. Sein Tarnanzug ist so gut, dass ich ihn erst im letzten Moment gesehen habe. Gruselig.

„Faris muss hier ganz in der Nähe sein", flüstert er mir zu. „Ab jetzt Waffe im Anschlag und einen Meter abseits vom Weg laufen. Und pass auf die Äste auf, dass du keinen ins Gesicht kriegst."

Ich folge Yussuf auf seinem Weg parallel zum Pfad. Die Kiefernzweige sind echt lästig, ich habe alle Hände voll damit zu tun, sie von mir fernzuhalten. Gleichzeitig Ausschau halten nach möglichen Feinden ist nicht mehr drin, keine Ahnung, wie Yussuf das macht. Aber auch er hat Schwierigkeiten, ab und zu hält er das G3 hoch und schlägt damit die Äste einfach ab. Das ist zwar ziemlich laut und steht wahrscheinlich auch in keiner Militäranweisung, aber so ganz genau nehmen es unsere offiziellen Beobachter hoffentlich nicht. Hauptsache, wir finden Faris irgendwann und geben ihm richtig eins auf die Mütze. Ich stelle mir gerade vor, wie wir ihn dabei überraschen, wie er sich lässig eine Zigarette anzündet, als Yussuf laut flucht und sich zu mir umdreht. Eine Sekunde später höre ich ein lautes Knacken unter meinen Schuhen. Ein dicker Ast, denke ich, aber als ich in Yussufs Gesicht blicke, weiß ich, dass es leider kein Ast war.

„Scheiße, meine Brille", schnaubt er. „Sie ist runtergefallen. Beweg dich nicht, sie muss hier irgendwo liegen."

Ich lehne das Gewehr an einen Baum und hebe meinen rechten Fuß, unter dem ich die Brille vermute. Der Nasenbügel ist in der Mitte gebrochen, beide Gläser zersplittert. Totalschaden also, Ende Gelände.

„Verdammt", murmle ich ehrlich betroffen. „Das tut mir wirklich leid, aber es ging so schnell, ich konnte nicht mehr ausweichen." Ich reiche ihm die beiden Gestellteile. Zwei kleine Glasstücke fallen heraus. Sie sind ziemlich dick, aber acht Dioptrien sind ja auch kein Pappenstiel. Eine genaue Vorstellung habe ich nicht, was man mit so einer Kurzsichtigkeit ohne Brille noch erkennen kann, aber viel kann es nicht sein, besonders in einem dunklen Wald. In mir keimt die Hoffnung, dass die Übung in dieser Sekunde zu Ende ist.

Yussuf starrt fassungslos auf seine Brille. „Sie ist kaputt, Lenny." Es klingt nicht vorwurfsvoll, eher verzweifelt.

Ich nicke mit zusammengepressten Lippen. Was sollte ich auch sonst tun?

„Weißt du, was das für mich bedeutet?"

„Dass wir hier nicht weitermachen können?"

„Ich kann fast nichts mehr sehen hier im Wald."

Wieder nicke ich. „Ja, das ist gar nicht gut. Lass uns zurück zur Lichtung gehen. Oder hast du eine Ersatzbrille dabei?"

Er schüttelt gedankenversunken den Kopf. „Keine Ersatzbrille. Aber ich muss weitermachen, ich darf nicht versagen. Du musst mich führen."

Meine Brücke der Hoffnung bricht wie ein Kartenhaus in sich zusammen.

„Aber ich weiß doch gar nicht, was ich machen soll. Yussuf, das hat keinen Sinn mehr. Wir gehen zur Lichtung und rufen Omar oder Faris an. Es kann doch keiner was dafür, dass die Brille kaputt ist, das müssen die doch einsehen. Immerhin hast du es wenigstens versucht. Sie werden dich also schon gehen lassen."

„Nein, das werden sie nicht", schreit Yussuf wütend. Erst jetzt sehe ich seine Tränen auf den Wangen. Tatsächlich, er weint, vor Verzweiflung und Wut, nehme ich an. Sofort ereilt mich mein schlechtes Gewissen, vielleicht habe ich die ganze Zeit über die Ernsthaftigkeit seines Vorhabens unterschätzt und ihm von meinem hohen Ross des deutschen Normalbürgers meine Ablehnung entgegengebracht.

„Okay, okay, ich versuch's. Was soll ich tun?"

Er schnieft und reibt sich die verheulten Augen. Dann steckt er die Brillenteile in seinen Rucksack, reibt sich mit dem Ärmel über die Nase und nimmt sein Gewehr. Den Ausdruck seiner Augen kann ich nicht recht deuten, es könnte Entschlossenheit oder Trotz sein, vielleicht aber auch Resignation.

„Du gehst jetzt vor und ich dicht hinter dir", sagt Yussuf. „Wenn du Faris bemerkst, machst du erst mal gar nichts, sondern bleibst stehen und hebst deine rechte Hand."

„Da hab ich die blöde Knarre."

„Mein Gott, dann hebst du halt die linke. Auf keinen Fall sofort anfangen zu schießen. Verstanden?"

„Yes, Sir, verstanden."

Wir gehen los, erst langsam und vorsichtig, die harten Äste sind so dicht und lang, dass ich keine gerade Linie laufen kann, sondern im Zickzack um die Bäume herumlaufen muss. Irgendwann habe ich mich daran gewöhnt und werde schneller. Es kracht zwar so laut, dass selbst ein Gehörloser uns bemerken müsste, aber Yussuf wirkt ganz zufrieden, jedenfalls sagt er nichts. Nach ein paar Minuten drehe ich mich um und sehe, dass er mehrere Meter hinter mir läuft und offenbar Mühe hat mitzukommen.

„Yussuf!", zische ich ihm zu. „Siehst du mich noch? Hier bin ich."

Er holt mich ein und keucht ein wenig. „Nicht ganz so schnell, bitte. Ich bin kein Sportler so wie du." Er schaut sich um und wirft dann einen Blick auf seine Uhr. „Außerdem müssten wir jetzt ungefähr da sein."

„Wo?"

„Wo Faris sich versteckt hält, natürlich."

„Wie? Du weißt, wo er ist?"

„Nicht genau, natürlich. Aber hier irgendwo muss er sein."

„Und jetzt?"

Yussuf sieht sich unschlüssig um, was eigentlich ziemlich überflüssig ist, schließlich kann er wahrscheinlich auf fünf Meter keinen Mann von einem Baum unterscheiden, geschweige denn einen Mann im Tarnanzug.

„Warte kurz!", murmelt Yussuf. „Ich muss nachdenken."

„Worüber? Ob das alles hier noch einen Sinn hat?"

„Quatsch, ich muss mich orientieren. Wo steht die Sonne gerade?"

Ich schaue nach oben, aber wie erwartet sehe ich nichts beziehungsweise nur dunkle Bäume, die den Blick zum Himmel versperren. Das bisschen Licht, dass uns das Weitergehen ermöglicht, kommt vom kleinen Weg, aber selbst von dort könnte man die Sonne nicht orten.

„Tja", sage ich müde, „gute Frage. Keine Ahnung. Spontan würde ich sagen, geradeaus, ja, aber wenn sie uns jetzt im Rücken stünde, würde mich das auch nicht wundern."

Yussuf verzieht den Mund. „Scheiße. Hast du wenigstens unterwegs einen auffallend großen Stein gesehen?"

„Nein. Nur Bäume und Wurzeln, davon aber reichlich. Was ist mit dem Stein?"

„Im Umkreis von hundert Metern um den Stein soll Faris sich aufhalten."

„Klasse, und warum hast du mir das nicht eher gesagt? Jetzt hab ich nicht darauf geachtet, und du kannst ihn nicht finden."

Nach kurzem beiderseitigem Schweigen frage ich vorsichtig: „Kann es sein, dass wir uns verlaufen haben?" Allmählich beschleicht mich nämlich der Verdacht, dass ich konstruktiv an der Lösung unseres kleinen Problems arbeiten muss, wenn wir vor Weihnachten aus diesem Wald rauskommen wollen.

Yussuf zuckt mit den Schultern. „Eigentlich kann das nicht sein. Wir sind doch immer nur geradeaus gegangen, oder?"

In Gedanken gehe ich den Weg zurück, versuche die leichten Kurven und Biegungen mit einzuberechnen, dann dieses wirre Zickzack, den kleinen Weg ohne störende Äste bis zur Lichtung. In welche Richtung waren wir eigentlich losgegangen?

„Wenn ich ehrlich bin: Ich weiß es nicht. Kann schon sein, dass wir ein paar Grad nach Osten oder Westen gemacht haben. Sollen wir nicht besser umkehren? Den Weg zurück schaffen wir bestimmt."

Und dann fällt mir die wahrhaft rettende Idee ein.

„Oder nein! Ruf ihn doch einfach an. Vielleicht hören wir ja seinen Klingelton." Ich bin richtig stolz auf mich und meinen Plan und strahle Yussuf hoffnungsvoll an, aber seine Reaktion liegt deutlich unter meinen Erwartungen.

Er schüttelt verständnislos den Kopf und reibt sich die Stirn. „Anrufen geht gar nicht. Wenn Omar das hört, ist es aus."

In diesem Moment zerreißt ein urmenschlicher Laut die Stille des Waldes.

„Haaatschii."

Yussuf und ich sehen uns an. Wir kennen diesen Schrei des Zwerchfells nur zu gut, schon jahrelang begleitet er uns jedes Jahr von März bis September, und wir wissen, dass wir gleich noch Nachschlag bekommen. Ich pruste laut los, Yussuf blickt dagegen resigniert zu Boden und lässt die Schultern hängen. „Scheiße", murmelt er.

„Haaatschii."

Faris muss ganz in der Nähe sein, höchstens zwanzig bis dreißig Meter. Wir sehen ihn zwar nicht, aber die Richtung ist jetzt klar. Ich klopfe Yussuf aufmunternd auf die Schulter und reiche ihm grinsend sein Gewehr. „Auf geht's. Wir haben ihn. Der elende Feind hat sich verraten."

Ohne auf ihn zu achten, gehe ich schnurstracks in Niesrichtung. Hinter einem schräg auf dem Boden liegenden Baumstamm meine ich etwas Metallenes blinken zu sehen, wahrscheinlich sein G3. Also warte ich, bis Yussuf mich eingeholt hat, und zeige ihm die Stelle.

„Siehst du dort den Baumstamm liegen?", flüstere ich.

„Nein."

„Ach ja, scheiße, du siehst ja nichts mehr. Egal. Da hinten liegt auf jeden Fall ein Baumstamm, und Faris hockt direkt dahinter. Du gehst links rum, ich rechts, und dann haben wir ihn, okay? Ich warte aber mit dem Schießen, du musst anfangen, schließlich ist das euer Überfall hier und nicht meiner."

Yussuf nickt dankbar und geht nach links. Langsam, wie ich finde. Sehr langsam.

„Soll ich dich führen?", biete ich ihm an.

„Ich bin nicht blind", zischt er. „Nur kurzsichtig."

„Haaatschii."

Zwei, drei Minuten warte ich noch, bis ich Yussuf nicht mehr sehe, dann suche ich mir einen Weg nach rechts, immer den Baumstamm im Blick, und verstecke mich hinter einer relativ dicken Kiefer. Faris sitzt tatsächlich an den Stamm gelehnt und putzt sich die Nase.

„Haaatschii. Scheiße noch mal."

Seine Augen tränen fürchterlich, mit einer Hand reibt er sie, in der anderen hält er ein Papiertaschentuch. Das Gewehr liegt vor ihm auf dem Boden, ab und zu tritt Faris voller Wut dagegen. Ich bleibe derweil in meinem Versteck und harre der Dinge, die da kommen. Aber es passiert nichts weiter, außer dass Faris weiter laut niest und flucht. Yussuf bleibt verschollen. Mich überkommt eine leise Vorahnung, dass die Sache hier genau so übel enden wird wie der Infostand, weil das Überfallkommando wegen Sehschwäche ausbleibt, obwohl das Opfer sich durch Niesen verraten hat. *Kurzsichtigkeit und Heuschnupfen besiegen IS-Kämpfer, menschliche Natur trotzt dem Wahnsinn.*

Nach ein paar Minuten wird mir die Warterei zu blöd. Scheiß drauf, denke ich entschlossen und gehe ebenso entschlossen auf die Zielperson zu.

Faris bemerkt mich erst, als ich mich direkt vor ihm hinhocke und ihm über den Arm streiche. Er zuckt zusammen, springt auf und packt mich am T-Shirt.

„Bist du bescheuert?", schreit er außer sich. „Nennst du das etwa einen Überfall?" Er schüttelt mich wie einen Wahnsinnigen, sein Gesicht ist nur noch Millimeter von meinem entfernt, so dass ich deutlich die roten Adern in seinen Augen sehen kann. Mit seinem Geschrei schleudert er mir auch noch Speichel ins

Gesicht, so wütend ist er. „Du blödes Arschloch. Du hast alles ruiniert."

Ich habe keine Chance, mich loszureißen, sein Griff ist hart und kräftig. Es wäre mir egal, wenn mein Shirt dabei draufginge, aber es hält leider. Er schiebt mich vorwärts, ich taumle zurück und schlage mit dem Kopf an einen Baum. Hätte ich nur einen Helm auf wie ein richtiger Soldat!

„Faris, hör doch mal zu. Yussuf …"

„Wo ist Yussuf?"

„Ich weiß es nicht."

„Wie, du weißt es nicht? Ihr solltet zusammen herkommen. Was ist mit ihm?"

„Er hat keine Brille mehr."

Faris lässt mich los. Zum einen wohl, um die berichteten Geschehnisse zu verarbeiten, zum anderen, weil er wieder niesen muss.

„Wieso hat er keine Brille mehr?", schreit er, sobald seine Nase es wieder erlaubt.

„Er ist gegen einen dicken Ast gelaufen, glaube ich."

„Und davon geht eine Brille kaputt?"

„Nur, wenn danach jemand drauftritt. Aber das hab ich nicht mit Absicht gemacht, ich schwöre."

Faris brüllt weiter. Er flucht, schimpft, schüttelt mich, quetscht mich an den Baum. Er ist wie im Wahn, genauso habe ich es mir vorgestellt. Ihm ist es jetzt egal, dass er sich selbst verraten hat und dass Yussuf halbblind durch die Gegend läuft. Er sieht nur noch, dass dies hier höchstwahrscheinlich das Ende seiner islamistischen Mission ist und dass ich daran schuld bin, ich allein, weil ich einfach zu ihm gekommen bin und ihn getätschelt habe anstatt auf ihn zu ballern. Aber er kann doch nicht von mir verlangen, dass ich auf einen Unbewaffneten schieße, der sich gerade die Nase putzt. Nicht mal mit Platzpatronen. Das geht nicht! Außerdem sollte doch Yussuf den Überfall starten.

„Weißt du, was das heißt? Wir werden ganz unten anfangen müssen, weil uns keiner zutraut, dass wir kämpfen können.

Scheiße, Scheiße, Scheiße!" Wieder und wieder schüttelt er wütend den Kopf. "Bleib da stehen, Lenny!", befiehlt er dann. Unnötigerweise, denn ich klebe quasi am Baumstamm und merke gerade, dass ich meine Arme wie ein Gefangener erhoben habe.

„Faris, beruhige dich doch. Ich ..."

„Schnauze!", schreit er und holt sein G3. Will er mich jetzt etwa erschießen? Hat er vergessen, dass er nur Platzpatronen geladen hat?

Mit zwei Schritten ist Faris wieder bei mir, hält das Gewehr ganz dicht neben mein linkes Ohr und drückt ab. Wirklich, er schießt tatsächlich!

Jetzt schreie ich. Und wie! Weil es sich anfühlt, als hätte der Knall mein Ohr zerfetzt. Der Schmerz ist unerträglich, dazu durchflutet ein schrecklicher Ton meinen Kopf, und ich sehe – nicht nur sprichwörtlich – Sterne. Ich taumle nach vorne, will mich an Faris abstützen, aber er weicht mir aus.

Kurz bevor ich umfalle und ohnmächtig werde, sehe ich verschwommen noch einen zweiten Mann, wahrscheinlich ist es Yussuf. Aber Yussuf hilft mir nicht, sondern geht zu Faris und fällt ihm in den Arm. Ich höre noch ein paar Sekunden lang diesen entsetzlichen Pfeifton, dann beginnen meine Beine wackelig zu werden. Meine Schreie werden leiser, die Kraft ist raus.

Und dann bin ich weg.

23

Ich erwache in meinem eigenen Bett, wie ich erleichtert feststelle. Also lebe ich noch.

Neben dem Bett sitzt meine Mutter auf einem Stuhl. Sie hat die Beine hochgelegt und liest ein Buch. Es ist ganz still im Zimmer, was entweder damit zusammenhängt, dass sich nichts bewegt – oder aber dass ich von nun an taub bin.

„Lenny, mein Junge", sagt meine Mutter, als sie meine offenen Augen sieht. Ich höre sie einwandfrei, aber ob mit einem oder zwei Ohren, weiß ich nicht. „Was machst du für Sachen?"

„Was'n los?", murmle ich benommen. Ich betaste meinen Kopf und fühle eine dicke Bandage.

Sie legt das Buch beiseite und reicht mir ein Glas Wasser. „Dein Trommelfell ist durch den Schuss geplatzt, sagt Dr. Ulmann. Aber sie haben dich gut versorgt. In ein paar Tagen ist dein Ohr wieder okay."

Ich versuche mich zu erinnern. Wieso weiß Simon das schon? Und wer hat mich versorgt? Und wie bin ich überhaupt nach Hause gekommen?

Meine Mutter sieht mir die Fragen an, seufzt und streicht mir über den Kopf. „Dr. Ulmann ist dir heute Morgen bis zum Parkplatz hinterhergefahren, weil er sich schon gedacht hat, dass die Sache nicht gut ausgehen wird. So gegen eins sind Faris und Yussuf aus dem Wald gekommen. Sie hatten dich zwischen sich genommen und waren offenbar ganz froh darüber, dass sie dich loswerden. Na ja, es war ja auch eine ganz schöne Strecke durch den Wald, und dann noch mit all dem Zeug. Dr. Ulmann hat dich zu einem Kollegen gebracht, der dich untersucht und versorgt hat, auch mit starken Medikamenten. Er meinte, dass du in den nächsten Tagen noch ziemliche Schmerzen haben wirst, du sollst zu ihm kommen, wenn du stärkere Tabletten brauchst. Tja, und dann hat Dr. Ulmann dich nach Hause gefahren und mir alles erzählt. Zum Glück hab ich heute frei."

Zum ersten Mal schüttelt sie den Kopf. „Was habt ihr euch nur dabei gedacht?" Es klingt gar nicht mal vorwurfvoll, eher erschrocken darüber, was noch alles hätte passieren können.

In jeder anderen Situation hätte ich ihr genervt gesagt, dass ich kein Kind mehr bin, aber so zucke ich nur leicht mit den Schultern. „Was hättest du denn gemacht? Hättest du sie einfach ziehen lassen? In den Tod?"

„Meint ihr nicht, dass ihr da etwas übertreibt?"

„Wer ist denn ihr?"

„Du und Dr. Ulmann. Er meint auch, dass Faris und Yussuf da unten kämpfen werden. Das wäre ja schrecklich, ich kann das gar nicht glauben. Kann man da nichts machen?"

„Das versuche ich ja gerade, oder besser, ich habe es versucht, aber wie's aussieht, ist die Sache jetzt vorbei. Und ob die Beratung noch so viel nützt …"

Meine Mutter seufzt wieder. „Ich soll dir von Dr. Ulmann ausrichten, dass es keine Beratung mehr geben wird. Faris hat ihm gesagt, dass die jetzt wohl überflüssig wäre."

„Das hat Faris so gesagt?"

Sie wird ein bisschen rot. „Nun ja, wörtlich hat er wohl gesagt, dass, Zitat Anfang, du dir das blöde Gequatsche in den Arsch schieben kannst, Zitatende. Klingt eher nach Faris, nicht?"

Klingt es, absolut. Und es bedeutet letztendlich, dass meine Mission endgültig gescheitert ist.

„Hast du Schmerzen?", fragt meine Mutter.

„Nein, ist okay. Einen Pfeifton höre ich noch, aber es geht schon."

Sie steht auf und tätschelt mich noch einmal. „Dann ruh dich jetzt aus. Morgen sehen wir weiter und reden. Ich rufe Dr. Ulmann an und sage ihm Bescheid."

Als sie aus dem Zimmer ist, bricht alles aus mir heraus. Ich wüte und heule und malträtiere Kissen und Wände. Weil ich mich wie ein elender Versager fühle, einer, der seine Freunde im Stich gelassen hat, weil er nicht über seinen kleinkarierten Schatten springen kann. Und das Schlimmste ist, dass ich keinen Menschen habe, der mir jetzt helfen könnte.

Doch, einen. Das sagt mir zwei Stunden später der Teil meines Gehirns, der als erster wieder funktioniert.

Mein Handy liegt zum Glück auf dem Nachttisch. Unter Wahlwiederholung finde ich sie sofort und rufe sie an. Meine Angst, abgewiesen zu werden, kann mich mal. Jetzt oder nie, denke ich und höre auch schon ihre Stimme.

„Hi", bringe ich selbstbewusst heraus. Und ihr Echo klingt so ehrlich erfreut, dass ich innerlich Luftsprünge mache. Und sie dann mutig bitte, sofort zu mir zu kommen.

„Ist was passiert?"

„Nein … doch, es ist was passiert, aber das kann ich dir am Telefon schlecht sagen. Hast du Zeit?"

„Wo wohnst du?"

Ich gebe ihr die Adresse, und bevor ich mich bedanken oder verabschieden kann, hat sie aufgelegt.

Gut gemacht, Lenny, denke ich, wie um Himmels willen soll sie denn in den zweiten Stock kommen? Kein Aufzug, enges Treppenhaus. Ich lasse mich resigniert zurück aufs Kissen fallen und fühle mich noch beschissener als vorher.

Eine halbe Stunde später klopft es laut und rhythmisch. Weil ich schon wieder halb eingedöst bin, schaffe ich nur ein schwaches „…rein" und versuche mich aufzurichten. Zuerst sehe ich nur Jennys Kopf, der durch den Türspalt lugt. Sie grinst mich an. „Hallo Ohrenbär! Paket für Lenny Baumeister. Expressversand. Lebendware."

Dann stößt sie die Tür auf. Anna sitzt huckepack auf ihrem Rücken und grinst ebenfalls. Zwei schöne Frauen in meinem Zimmer, wann hat es das schon einmal gegeben? Richtig, noch nie! In Bruchteilen von Sekunden schießen mir gefühlte zehn Liter Blut ins Gesicht, mein Kopf muss aussehen wie die polnische Nationalfahne.

„Wohin, Madame?", fragt Jenny kichernd. „Direkt aufs Bett oder erst mal züchtig aufs Sofa?"

Blöde Kuh, denke ich. Wenn Jenny jetzt mit idiotischen Kommentaren alles vermasselt, kann sie was erleben.

Anna zieht leicht an Jennys Haaren und gibt ihr wie eine Reiterin mit den Zügeln die Richtung vor. „Natürlich aufs Bett, wir sind doch schon so gut wie verheiratet."

Jenny prustet laut los, kommt auf mich zu gehüpft und setzt Anna vorsichtig ab.

„Mach dich nicht so dick, Lenny!", herrscht sie mich streng an. „Dein Bett ist doch 1,60, ist also genug Platz für zwei." Sie richtet Anna so, dass sie sicher neben mir sitzt, gibt ihr noch ein Kissen in den Rücken und einen Kuss auf die Wange. „Ruf mich, wenn was ist", sagt sie. „Ich bin nebenan und halte Wache."

Anna küsst sie zurück und umarmt sie. „Danke. Mal sehen, wie er sich so benimmt."

Dann ist Jenny weg, und es herrscht einen Moment lang absolute Stille. Ich traue mich gar nicht, zur Seite zu schauen, weil ich Angst habe, dass da plötzlich gar keiner mehr sitzt und das Schmerzmittel mir einen üblen Streich gespielt hat. Oder habe ich eher Angst, dass da tatsächlich jemand sitzt?

Ich drehe meinen Kopf langsam nach links und sehe wirklich Anna. Sie hat die Augen geschlossen, die Arme vor der Brust verschränkt und atmet ganz ruhig und regelmäßig. Ihr Mund lächelt, ich glaube, sie summt leise ein Lied, aber genau kann ich das durch den dicken Verband am linken Ohr nicht hören.

„Sag mal, kennt ihr beide euch eigentlich? Du und Jenny?"

„Klar, schon lange. Mindestens fünf Minuten."

Ich setze mich aufrechter hin, so dass wir auf Augenhöhe sind. Anna nimmt mein Gesicht zwischen ihre Hände und gibt mir einen Kuss.

„Bäh, du schmeckst komisch, irgendwie bitter."

„Echt? Entschuldige, das werden die Tabletten sein."

Peinlich. Mundgeruch. Hastig fische ich mir Pfefferminzbonbons vom Nachttisch und knacke und lutsche sie hektisch. Das tut auch meinem Hals gut, schließlich werde ich gleich einen längeren Vortrag halten müssen, was ich nicht gewohnt bin.

„Danke, dass du so schnell gekommen bist."

„Schneller ging es nicht. Meine Eltern sind nicht da, und die Busse haben leider noch keine Direktverbindung zwischen uns."

„Wie? Du bist wirklich alleine gekommen?"

Ich könnte mir die Zunge abbeißen, ich Rindvieh. Hat Anna mir nicht erklärt, dass sie nicht behandelt werden will wie eine Behinderte?

„Entschuldige!", sage ich hastig, „war das letzte Mal. Versprochen!"

Sie schüttelt leicht genervt den Kopf und seufzt. „Was ist passiert?"

Ich zerbeiße den Rest vom Pfefferminzbonbon und erzähle ihr alles. Von meinem einsamen Leben, meinen einzigen Freunden Yussuf und Faris und ihren Familien, vom Matratzenzimmer im Jugendclub, vom Obersalafisten Omar, der Säule Zahit, von Simon und David, vom Infostand und vom großen Finale heute Morgen im Wald. Ich erzähle ihr auch von meinen ständigen Zweifeln, vom dauernden Hin und Her zwischen meinem Anspruch, tolerant zu sein, und der Unmöglichkeit, dieses in diesem Fall auch tatsächlich zu leben. Ich versuche, so sachlich wie möglich zu bleiben und Kraftausdrücke zu vermeiden, weil ich noch nicht weiß, wie sie zu dem Thema steht, aber je länger ich erzähle, desto emotionaler wird meine Wortwahl.

Anna hört mir zu, ohne mich ein einziges Mal zu unterbrechen. Ab und zu sehe ich, wie sie zuckt oder ihren Mund zusammenpresst.

„Jetzt weißt du alles", sage ich erschöpft nach einer halben Stunde und trinke gierig eine halbe Flasche Wasser aus. Ich glaube nicht, dass ich in meinem Leben schon jemals so lange ununterbrochen geredet habe.

Anna nickt und starrt eine Weile aus dem Fenster. Dann schaut sie mich ernst an.

„Zwei Sachen", sagt sie knapp.

Mir wird wieder flau im Magen. So, wie sie das sagt, klingt es ganz und gar nicht gut. Adieu, Anna, es war schön mit dir, wenn auch ziemlich kurz.

„Ja?"

„Erstens: Ich kenne keinen einzigen Menschen, der so etwas Hirnrissiges für seine Freunde machen würde, und du kannst mir glauben, ich kenne eine Menge Leute. Anscheinend bist du doch gar nicht so langweilig, wie du selbst glaubst. Du könntest richtig stolz auf dich sein, wenn Punkt zwei nicht wäre."

Sie nimmt meine Hand und drückt sie. Irgendwie bringe ich ein schwaches Lächeln zustande. „Und zwar?"

„Deine Freunde sind Vollpfosten. Nicht weil sie als Moslems leben wollen, sondern weil sie mit Sicherheit wissen, was dort unten abgeht und es verdrängen oder nicht wahrhaben wollen oder was auch immer. Das sind doch Terroristen, Herrgott noch mal, Verbrecher, die nach Den Haag gehören. Wollen deine Kumpels da wirklich mitmachen? Das kann ich nicht glauben, nicht bei Menschen, die schon so lange hier in Deutschland leben. Kein Moslem kann mittlerweile so blöd sein, dass er nicht weiß oder wissen könnte, was in Syrien und im Irak passiert."

Ich nicke. Mehr fällt mir gerade nicht ein.

„Also, entweder wollen sie wirklich kämpfen und töten, oder aber sie sind von Mister Omar so umgedreht worden, dass aus ihrer angeblichen Perspektivlosigkeit totale Verzweiflung geworden ist. Alles oder nichts. Was glaubt's du?"

Ich zucke mit den Schultern. „Ich kann mir nicht vorstellen, dass sie wirklich Lust haben, Leute umzubringen. Aber ich kenne sie irgendwie auch nicht mehr, sie sind mir fremd geworden."

„Gut", sagt Anna, „das spricht eindeutig für die Verzweiflungstheorie. Hab ich mir auch gedacht. Da lässt sich doch bestimmt noch was machen. Mit wem sollen wir anfangen?"

Ich stehe total auf dem Schlauch. Was denkt sie? Will Anna sie hier aus dem Verkehr ziehen? Wie denn? Mit dem Rollstuhl überfahren?

„Was meinst du mit anfangen?"

„Wer von beiden ist schwieriger?"

Ich überlege. Ich weiß zwar überhaupt noch nicht, worauf sie hinauswill, aber ich helfe natürlich, so gut ich kann. So bin ich nun mal.

„Na ja, schwierig sind sie irgendwie alle beide. Yussuf ist mehr vergeistigt, eine Art Denker oder Philosoph, er liebt vor allem Diskussionen, die kein Schwein versteht, unter der Voraussetzung, dass hinterher alle seiner Meinung sind. So ungefähr jedenfalls. Faris ist der Bodenständige, irdisch, männlicher, etwas einfacher strukturiert. Er liebt nur die Diskussionen, an denen er nicht teilnehmen muss."

„Und er zerschießt gerne Trommelfelle. Sehr interessant." Anna lächelt. „Hört sich so an, als wenn wir deine Kumpels tatsächlich nacheinander bearbeiten müssen. Und ich glaube, wir beginnen mit Faris."

„Beginnen womit noch mal? Sorry, sind wohl die Tabletten, dass ich nix schnalle."

Anna stützt sich ab und will sich etwas höher setzen, aber es geht nicht, sie findet keinen Halt. Also springe ich aus dem Bett, fasse sie so sanft wie möglich unter den Armen und schiebe sie hoch. Als sie nickt zum Zeichen, dass es reicht, packe ich die einmalige Gelegenheit beim Schopf und gebe ihr einen frischen Pfefferminzkuss.

„Wow!", grinst sie. „Lüstling."

Als ich zurück ins Bett will, merke ich, dass mir auf einmal schwindelig wird und meine Knie anfangen zu zittern. Ich glaube nicht, dass das was mit Anna zu tun hat, denn der Schmerz im Ohr wird ebenso stärker wie der fürchterliche Pfeifton. Benommen will ich mich am Bettgestell festhalten und abstützen, doch ich fasse daneben und knalle längst neben meinem Bett auf den Boden. Für ein paar Sekunden ist mir schwarz vor Augen, und das muss wohl genau der Zeitraum sein, in dem Anna vergeblich versucht mich anzusprechen, denn das Nächste, was ich höre, ist Annas lautes, aber unaufgeregtes „Jenny".

Dann geht es schon wieder bei mir, mein Kreislauf hat sich erholt, und ich bin wieder einigermaßen bei Sinnen.

Die Tür fliegt auf. „Brauchst du Hilfe, Anna?"

„Ich nicht, dein Bruder. Er ist zusammengeklappt, Kollaps, aber ich sehe, er kommt gerade wieder zu sich. War ich wohl etwas zu besorgt, was?"

Jenny schüttelt belustigt den Kopf. „Was macht ihr denn hier für Sachen? Alles wieder klar, wilder Bruder?"

Ich nicke und gebe ihr unauffällig mit der Hand ein Zeichen zu verschwinden. Sie versteht und zischt ab. Ich muss wirklich sagen, wenn Jenny so weitermacht, werde ich sie eines Tages doch noch abknutschen. Schwester hin oder her.

„Ich glaub, ich brauch frische Luft", sage ich. „Wo ist denn dein Rollstuhl? Unten?"

Anna nickt. „Kannst du mich tragen in deinem Zustand?"

Klar trage ich sie, da bin ich doch ganz Mann. Aber auf Annas Anraten hin ziehe ich mir erst einmal eine ordentliche Hose über meine Boxershorts, mach mich kurz frisch und wechsle das durchgeschwitzte T-Shirt. Ich warte zur Sicherheit noch ein paar Minuten, schließlich will ich weder mit ihr noch ohne sie die Treppen hinuntersegeln, schmeiße eine Ibu 800 ein, trinke Wasser und atme am Fenster ein paarmal tief ein und aus.

Dann verkünde ich feierlich, dass ich so weit bin, und sie zeigt mir routiniert, wie man eine Rollstuhlfahrerin vom Bett auf den Rücken hebt, ohne sich eine Bandscheibe einzuklemmen. Sie hilft mit, wo sie kann, aber es ist echt harte Arbeit. Wenn ich mir vorstelle, einen bis zum Hals gelähmten Menschen, der keinerlei Unterstützung mehr geben kann, aus der Waagerechten hieven zu müssen, nee, keine Ahnung, wie das gehen soll.

Schließlich hängt sie auf meinem Rücken, die Arme hat sie fest vor meiner Brust verschlungen. Allein das finde ich schon sehr angenehm, aber noch aufregender finde ich, wie ihr Kopf direkt an meinem liegt. Wenn ich langsam mache, kann ich diesen paradiesischen Zustand länger erhalten, aber wenig später bin ich froh, als wir endlich nebeneinander auf einer Bank in dem Park zwei Straßen weiter sitzen, ohne dass ich zwischendurch umgekippt oder von einem erneuten Pfeifkonzert heimgesucht wurde.

In diesem Park habe ich mich früher immer vor Mirko versteckt, wenn er und seine Kumpels mich gejagt haben. Er ist nicht groß, etwa so wie zwei Fußballfelder, und die Stadt pflegt ihn ganz gut. Es liegt selten Müll herum, Hunde sind verboten, überall wachsen bunte Blumen, und die Wiesen sind immer gemäht. Es gibt sogar einen kleinen Teich mit Enten. Ein Idyll, und dabei ist unsere Wohnlage noch nicht einmal gehoben. Wahrscheinlich wohnt der zuständige Dezernent des Grünflächenamtes hier um die Ecke.

„Nette Familie hast du", sagt Anna. „Jenny ist süß."

„Du kennst meinen Bruder noch nicht. Den würde ich nicht unbedingt als süß bezeichnen."

„Sondern?"

„Als Idiot. Nicht vom IQ, sondern von seinem Verhalten. RTL II, Gerichtssendungen und so'n Scheiß. Vormittags Bier. Er lässt sich gehen."

Anna nickt. „Verstehe. Was den Idioten Faris angeht: Gibt es irgendeinen Menschen auf der Welt, von dem er sich noch etwas sagen ließe? Auf den er vielleicht auch hört?"

„Nein", antworte ich sofort, ohne nachgedacht zu haben. „Faris hört auf keinen mehr. Höchstens auf diesen Omar, aber das bringt uns nichts."

„Denk nach!", hakt Anna nach. „Es muss einen geben."

Ich gehe die Jungs durch, mit denen er in der Schule und danach rumgehangen und gesoffen hat. Alles ziemlich wilde Kerle, aber es ist keiner dabei, von dem Faris sich etwas sagen ließe. Dann seine Familie. Der Vater, Hassan Alsafi? Nein, sie sind zu sehr auf Konfrontationskurs.

„Onkel Reihan!", rufe ich plötzlich.

„Dein Onkel?"

„Nein, seiner. Der Pate im Viertel sozusagen. Dealer, Strippenzieher, Oberhaupt der ganzen Sippschaft, schätze ich. Ja, auf den würde er hören."

Anna legt mir eine Hand aufs Bein und nickt mir auffordernd zu. „Dann los!"

„Los? Wohin?"

„Mann, du begreifst echt langsam. Zu Onkel Reihan."

Ich brauche ein paar Sekunden, bis der Groschen gefallen ist.

Oh Mann, da kommt was auf uns zu!

24

An das letzte Mal, als ich Faris' Onkel im zwanzigsten Stock besucht habe, habe ich keine besonders gute Erinnerung. Ich war sechzehn, und Faris und ich wollten bei ihm ein bisschen was zu rauchen kaufen. Das haben wir regelmäßig getan, und Onkel Reihan hat sich auch nie angestellt und uns sogar immer einen sehr günstigen Preis gemacht oder uns das Zeug sogar geschenkt, weil Faris sein Lieblingsneffe ist. Aber diesmal gab es dazu noch was zu feiern, ich weiß nicht mehr genau was, vielleicht die Verlobung irgendeiner Cousine von Faris aus dem siebenten oder elften Stock mit einem Mann aus dem dreizehnten oder achtzehnten, von dem ich auch nicht hundertprozentig ausschließen kann, dass er irgendwie zur Verwandtschaft gehört. Auf jeden Fall hatte Onkel Reihan uns genötigt, mit ihm Schnaps zu trinken, und aus Höflichkeit sagten wir zu, wir wollten ja das Gras haben. Aber wir vertragen beide keinen Schnaps, und es kam, wie es kommen musste: Faris landete laut schnarchend in der Badewanne, und ich habe schon in dem Moment, als das Verlobungspaar einen orientalischen Tanz aufführte, auf den schönen Perserteppich im Wohnzimmer gekotzt.

Onkel Reihan wäre nicht Onkel Reihan, hätte er sich von solch einer Bagatelle beeindrucken lassen. Er ließ uns Schnapsleichen auf den Balkon schleifen und bis zum nächsten Morgen einfach dort liegen, den gedüngten Teppich warf er eigenhändig aus dem Fenster in den Hinterhof. Damit war die Sache für ihn erledigt, und in unseren Taschen haben wir am nächsten Morgen eine schöne Tüte mit Gras gefunden, beklebt mit einem Post-it: „Werdet erwachsen! Gute Besserung!"

Ja, so ist Onkel Reihan. Kein Mann vieler Worte. Eigentlich genau das, was ich jetzt brauche, und wenn ich seine Lebenshaltung richtig interpretiere, wird er auch für Salafisten nicht sehr viel übrig haben. Es sei denn, sie wollen Großkunden bei ihm werden, aber das schließe ich in diesem Falle mal aus.

Glücklicherweise funktioniert der Aufzug in der Alsafi-Villa, wie das Haus im Viertel auch genannt wird. Wenigstens bis zum siebzehnten Stock, dann streikt er wie so oft, wir müssen aussteigen und den Rollstuhl zurücklassen.

„Hast du ein Schloss dabei?", frage ich Anna.

„Ein Schloss? Wer klaut denn einen Rollstuhl?"

Ich zucke mit den Schultern, dann hebe ich sie auf meinen Rücken. Drei Etagen sind kein Pappenstiel, und im neunzehnten Stock muss ich eine Pause einlegen. Als wir endlich oben vor Onkel Reihans Tür stehen, bin ich fertig wie nach einem Fünftausend-Meter-Lauf und glaube wieder, dass ich ALS habe.

Reihan sitze noch eine Weile auf der Toilette, sagt seine Frau Feyza, die klein und dicklich ist und einen scharfen Geruch nach Schweiß und Mottenpulver verströmt, aber wir könnten gerne im Wohnzimmer warten, wenn es wichtig sei und um Faris gehe. Sie hat schon schlimme Gerüchte gehört, dass mit ihm etwas nicht stimmt, sagt sie. Und dann fragt sie noch, was ich mit meinem Ohr gemacht habe. Ich winke in Reihan-Manier ab, weil ich ja inzwischen erwachsen bin. Peanuts.

Anna und ich sitzen auf dem schwarzen Ledersofa und starren auf den Fernseher, auf dem gerade in einer Höllenlautstärke die arabische Version einer schmalzigen Telenovela läuft. Für Anna muss es eine vollkommen absurde Situation sein, mit mir in einer fremden Wohnung zu sitzen, der Hausherr auf dem Klo, die Frau lärmt in der Küche, in der Glotze totaler Schwachsinn. Trotzdem ergreift sie nicht die Flucht. Okay, denke ich, wäre auch nicht so einfach, aber sie sieht nicht einmal aus, als wollte sie nur weg.

Onkel Reihan kommt nach einer guten Viertelstunde. Er ist nur unwesentlich größer und schlanker als Feyza, dafür fehlen ihm so gut wie alle Haare auf dem Kopf. Er begrüßt uns freundlich und bietet uns Pistazien und Wasser an. „Oder lieber Schnaps?", fragt er und zwinkert mir zu. „Ist Ohr kaputt?"

Ich bedanke mich, und nach einem lautstarken Räuspern erkläre ich ihm meine Verletzung und mein Anliegen. Ich will gerade ganz weit ausholen, als Onkel Reihan die Hand hebt, um mich zu bremsen. Er berichtet mir, dass sein Bruder Hassan Alsafi, also Faris' Vater, schon bei ihm war und ihn um Rat gefragt hat.

„Aber ich konnte nicht helfen, nicht wirklich. Weiß nicht, wie." Er dreht die Hände nach oben und hebt dazu die Schultern, um seine Hilflosigkeit zu unterstreichen. Dann schnaubt er und sagt: „Ich habe leider auch kein Killerkommando an Hand, um diesen Omar zur Strecke zu bringen, auch wenn das mancher hier im Viertel vielleicht denkt und obwohl meine Bedenken wären nicht so groß, Gebrauch davon zu machen." Er lacht ein bisschen, aber es klingt nicht wirklich amüsiert.

Dann schweigt er bedeutsam, und wir machen mit. Dabei starren wir alle drei zahlreiche Löcher in die Luft.

Schließlich haut Onkel Reihan mit den Händen auf die Sessellehnen und sagt: „Wir haben nur letzten Schuss. Wenn der nicht trifft, ist vorbei. Hassan ist verzweifelt, aber weißt du, Lenny, ich hab Hassan gesagt, wenn du dich immer nur streitest mit deinem Jungen, dann hört er nicht mehr auf dich, dein Junge."

„Hat er das?", frage ich. „Gestritten, meine ich."

„Hat er", antwortet Onkel Reihan. „Höre ich immer. Ist laut, sehr laut, das Geschrei. Kann ich gar nicht mehr hören, wenn Feyza mich zum Essen ruft. Scheiße."

„Selber kochen", sagt Anna.

Großer Gott, ich hätte es mir denken können. Wenn jemand Onkel Reihan Paroli bieten kann, dann nur jemand, der ihn nicht kennt und der den Charakter dafür hat. Beides trifft auf Anna zu, aber der Zeitpunkt ist absolut ungünstig.

Onkel Reihan zuckt kurz mit seinen großen Ohren und starrt sie interessiert an. Ein bekannter Vorzug von ihm ist, dass er wie kein Zweiter das Wichtige vom Unwichtigen trennen kann, was dazu führt, dass er erstens schnell zum Punkt kommt und zweitens auf einige Menschen den Eindruck eines eingebildeten und ungehobelten Patriarchen macht. Aber man weiß stets, woran man bei ihm ist. Wenn er jemanden nicht ausstehen kann, ist es besser, man verschwindet aus seinem Blickfeld, am besten recht schnell und für immer. Wenn ihm allerdings jemand wichtig ist und dieser Jemand ein ernstes Problem hat, setzt er sich mit seiner ganzen Macht und Körperfülle für ihn ein. Und genau deswegen sitze ich jetzt hier, voller Hoffnung und Spannung, und wünsche mir zum ersten Mal, dass Anna die nächsten Minuten die Klappe hält.

Aber Onkel Reihans Reaktion fällt milde aus. Er streicht sich über seinen dicken Bauch und lächelt sie herausfordernd an. „Feyza sagt, du kannst nicht laufen. Rollstuhl. Kannst du denn kochen?"

„Rollbraten in Rotweinsauce. Das kann ich am besten. Wollen Sie das Rezept? Ich hab's im Kopf."

Einen Moment lang ist es totenstill in der Wohnung. Feyza lugt um die Ecke, ihre Augen bohren sich abwechselnd in meine und Annas. Onkel Reihan scheint tatsächlich etwas verdutzt zu sein und zuckt wieder mit den Ohren. Dann bricht er in dröhnendes Gelächter aus und schlägt sich auf die Oberschenkel.

„Rollbraten", ruft er Richtung Küche und erstickt fast vor Lachen. „Feyza, hast du gehört. Sie kocht Rollbraten, ist nicht köstlich?"

„Ich schmore ihn."

Onkel Reihan kann sich gar nicht wieder einkriegen. Er lacht, bis ihm Tränen kommen. Dann schüttelt er den Kopf, steht auf und setzt sich neben mich. Er haut mir kumpelhaft auf meinen ALS-Oberschenkel und hat auf einmal eine ganz geschäftige Miene.

„Genug gescherzt", sagt er ernst. „Was kann ich tun?"

„Das ist ja die Frage", antworte ich unsicher. „Wir wissen nicht, ob wir überhaupt noch etwas tun können. Wenn Faris auf jemanden hört, dann auf dich. Aber mit Argumenten kommen wir nicht weiter."

„Wir müssen ihm etwas bieten", sagt Anna. „Etwas, das ihn hier in der Stadt hält und von seinem Gottesstaat ablenkt. Was hat er früher gerne gemacht?"

Ich muss nicht lange überlegen, doch das Resultat ist alles andere als ermutigend. „Im Fitnessstudio schöne Frauen angebaggert, Bier getrunken, hing irgendwo einfach ab, hat ein bisschen gedealt, in der Reihenfolge. Ich schätze aber, dass das alles keine erstrebenswerten Alternativlösungen sind."

„Perfekt!", ruft Anna. „Onkel Reihan macht ihn zum Fitness-Trainer. Kannst du das? Natürlich kannst du das! Dann kriegt Faris auch noch Geld dafür, dass er Frauen auf den Po und den Busen glotzt."

Onkel Reihan kneift die Augen zusammen und denkt einen Moment lang nach. Dann steht er ohne ein Wort auf, nimmt sein Handy und geht aus dem Wohnzimmer. Wir hören ihn auf dem Flur telefonieren, leider auf Arabisch, so dass wir kein Wort verstehen. Er spricht erst mit leiser Stimme, aber je länger das Telefonat dauert, desto lauter wird er. Schließlich brüllt er ein paar Sätze, es klingt wie eine Drohung, dann wird er wieder arschfreundlich. Zuletzt lacht er sogar.

„Er kann morgen anfangen", sagt er lakonisch und wirft das Handy achtlos auf den Wohnzimmertisch. „Ich muss ihm aber noch sagen, wo. Er kennt den Laden nicht."

„Und wenn er nicht will?", frage ich vorsichtig.

„Er will!", erklärt Onkel Reihan. „Das schwöre ich dir. Hat er noch Telefon? Gut. Ich sage ihm gleich. Gib deine Nummer, ich ruf dich danach an."

Ich schreibe ihm meine Nummer auf einen Zettel, packe Anna auf den Rücken und verabschiede mich von ihm und Feyza.

„Ist sie schwer?", fragt Onkel Reihan.

Mir liegt eine Antwort auf der Zunge, aber ich traue mich nicht. Nicht jetzt, nach dem, was er für mich tut. Also will ich ihm die langweilige Antwort geben, dass sie mir, natürlich, nicht zu schwer ist, aber ich hätte es mir denken können, dass Anna die Frage nicht einfach so hinnimmt.

„Nicht so schwer wie du. Aber du kannst es ja auch mal versuchen."

Sie grinst ihn frech an, weil sie weiß, dass das Eis zwischen ihnen, wenn es denn je welches gab, seit dem geschmorten Rollbraten gebrochen ist. Onkel Reihan starrt auf ihre schlaff herunterhängenden Beine, schüttelt lächelnd den Kopf und geht mit seinem Handy Richtung Balkon. Noch ein kurzer Gruß mit der Hand von ihm, und die Tür ist zu.

„Komm", sage ich zu Anna. „wir gehen."

„Ich komme", erwidert Anna und küsst mich in den Nacken. „Du lernst schnell."

Eigentlich habe ich nur gesagt, was ich immer sage, ohne nachzudenken. Aber ich will gern glauben, dass mein Unterbewusstsein schon schlauer ist, also halte ich die Klappe. Und im siebzehnten Stock steht tatsächlich Annas Rollstuhl, völlig unversehrt. Keine durchstochenen Reifen, kein Graffiti auf dem Sitz. Alles bestens.

„Ich habe Durst", sagt Anna, als wir wieder unten vor der Villa Alsafi stehen. „Lass uns zum Biergarten fahren."

Wir nehmen nicht den direkten Weg, sondern kleine Wohnstraßen und Parks und fahren auch noch wie Achtzigjährige mit Rheuma, so dass wir statt zwanzig Minuten vermutlich eine oder zwei Stunden brauchen werden, bis wir da sind. Aber wen sollte das stören?

Weil der Boden im Biergarten aus Kieselsteinen besteht, ziehe ich Anna an einen freien Platz und bestelle zwei große Weizenbier. Für eine Stunde oder länger vergesse ich diesen ganzen Salafistenscheiß und habe keine Lust, über irgendwas nachzudenken. Ich sehe nur Anna an und platze vor Begeisterung über das, was ich sehe und fühle.

Nach vier Bieren ziehe ich Anna zum Klo. Wie selbstverständlich helfe ich ihr, sich auf die Toilette zu setzen, weil es in der Kabine viel zu eng ist, der Rollstuhl steht draußen im Freien. Weder sie noch ich verlieren ein Wort darüber, ob das jetzt für mich komisch sein könnte oder so. Nichts. Wir machen es einfach. Sie pinkelt und ich helfe ihr beim Aus- und Anziehen, so als ob ich das schon seit Jahren gewohnt bin.

Himmel, vielleicht bin ich ja wirklich erwachsen!

Gegen Mitternacht kommt die Kellnerin und meint, dass wir noch eine Runde kriegen könnten, wenn wir wollten und weiterhin so nett leise seien, und dann müssten wir aber leider gehen, wegen der Nachbarn. Klar wollen wir.

Mein Handy summt. Ein Blick aufs Display zeigt mir eine SMS von Onkel Reihan an.

„Was glaubst du?", frage ich Anna.

„Klar macht er das", sagt sie ohne zu zögern. „Logisch."

„Logisch?"

„Is nur 'n Spruch. Nun guck schon", drängt sie.

ER MACHT, schreibt Onkel Reihan in Großbuchstaben. Das macht er immer. Entweder weil er alles wichtig findet oder weil er die Großschrift nicht ausgeschaltet kriegt. Und dann: SONST … Ein Wort, drei Pünktchen, keine weitere Erklärung.

„Was heißt denn 'sonst'?", fragt Anna. „Hört sich nicht sehr friedfertig an.

„Keine Ahnung, und ich will's auch gar nicht wissen."

Ich merke, dass ich mich gar nicht richtig so freuen kann über die Nachricht.

WO BIST DU?, simst Onkel Reihan weiter. SCHREIB FARIS. ER WILL KOMMEN. DRINGEND.

„Dringend?", frage ich mehr mich selbst als Anna. „Was kann jetzt noch so dringend sein?"

„Du hast zwei Freunde", sagt Anna und zählt zwei Finger an ihrer Hand ab. „Das ist zwar nicht besonders viel, aber immerhin einer mehr als einer." Einen Finger klappt sie wieder ein. „Also, was ist mit Yussuf?"

Sie ist ein bisschen beschwipst. Ihre Augen rollen und funkeln diametral konträr zu ihrer Mimik, ihre Stimme bekommt etwas Rauchiges und Lasterhaftes, der Kopf neigt sich unregelmäßig abwechselnd nach rechts und links. Sofort denke ich weg von dem, wonach mir gerade ist. Triebaufschub nennt man das.

Ich schreibe Onkel Reihan, dass ich nur noch ein paar Minuten hier im Biergarten bin, aber gegen halb eins könnte ich am Bahnhofsplatz sein, das liegt etwa auf der Hälfte der Strecke. Seit Anna mich eben darauf aufmerksam gemacht hat, dass erst einer meiner Kumpels versorgt ist, habe ich wieder ein komisches

Gefühl. Wieso schreibt Onkel Reihan DRINGEND? Das ist nicht sein Stil, also muss Faris ihn darum gebeten haben.

„Willst du mitkommen?", frage ich Anna.

„Klar!"

„Oder soll ich dich lieber vorher nach Hause bringen?"

„Idiot", schnauzt sie und meint es auch so. Fünf Biere hin oder her.

25

Faris steht schon an eine Plakatwand gelehnt und raucht, als ich mit Anna heranrausche. Neben ihm steht ein kleiner Mann, den ich erst erkenne, als ich direkt vor ihm stehe, denn er hat total verheulte Augen und permanent ein Taschentuch im Gesicht. Er schnieft, schnäuzt, hustet und macht was weiß ich alles, aber in den nächsten schätzungsweise zehn Minuten wird er kein vernünftiges Wort herausbringen können. Zeit also, mich zu vergewissern, ob Onkel Reihan nicht doch zu dick aufgetragen hat und die SMS nur ein blödes Missverständnis war. Anna bleibt diskret ein paar Meter vor Faris an einer Litfaßsäule stehen und betrachtet alte Plakate.

Faris schmeißt seine Kippe weg, geht auf mich zu und umarmt mich. Allein diese Geste ist schon so ungewöhnlich, dass ich mir sicher bin, dass hier irgendetwas nicht stimmt. Faris fasst sonst keine Männer an – „Bin ich schwul, oder was?" –, das Höchste der Gefühle ist Abklatschen. Aber jetzt drückt er mich, als gäbe es kein Morgen mehr. Danach ist seine Kraft offensichtlich verbraucht, er sieht fertig aus, seine Augen sind leer.

„Wir haben nicht viel Zeit", schnauft er. Und dann erzählt er so ruhig und sachlich und vor allem ausgiebig, wie er noch nie zuvor was erzählt hat. Jedenfalls nicht mir.

Er erzählt, wie Onkel Reihan ihn zu sich zitiert und ihm auf seinem Balkon fürchterlich den Marsch geblasen habe, so laut, dass Feyza mehrmals einschreiten musste. Faris setze die Familienehre aufs Spiel, hatte Onkel Reihan ihn angeherrscht, und das sei in seinen Augen das schlimmste Verbrechen, das er sich nur vorstellen könne. Aber nein, eigentlich setze er die Ehre gar nicht aufs Spiel, im Grunde habe er sie schon geopfert, und zwar mit der seltsamen Entscheidung, sich den Terroristen anzuschließen. Die Familie Alsafi sei bekannt für kreative Geschäfte und der seltenen Fähigkeit, auf besondere

Kundenwünsche ziemlich schnell einzugehen und diese zu erfüllen. Zufriedene Partner, gute Finanzen, Verlässlichkeit, eine starke Führung, vor allem Diskretion, das seien Schlagworte, die mit den Alsafis in Zusammenhang gebracht würden, und das werde auch so bleiben, solange er lebe. Wenn Faris jetzt glaube, den guten Alsafi-Ruf unbedingt ruinieren zu müssen, indem er sich den Idioten in Syrien und Irak anschließe, dann werde er, Reihan, dafür sorgen, dass er da unten gar nicht ankommt, sondern unterwegs in einem Knast landet. Ja, in einem Knast! Wenn er Glück habe in Israel, sonst in Ägypten oder der Türkei, aber Drei Sterne Hotels seien das alle nicht. Faris könne ihm getrost glauben, dass er genug Leute kennt, die für eine Platte Hasch ihre eigene Ehefrau verraten würden, da sei ein dahergelaufener Schulabbrecher überhaupt kein Problem.

„Ich rede heute sehr viel", hatte Onkel Reihan da kurz eingeworfen und sich den Schweiß von der Stirn gewischt. „Das muss sich lohnen. Faris, du machst Trainer in Fitness-Club. Holzener Straße, da, wo viele Frauen sind. Gehört Freund. Okay?"

Faris erzählt, dass er zunächst ein paar Minuten gar nichts sagen konnte, weil er mit diesem Überfall absolut nicht gerechnet hat. Onkel Reihan sei derweil ein paarmal vor ihm auf und ab und in sein Büro gegangen, habe Telefonate geführt und ein Glas Tee getrunken. Schließlich habe er sich vor Faris hingesetzt und ihm ein Blatt Papier vor die Nase gehalten.

„Unterschreib!"

„Was ist das?"

„Egal. Unterschreib!"

„Ist das ein Vertrag oder so was?"

„Unterschreib! Wenn du unterschreibst, alles ist okay, ich hole deinen Vater, der wird dich einmal verprügeln, dann ist Sache gut. Wenn nicht, freu dich schon mal auf Jungfrauen."

Natürlich habe er unterschrieben, und weil Onkel Reihan ein durch und durch korrekter Geschäftsmann sei, habe er den Zettel auch wirklich an sich nehmen dürfen. Gelesen habe er ihn aber noch nicht, dafür sei keine Zeit gewesen, weil ...

„Warte mal!"

Mir ist vieles noch unklar von dem, was Faris mir soeben erzählt hat. Vor allem, ob Onkel Reihan ihm wirklich mit dem Tod gedroht hat (was ich so nicht glaube) und was er da jetzt tatsächlich unterschrieben hat. Aber für eine Fragestunde ist jetzt offensichtlich keine Zeit, irgendetwas scheint hier dringend zu sein. Nur eine Sache will ich unbedingt jetzt und endgültig wissen.

„Heißt das alles, dass du jetzt hier bleibst und kein IS-Kämpfer wirst?"

Faris nickt erschöpft und zieht mich auf eine Bank in der Nähe. Ich glaube, er kann einfach nicht mehr stehen, er ist fertig, fix und fertig, mit den Nerven und mit seiner Kraft am Ende. Ich lasse ihn vor sich hinstarren, gebe ab und zu Ausrufe wie „Super", „Klasse", „Ich freu mich" und „Gut gemacht" zum Besten und starre auch vor mich hin. Wenn ich glaube, dass Faris mich aus den Augenwinkeln beobachtet, nicke ich kräftig und lächle, sozusagen als Unterstützung. Mehr kann ich nicht tun, finde ich, und ich glaube auch nicht, dass Faris mehr will.

Der Mann mit dem Taschentuch setzt sich neben mich und schnieft noch einmal kräftig.

„Hat er dir jetzt alles von sich erzählt?", fragt Achmed Majali. „Ist er endlich fertig?"

„Ich glaube ja. Er bleibt hier, wenn ich das richtig verstanden habe. Wenn auch nicht ganz freiwillig, aber mit Onkel Reihan ist nicht zu spaßen. Was ist denn mit Yussuf? Wo ist er?"

Achmed zuckt mit den Schultern und reicht mir einen Zettel. Sofort erkenne ich Yussufs Handschrift, und mir wird plötzlich ganz flau. Viel steht nicht drauf, aber es reicht für Eltern vollkommen aus, um durchzudrehen:

„Mein Weg endet heute hier. Ich habe alles versucht, aber wenn auch ihr mich nicht versteht, wer soll es dann? Wenn es sich ergibt, werde ich eines Tages wieder bei euch sein. Allahu akbar."

„Große Scheiße", murmle ich vor mich hin. Ich gebe Achmed den Zettel zurück. „Wann hast du den gefunden?"

„Vor einer Stunde. Dunja schlägt gerade sein Zimmer kurz und klein und reißt diese verfluchten Bilder von der Wand."

Ich nicke. Hätte ich auch so gemacht.

„Dann will sie sich betrinken."

Ich nicke wieder.

„Und danach will sie erst diesen Omar und später Faris umbringen."

Na gut, da bin ich dann doch anders erzogen. „Solltet ihr nicht besser ganz schnell die Polizei rufen?", schlage ich vor.

Achmed winkt ab. „Wo soll die denn suchen? Legal kann er sowieso nicht über die Grenzen, er hat keinen Pass mehr. Und illegal … er könnte überall sein."

Er fängt wieder an zu weinen, und ich frage mich in diesem Augenblick, ob es vielleicht ein großer und entscheidender Fehler war, uns zuerst um Faris zu kümmern. Die Familie Majali hat keinen Onkel Reihan, der mit einem Telefonat alles regeln kann, sie hat nur sich selbst. In normalen Zeiten hätte das auch genügt, aber jetzt …

Ich lege Achmed behutsam einen Arm um seine Schulter. Viele schöne Geschichten mit der Familie schießen mir durch den Kopf: unvergessliche Abendessen mit angeblichen und tatsächlichen Angehörigen, die regelmäßigen Bitten von Achmed und Dunja bei einer Tasse starkem Kaffee, mit Yussuf Mathe und Englisch zu pauken, obwohl sie wussten, dass es sowieso nicht half, und klatschnasse Waschlappen in unsere Gesichter nach durchzechten Nächten. Vor allem aber die Kindergeburtstage von Aylin, an denen Yussuf mir zeigte, dass in ihm ein großes Herz schlagen konnte, es musste sich nur eine passende Gelegenheit dazu finden.

Für Anna muss der Anblick dreier Männer, die nachts am Bahnhof auf einer Bank sitzen und in äußerst schwieriger und unterschiedlicher Gemütsverfassung sind, ziemlich sonderbar sein. Klar weiß sie jetzt Bescheid und wird jeden von uns dreien verstehen, aber sie wird auch wissen, dass wir jeder anderen

Gedanken anhängen und uns in diesem Moment sehr fremd sind, ja uns teilweise vielleicht wünschen, der andere, der direkt neben uns sitzt, wäre gar nicht da, sondern weit fort. Und: Warum sitzt da nicht verdammt noch Mal ein anderer?

Anna rollt langsam auf uns zu, nimmt Achmeds Hand und streichelt sie. Achmed hebt langsam den Kopf und schaut sie fragend an. „Wer …?"

„Anna", sagt sie. „Ich gehöre zu Lenny. Wir finden Yussuf, Herr Achmed. Ganz bestimmt."

Mit einem Schlag bin ich hellwach. Meine Stunde null, jetzt ist sie da, wenn ich sie mir auch immer ganz anders vorgestellt habe. Mein erster Impuls ist, aufzuspringen und Anna zu umarmen, aber das muss ich umständehalber verschieben. Ich lächle ihr zu und forme einen zaghaften Kussmund, damit sie wenigstens sieht, dass ich verstanden habe, was sie da eben gesagt hat und was es mir bedeutet, aber Anna reagiert nicht und redet weiter leise auf Achmed ein, ohne dass ich ihre Worte wahrnehme. Ich höre nur, dass Achmed irgendwann etwas sagt.

„Ich heiße nicht Herr Achmed, liebe Frau. Ich heiße Herr Majali. Achmed ist mein Vorname. Verstehen Sie?"

Ich bin nicht sicher, ob Anna versteht, weil die fünf Bier noch immer in ihrem Blut schwimmen. Sie schüttelt den Kopf und streicht einfach weiter über Achmeds Hand. Ich finde, dass er trotzdem bei ihr in den besten Händen ist, Vorname hin oder her. Das kann jetzt nicht so wichtig sein.

Faris hat mittlerweile seinen Schock überwunden und stößt mich an.

„Ist das etwa deine …?"

„Meine Freundin, ja."

Faris nickt nur kurz und stöhnt. Keine Ahnung, was er über Anna und mich denkt, es ist mir auch egal.

„Was können wir jetzt tun?", fragt Achmed. Er steht auf, schiebt Anna sanft zur Seite und läuft wie ein Zoo-Tiger vor der Bank hin und her. „Wir müssen etwas tun. Ich will etwas tun, sonst werde ich verrückt."

Weil mir nichts einfällt und Faris kurz vor einer Ohnmacht steht, gehe ich schnell die Menschen durch, denen ich zutraue, in solch einer Situation kühlen Kopf zu bewahren und vor allen Dingen sinnvoll und effektiv zu handeln. Viele sind es nicht, aber zwei reichen ja auch.

Simon und David. Was würden sie jetzt machen? Anrufen kann ich sie auf keinen Fall, es ist gleich ein Uhr nachts. Bleibt also nur, so zu tun, als wäre ich sie und müsste den Schlamassel hier beenden. Was zum Henker würden sie fragen? Ich stelle mir vor, wie ich vor Simons Haus sitze, eben noch mit Frau Bertels nett über Gymnastik geplaudert habe und Simon jetzt sein männliches Gesicht in die Sonne hält und überlegt.

„Faris, wann genau wolltet ihr abhauen?", frage ich sachlich wie ein Tatort-Kommissar.

Er presst die Lippen zusammen. „Heute Nacht."

„Heute Nacht?"

„Ja, sag ich doch."

„Das ist nicht dein Ernst."

„Doch. Wieso?"

„Dann hattet ihr eh nicht vor, euch beraten zu lassen? Ihr habt mich die ganze Zeit angelogen."

Faris räuspert sich und sackt noch tiefer in sich zusammen. „Ich hätt's gemacht, ich schwöre. Aber Omar meinte, das wäre Zeitverschwendung und …"

„Wo ist dieser Omar?", schreit Achmed und packt Faris am Kragen. „Wo ist dieses Terroristen-Arschloch? Bei Allah, spuck's aus!"

Ich versuche die beiden zu trennen, was nicht ganz einfach ist, weil Faris sich gar nicht wehrt. Faris, dieser muskelbepackte ganze Kerl, hat also diesen kleinen Araber am Hals hängen, der gerade so viel Verzweiflung und Wut aus sich herauslässt, dass ich tatsächlich um Leib und Leben von Faris fürchten muss. Achmed schüttelt ihn, und Faris lässt sich schütteln. Ihm scheint alles egal zu sein.

Schließlich ziehe ich Achmed mit Mühe von Faris weg, stelle ihn ein paar Meter weiter an eine Mauer und will ihm gerade ein paar beruhigende Sätzen sagen, als ich Faris fürchterlich schreien höre.

„AAAAAAhhhhh, du Miststück!"

Faris hält sich mit beiden Händen das linke untere Schienbein. Anna sitzt einen Meter von ihm entfernt und blickt ihn mit kalter Miene an.

„Das Miststück hat dich mal aufgeweckt, damit du uns endlich sagst, wo wir Yussuf finden. Wo sollte euer Treffpunkt sein?"

Faris stöhnt. Ich sehe ihm an, dass er eigentlich etwas sagen will, aber es scheint einfach noch nicht zu gehen, die Schmerzen sind wohl noch zu stark. Gut möglich, dass Anna mit der Fußstütze ihres Rollstuhls sein Schienbein malträtiert hat. Ein kleiner Preis im Verhältnis zu dem, was ihn eigentlich erwartet hätte. Aber vielleicht hätte auch eine Flasche kaltes Wasser gereicht, die man sich am Bahnhof hätte besorgen können, auch Anna. Geht denn heutzutage wirklich alles nur noch mit Gewalt?

Anna umfasst wieder die Reifen und fährt sachte hin und her. Es sieht ein bisschen so aus, als wolle sie erneut Anlauf nehmen, um Faris womöglich den Rest zu geben, vielleicht genießt sie auch nur das Ergebnis. Wie auch immer, ich finde, es ist Zeit einzugreifen. Ich lasse mich neben Faris auf die Bank fallen und lege meinen Arm um Faris.

„Wo wolltet ihr euch treffen?"

„Da … da, wo ich zum Seminar war. Da wollte Omar uns abholen und uns ein paar Stunden begleiten. Mann, tut das weh!"

„Wo ist das Haus? Weißt du das, oder haben sie dich mit verbundenen Augen dahingeführt?"

Faris seufzt und stöhnt. „Ich kenn den Weg. Aber ich kann nicht mehr fahren. Das Miststück da", er nickt mit Kopf Richtung Anna, „hat meinen Knochen gebrochen."

„Na, dafür wissen wir jetzt, wo wir hinmüssen", sagt Anna ruhig. „Kann Achmed fahren? Ich darf nicht mehr, hab zu viel getrunken."

Faris braucht ein paar Sekunden, dann gibt er sich geschlagen und lächelt Anna müde an. „Hast gewonnen … Miststück."

„Achmed darf uns sogar mitnehmen. Er ist Busfahrer", sage ich zu Anna und ziehe Faris hoch. „Los, hoch zu deinem Auto."

Den zusammengeklappten Rolli schmeißen wir hinten in Faris' Kombi.

Achmed setzt sich eine riesige Sonnenbrille auf, warum, weiß der Geier. Dann steigt er ein, Faris sitzt neben ihm, Anna und ich hinten.

Faris gibt Achmed eine Adresse, Achmed nickt und rast los. Als Busfahrer kennt er nicht nur alle Straßen der Stadt, er weiß auch, wo sich Polizeiwagen verstecken, wo Radarfallen stehen und welche davon aktiv sind. Es blitzt nur ein Mal, und jetzt kenne ich auch den Grund für die Sonnenbrille.

Nach zwanzig Minuten sind wir aus der Stadt, und nach weiteren zwanzig Minuten halten wir vor einem zweistöckigen Haus weit draußen auf dem Land. Das Grundstück ist durch einen hohen Metallzaun gesichert, überall blinken kleine Lämpchen, die die Existenz einer Videoüberwachung suggerieren sollen. Alle Fenster sind stockdunkel, kein noch so schwacher Lichtschein dringt nach außen. Kein Zweifel, das Haus ist leer.

Achmed stellt den Motor aus und lässt den Kopf auf das Lenkrad fallen. Er beginnt erst zu schluchzen, dann trommelt er mit den Fäusten auf die Armaturen und Ablagen.

„Yussuf ist fort", flüstert er. „Wir sind zu spät."

Faris und ich steigen aus und laufen einmal um das Gelände. Mit jedem Meter wird mir klarer, dass Achmed recht hat. Mein Optimismus, Yussuf noch abzufangen, ist auf ein Minimum geschrumpft, aber ganz aufgeben will ich noch nicht. Faris zeigt mir das Tor, durch das man zum Haus gelangt, es ist natürlich abgeschlossen. Neben dem Tor hängt ein Briefkasten ohne Namen, an dem ein zusammengefalteter Zettel klebt. Faris reißt ihn ab, liest ihn und schüttelt den Kopf.

„Scheiße."

„Scheiße was?"

„Scheiße, sie sind weg, Mann." Er gibt mir den Zettel, auf dem nur steht: „Faris, du bist zu spät. Wir warten nicht. Sehen uns bald, Yussuf." Darunter die Uhrzeit: „23:30 Uhr."

„Zwei Stunden", murmele ich vor mich hin und gebe ihm den Zettel wieder. „Du sagst es Achmed."

„Schon klar, Bruder."

„Und sag Anna vorher, sie soll zu mir kommen."

Faris geht zum Auto und hilft Anna in den Rollstuhl. Dann setzt er sich neben Achmed.

Ich knie vor Anna und halte sie ganz fest, während Achmed seinen Schmerz in die dunkle Nacht hinausschreit. Was muss dieser Mann jetzt durchmachen? Nicht nur, dass er seinen einzigen Sohn ins Ungewisse verloren hat, nein, in diesem Augenblick seines Leidens sitzt auch noch der Mann neben ihm, der mit Yussuf zusammen gehen wollte und nur durch Zufall gerettet wurde.

Ich denke an Dunja Majali, die wahrscheinlich gerade vor Yussufs zertrümmertem Schreibtisch sitzt und sehnsüchtig auf einen Anruf wartet. Ich denke an die kleine Aylin, die zwar gerade fest und friedlich schläft, morgen jedoch ohne ihren großen Bruder aufwachen wird. Ich denke an Achmed, der dieses Schicksal nicht verdient hat. Und ich denke an Yussuf, der sich wahrscheinlich in einem klapprigen Bus auf dem Weg über zwanzig grüne Grenzen befindet.

Noch einmal sehe ich ihn kurz vor mir, wie er damals auf dem Schulhof die geistige Autorität gespielt hat, ohne Vollbart und Mütze, aber nicht weniger eindrucksvoll.

Und dann ist er plötzlich weg. Alles ist plötzlich ganz weit weg.

Ich spüre, wie Anna mir über den Kopf streicht. Sie drückt mich noch näher an sich und krallt ihre Finger in meine Schulter.

„Es ist Zeit", flüstert sie.

Zeitfracht Medien GmbH
Ferdinand-Jühlke-Straße 7
99095 Erfurt, Deutschland
produktsicherheit@kolibri360.de